黄河故道记忆

Huanghe Gudao Jiyi

郭永山

著

吉林文史出版社
JILINWENSHICHUBANSHE

图书在版编目（CIP）数据

黄河故道记忆 / 郭永山著. -- 长春：吉林文史出版社，2023.5
ISBN 978-7-5472-9418-5

Ⅰ.①黄… Ⅱ.①郭… Ⅲ.①随笔-作品集-中国-当代 Ⅳ.①I267.1

中国国家版本馆 CIP 数据核字（2023）第 090089 号

黄河故道记忆

HUANGHE GUDAO JIYI

著者/郭永山

责任编辑/钟杉

封面设计/书香力扬

印装/成都兴怡包装装潢有限公司

开本/710mm×1000mm 1/16

字数/230 千字

印张/14.625

版次/2023 年 5 月第 1 版 2023 年 5 月第 1 次印刷

出版发行/吉林文史出版社（长春市净月区福祉大路 5788 号 龙腾国际大厦 A 座）

www.jlws.com.cn

书号/ISBN 978-7-5472-9418-5

定价/72.00 元

前　言

"黄河之水天上来，奔流到海不复回。""黄河落天走东海，万里写入胸怀间。""黄河远上白云间，一片孤城万仞山。""白日依山尽，黄河入海流。"……小时候，每每读到吟诵中华民族的摇篮——黄河的诗句，我的眼前总会浮现出这条大河的伟岸形象：她源远流长，一泻千里；她蜿蜒曲折，奔流于万山丛中；她仿佛由天上流来，又仿佛流向天外……我却很少将她与老家西面近在区区几百米处的黄河故道联系起来。因为，那时，她在人们的口中叫"废黄河""淤黄河"，在文人的笔下也叫"故黄河""古黄河"，也有人称黄泛区，不管哪种称呼，曾经生活在沿岸的人们听起来都存有"一言难尽"的心理，根本无法和《黄河大合唱》中那磅礴大气、气势如虹的母亲河相提并论。尽管童年印象中，黄河故道也曾出现过"风吹草低见牛羊""大漠孤烟直，长河落日圆"的梦幻般的意境。

长大后，我来到这条古黄河与淮河的交汇之地淮阴（今淮安）求学，于20世纪80年代末期，偶然又拜读了著名作家李凖荣获茅盾文学奖的史诗般的长篇小说《黄河东流去》，描写的古黄河两岸近百年前一千多万人所遭受深重灾难与坚韧抗争的画面，给我强烈的震撼，猛然省悟。不管叫"废黄河""古黄河"，还是"黄河故道""黄泛区"，我家门前的这条大河几乎承载了千百年来中国人民经历的一切"苦难辉煌"和可歌可泣的"不屈斗争"。她曾经给我们带来过千帆林立、百舸争流的漕运盛景，也带来过"白骨露于野，千里无鸡鸣"的连年灾荒。为什么会出现这种"冰火两重天"的景象？这到底是为什么？我在探寻，我在思考，我在叩问……

大学毕业后正赶上改革开放的好时代，我回到古黄河畔的家乡工作，和父老乡亲们一起战天斗地，经过近四十年的拼搏，终于使古老的黄河故道焕发新颜，实现了古代先贤们梦寐以求的海晏河清、河水安澜的盛世图景。我奋斗着，我感悟着，我庆幸着……

我庆幸自幼生活在古黄河的岸边，从快乐的童年生活，到充实的求学生涯，乃至外出读书、回乡工作都与古黄河相伴，一刻也没有离开她的怀抱。我现在仍然生活、工作在这条母亲河的左右，耳濡目染，连平时思想、感悟和形成的文字都浸润着古黄河水的颜色与味道。我像了解母亲一样了解母亲河，我像热爱母亲一样热爱母亲河，感受着她的幸福，感受着她的快乐，我的一切工作成就和业余爱好，无论童年回忆、生活感悟，还是工作中的思考，或是对地方文史的挖掘研究，都深深地烙上古黄河的印记。

我庆幸亲眼见证了古黄河沧桑巨变、涅槃重生。从史料可知，古黄河就是古代的泗水，我的世居村庄就在泗水与相水的交汇处，因而宿迁古称下相。在南宋绍熙五年（1194 年），黄河在阳武（今河南原阳县）决口，侵泗夺淮入海，其后又多次决口泛滥，致使河道淤塞，直到清咸丰五年（1855 年），黄河在河南兰阳（今兰考）县决口改走现在的黄河河道。这条母亲河的主干道在我的家乡流淌了近 700 年，形成的故道也已 800 余年，经豫鲁皖苏四省八市，全长 720 余公里。近年来，作为古黄河流经境内长达110 余公里的宿迁市，以文化建设为引领，对黄河故道文化进行深入研究，自觉担负起传承文化、续接文脉、守护资源的时代之责。我有幸参与其中，不仅牵头主编挖掘家乡历代贤官的勤廉事迹和优良家风的图书，使其成为全市党员干部的廉洁教材——这些贤官和家风大都带有古黄河水的纯净无邪与岸边黄沙的晶莹剔透，而且致力于作为个人雅趣的中国古代文房用品收藏与研究，也在苦寻着古黄河岸边的遗珍，并已粗具规模，建成了位于古黄河岸边的"宿迁古代文房用品博物馆"并对外开放。

我庆幸能用手中的笔记录古黄河、歌颂古黄河，记录她的前世今生与曾经承受的苦难和坚强，记录两岸曾经发生过的故事，歌颂她和两岸儿女一起走向民族复兴的伟大梦想。于是，我将多年来的一些工作生活随笔和研究成果，汇编成这本《黄河故道记忆》。全书分为六个部分，包括古黄河情结、古黄河感悟、古黄河记忆、古黄河遗珍、古黄河清流、古黄河咏叹。

其中，既有对人生的感悟，也有对工作生活的思考，还有对黄河故道两岸先哲前贤、文化遗迹的触摸、探索与感慨。虽不是每篇文字都涉及古黄河，却都能嗅到古黄河水、岸边泥沙、水中芦苇的淡淡清香。甚至近年来尝试的咏诗，也体现出对古黄河的感悟无处不在。

例如，记述的幼时生活，包括河道内摸鱼虾、河滩祭祖、河堤取土垫老宅等都与黄河故道密不可分。我在《我的黄河故道情结》中写道："故道在这里打了一个不大不小的遛湾，我们庄子处在河遛湾里。我从小的生活，就伴随着故道河滩上的河水季节轮回的节奏，四季分明地生活着……"在《儿时过年》中记述："年夜饭之前还有一件重要的事就是烧纸祭祖。先祖不祭，年夜饭也是不能吃的。母亲先做好四个荤菜连同酒盅、筷子一起放在柳条篮子里，用一条整齐方正的旧花布盖上，然后我陪着父亲到离家一两里远的古黄河滩东侧的高滩上去给爷爷、奶奶等先辈坟上祭祖。"在《老屋，内涵最深厚的家》中也追述："就垫宅基地来说，因原来我家的老宅基起于普通的菜园地，地势较低洼，一家人光是利用农闲时间，早起、晚睡用平板车带着到黄河故道里取那些很沉的半湿沙土，就用了一个月左右的时间。"

　　再如，在研究地方史、故土掌故文史类文章中，《文化史上光辉灿烂的一页——宿迁市博物馆珍藏〈高凤翰砚史〉记述与赏析》中主持摹刻的晚清著名藏书家王相存放《砚史》原石的藏书楼池东书库和后来的百花万卷草堂，《被历史湮没的"海瑞式知府"——潘洪》中潘洪墓志铭的出土点，《古黄河畔出土的唐代陶制抄手铭砚赏析》中唐砚的挖掘处，无不发生在近在咫尺且曾经多灾多难的古黄河岸边。

　　又如，本人主编的《宿迁历代贤官》《宿迁历代名人家风》两本书中列入的 65 位古代贤官，有 42 位出生或生活、工作在古黄河沿岸；有代表性的 28 组家风家训所涉及的人物中，有近四分之三前贤生活在黄河故道边。《宿迁历代贤官的主要特质》一文即是应宿迁市纪委之约，为便于党员干部系统学习而对原书内容进行的再梳理、再提升，并分成 6 期刊发在宿迁市纪检监察网上，供党员干部对照学习，这次也收录于本书中。

　　又如，在《古代瓷权不是"权"》一文中，还把笔端延伸到了古黄河流经宿迁段北侧的徐州。北宋大文豪苏东坡在此任知州时，在古黄河畔云龙山上的放鹤亭为同乡饯行时，赋有诗句"一色杏花三十里，新郎君去马如飞"。此诗被清人阐扬后经过火与土的淬炼，书写在了青花瓷权上。此瓷权作为本人古代文房用品藏馆中的古黄河遗珍类，也是不能漏述的。当然，本人还顺着古黄河水的流向，把笔端顺延到了宿迁段南侧的淮安。《最新发现的清代宿迁知县万立钰的两幅字画》一文，记述的主人公是生于黄河故道边的淮安府清河县（今淮安市清江浦区）、晚清署宿迁知县的万立钰，珍藏在宿迁市博物馆他的两幅字画遗墨，至今不仅浸润着古黄河水的墨香，同样也会"说话介绍他的身世"。《砚中"断臂维纳斯"——一方清中期铭文紫端砚赏析》中的一方珍贵的名人用砚，也发现于明清文人荟萃的淮安。

　　正因为这些与古黄河相关的古今人和事、思与悟常在胸中萦绕，也才使我在书尾有了这样的《古黄河岸随想》：

你本脱胎于修文偃武的文化大宋
却带着鲁莽灭裂的野性
洗劫着富饶的江淮平原

你本蹒跚于一马平川的中原大地
却又似刚出笼的野兽
东冲西突后南窜
带给故道沿岸是无尽的灾难

千百年来
你肆虐于苏鲁豫皖
屡治屡犯

而今
在新时代人民的手中
你终被驯服、就范
昔日黄泛遍地的洪水走廊
今日……
…… ……

　　2500多年前，孔子在这条母亲河边感叹"逝者如斯夫，不舍昼夜"。可以说，这本书是我多年来对这条母亲河真实情感的自然流露，因而不受体裁束缚，笔法多端，有随笔，有散文，有说理，有诗歌，融文学性、理论性及可读性于一体。我希望，这本书不仅是保护、传承宿迁地域文化的重要探索，也是触摸、续接古黄河文脉的大胆尝试，还是学习、弘扬中华优秀传统文化的亲力践行。

　　岁月不居,时节如流。我愿尽我的微薄之力继续呵护母亲河,歌颂母亲河。虽然水平有限,但希望读者能通过这本书"窥一斑而知全豹",感受到作为古黄河岸边一介庶民的我致敬母亲河、致敬伟大时代的赤子之情!

2022 年 10 月 6 日

于文房五宝斋

目录
CONTENTS

古黄河情结

我的黄河故道情结 | 002

儿时过年 | 009

老屋，内涵最深厚的家 | 014

难舍粮食情 | 019

"老家当"情怀 | 023

古黄河感悟

青莲对清廉的启示 | 030

老瓷器保护传承要用心 | 032

一位市级作协主席的"三为" | 037

古黄河记忆

被历史湮没的"海瑞式知府"——潘洪 | 044

文房五宝斋 | 046

一代廉吏金纯　　　　　　　　　　　　　　　|　053

文化史上光辉灿烂的一页　　　　　　　　　　|　056

诗书传家久　笔墨继世长　　　　　　　　　　|　090

古黄河遗珍

古黄河畔出土的唐代陶制抄手铭砚赏析　　　　|　102

古代瓷权不是"权"　　　　　　　　　　　　|　106

最新发现的清代宿迁知县万立钰的两幅字画　　|　110

化腐朽为神奇　　　　　　　　　　　　　　　|　115

《宿迁文史资料》史料价值浅析　　　　　　　|　121

砚中"断臂维纳斯"　　　　　　　　　　　　|　127

古黄河清流

寻找宿迁贤官廉吏的足迹　　　　　　　　　　|　134

宿迁历代贤官的主要特质　　　　　　　　　　|　144

挖掘利用宿迁古代贤官资源的实践与思考　　　|　170

古黄河咏叹

古黄河岸随想　　　　　　　　　　　　　　　|　176

七律·咏郭氏杰祖郭子仪　　　　　　　　　　|　178

吟诵父母长辈诗一组（五首）　　　　　　　　|　179

赏花种植一组　　　　　　　　　　　　　　　|　185

听郭继介绍写长篇有感　　　　　　　　　　　|　189

贺外孙女刘芸佳周岁生日　　　　　　　　　　|　190

赞宿迁市博物馆馆藏清康熙十八罗汉图一统瓶　|　192

项羽颂　　　　　　　　　　　　　　　　　　|　194

做证婚人有感 | 195

高考感怀 | 196

送儿子新岗入职 | 197

鹧鸪天·贺新作出版 | 198

"三八节"赠妻 | 199

研撰《砚史》稿有感 | 200

二线感怀一组（四首） | 201

儒将雪枫嗜读书 | 205

体检复查有感 | 206

退休感言 | 207

古代文房雅器八咏 | 208

重阳节游古黄河畔雄壮河湾 | 215

收与藏 | 216

祝贺《贤官》与《家风》出版 | 218

古黄河情结

我的黄河故道情结

黄河故道，有的称"废黄河""古黄河"，也有的称"淤黄河""故黄河"，还有的称"黄泛区"，不管哪种称呼，曾经生活在沿岸的人们听起来都存有"一言难尽"的心理。

在南宋绍熙五年（1194），黄河在阳武（今河南原阳县）决口，侵泗夺淮入海，其后又多次决口泛滥，致使河道淤塞，直到清咸丰五年（1855），黄河在河南兰阳（今兰考）县决口改走现在的黄河河道。从此，黄河夺淮的历史宣告结束，但给故道沿线带来水系紊乱、渍害和土壤次生盐碱化日趋严重的情况，以及"无风三尺土，有风沙满天"的环境状况，使农业生态条件日趋恶化，黄河故道成了一片不长庄稼的荒芜的盐碱地。

但也可能正如宋代词人辛弃疾于《丑奴儿·书博山道中壁》所说的"少年不识愁滋味"，处在我们这个年龄段的人，至今也还怀念着那时黄河故道"芦苇丛生、河水见底、黄沙晶亮、鱼虾共生、兔鸟互逐"的原始之美。童年印象中黄河故道也曾出现过"风吹草低见牛羊""大漠孤烟直，长河落日圆"的梦幻般的意境。记忆中的少年时代虽然很清贫，但是相伴黄河故

古黄河上宿迁段的张庙桥

道生长的情怀却也充满了童趣。

我的老家位于黄河故道的东岸，离河边不足一公里，就是邻居们现在还在说的那种"抬腿就到"的距离。河对面就是富有美丽传说的张老爷庙（多简称为"张老庙"），雨水少的秋冬季，我经常同大人们一起蹚水过河去赶张老庙集市。张老爷名叫张襄，是一位真实人物。明万历《宿迁县志》卷二的《祠庙》一章中记载："张将军，本县中隅人，名襄，弘治间业商。"清末的《宿迁县志》又加注："至本朝，护漕有验，加封护国济淮勇南王。"据传，以前的张老庙宅基高 1.5 米，有比较宏伟的正殿 3 间，正殿内是张老爷的雕像，两侧有护卫神像。修建于清代乾隆年间的张老庙，是为了纪念张老爷治理废黄河有功，可惜毁于 20 世纪 60 年代。这座我们村庄周边唯一的治水神庙虽然我没见过，但从小就听说过这位张老爷生前行善义举、逝后显灵治水、护佑一方的传奇故事。

故道在这里打了一个不大不小的遛湾，我们庄子处在河遛湾里。我从小的生活，就伴随着故道河滩上的河水季节轮回的节奏，四季分明地生活着：春天在垛状的河滩上割草喂牲口，夏天在河里洗澡、摸鱼虾，秋天在堤坝上收罗干草取暖烧锅，冬天在光秃秃的盐碱滩上刮土、取碱洗衣服。日常生活仿佛一刻也离不开这里的河水、草木、沙滩和阳光、空气，给我的童年留下了无法抹去的印象，至今萦绕在脑海。几十年光阴过去，时光的打磨使不少细节已逐渐模糊起来，现仅从记忆深处撷取一鳞半爪、捞起几片碎片，与有黄河故道情缘的同道分享。

（一）沙滩上的"袖珍甘蔗"

每年春天，在冬季随风卷起的大小、高低不一的沙丘上，常常会长出一簇一簇的"甜苗苗"，因有甜味能吃，幼时的我们都称它为"小甘蔗"，每当此时，沙滩上常聚集着成群的孩子。这种"袖珍甘蔗"在成人的大拇指与食指分开那么高时，是"最佳食用期"。"甜苗苗"幼苗时四五片叶，外叶呈浅紫色，稍大时则变成青黄色。最佳"食用期"是初春，因为这时苗嫩，咀嚼后无残渣，可全部吞下，更重要的是水分足，味道甜美爽口。待其稍长大时，不仅要剥掉外边老叶，而且只能咂其内芯甜味，水分也少，粗嚼后老瓤只能随口吐掉。待其长到成人膝盖高的时候，仿佛就变成了另一种植物，附在中间硬秆上原来嫩嫩的肉粒（即嫩叶雏形），便已变成了花絮而随风四处飘扬了。

有"袖珍甘蔗"美称的"甜苗苗"之所以能得到孩子们如痴如醉的青睐，也许是因那时的各色水果缺乏、昂贵，对乡下的孩子来说能吃得上它们是一种奢望，而"甜苗苗"却随处可取，想吃时信手拈来。那时会发现，有时拽"甜苗苗"用力过猛时，会把根部拽出，这时会看到其须根匍匐于地下呈放射形生长，身细皮白，光滑坚硬，尾部尖锐，可惜它们只好看却不好吃。

不过我至今也不知道它植物学上的"芳名"。虽然一度因其根部相似，曾把它当成了用以绿化的狗牙根草。后来，我一直想弄清其真实身份，但始终没能如愿。看来它要在我心目中当一辈子的"无名英雄"了。

（二）家门口的"海水浴"

夏天，古老的黄河故道进入雨水最丰沛的时期，刚刚沙丘成堆的故道，猛然间变成了一片泽国，这里很快就成了孩子们的天下。那时的黄河故道还没有像现在治理后两边用高坝拦着，那时干旱时大小池塘是各自独立的，夏天雨水多的时候，四周雨水涌入河道的低洼处，这时大小池塘连在一起，这里便成了一片汪洋。每当夏天酷热难耐时，这里清凉的河水就吸引着两岸的人们，那景象不亚于今天在大海边看到的著名沙滩浴场。

2017 年 7 月 16 日作者家庭于古黄河岸边

刚过正午，大人孩子们在炎热的阳光暴晒下，往往是从四面八方奔跑而来，还没到河边就迫不及待地甩去穿戴之物。这时沙滩上凌乱地散放着红红绿绿的衣服鞋子，不一会儿，只见几十米宽的深蓝色的河面上，到处就都是湿漉漉的人头了。顽皮的孩子在沙土滩上相互追逐着，嬉水玩闹，有时又跑到水中，相互按着头到水下，先呛了几口水的人也不会甘心，手脚并用，向着对方推着肩、绕着腿、揽着头，直到把对方按在水里也呛上几口水才甘心，直到听到大人们的呵斥双方才作罢，各自带着欢快而得意的笑声跑开了。水边的沙滩上是随水波晃动的细细流沙，湿湿的、软软的，赤脚踩在上面，连心窝都是痒痒的。太阳下山了，晚饭的时候也到了，但人们还是不愿离去。晚风一吹，凉意渗入皮肉直至心田。最惬意的莫过于光着身子却不被蚊虫叮咬，因为这里四处无遮，风大任性，恶毒的蚊虫根本站不住脚，在这里边乘凉边聊天，双手再也不会不停地绕着身子拍打出血腥来。

天真的全黑下来了，大部分人肩膀上搭着衣服，赤着上身，陆续懒散地回家了，特别贪凉的人还要到水里"窜一把"，为的是保持着凉凉的身子回家才能睡个好觉。还有的人不忘记从自己刚洗过澡的池塘里，顺便带一挑水回去，晚上放一把明矾搅一搅，第二天沉淀后再派上用场。

（三）天然的"尿不湿"

实行计划生育前的20世纪六七十年代，家家都是好几个孩子，物资匮乏不仅表现在吃的方面，也表现在穿用方面，像现代婴幼儿常用的各类"尿不湿"就是一笔不小的开支。也许出生在那个年代并生长在故黄河边的人都还记得，那时要解决这个问题，途径有两种，一种是用穿旧的衣服拆去线头，折叠成厚软的衬垫，放在孩子的屁股下，不仅是"废物利用"，而且柔软暖和；还有一种就是用废黄河滩上取之不尽的沙土做的"尿不湿"了，生长在废黄河边的我们这一代人，大概都用过这种带有地域特点的天赐"爽身粉"了。

其实，这种"爽身粉"式的"尿不湿"使用起来也不是很复杂，就是到废黄河滩上，把沙滩尖风头上的干净沙土（当时我们把此"精华"部分都称作"沙灰"），用木桶、布袋等装回去放在太阳底下晒干，筛去土坷垃、蚌壳、草根等杂质，加工后的干净沙土细

古黄河湾

软滑亮，随时备用。但真正使用时也不是直接就放在孩子屁股下的，夏天使用时一般把沙土直接装在缝好的布袋中；冬天天冷，要把沙土温热以后才能使用。温沙土也有很多方法，初用的可直接放入涮净的常用铁锅中加热，孩子已

用过了的沙土也可放在陶罐中，将陶罐放在土地锅做饭后的草木灰上，借助草木灰的余热将其温热。我还见过一种有趣的温土方法，就是做饭烧火时，把一个破的三角旧铁犁铧或砖头放到灶火里加热，取出埋入土中烫热沙土，这要反复几次才能完成。

不过，当幼儿稍大时夜尿增多，也有直接把许多热沙土厚厚地摊在孩子屁股下的，这时细心的母亲怕烫着孩子，往往要用肘下敏感处先试一下温度，或偏着头直接用脸颊去试，感觉不会烫着才把孩子放下。当然条件好一点儿、舍得用棉布的还可做成有点儿模样的"土裤子"。这种土裤子虽称"裤子"却没有"腿"，只是一个上下等粗的布袋，开口处像坎肩，有凹下的领窝。这种沙土布袋一般做两三条，便于替换，上面有暗口方便取土倒土，及时晾晒。这种能拿得出场面的"尿不湿"在当时的农村，可称得上是上档次的"襁褓"了。

无论是"土垫子"还是"土裤子"，因为沙土冬暖夏凉，沙细如面，透水性特别好，即使孩子有夜尿，也很快就会渗到最底层，沙土上面始终是比较干爽的，因此还能预防湿疹。婴幼儿稚嫩的皮肤与细沙土终日"耳鬓厮磨"，却不会磨伤，既省了年轻父母的夜起换尿垫之劳，孩子的皮肤久而久之也得到了养护。

遍布故道的普通得不能再普通的黄沙土，对于故道边生长起来的这一代人来说，可以称得上是"圣土"了，它不仅带给我们快乐，陪伴我们长大，还把自身的精华浸入我们的皮肤、血液乃至骨髓。我们孩童时还曾一直在懵懂中坚信，我们的黄皮肤就是在襁褓中与黄沙土接触过多而染成的，成人后虽然这已成为相互取笑的话柄，但这种与黄沙土之间的浓烈感情又有谁能否定得了呢！

（四）廉价的"皂液"

在20世纪六七十年代的农村，肥皂还是稀缺品，如果深浅衣服都用肥皂洗也是一种奢侈和浪费，尤其是不怕上色的深色衣和冬衣，农村取之不尽的皂角、草木灰等都是廉价的替代洗衣用品，都可就地取材解决。废黄河滩上有种天然的"洗衣粉"，就是取之不尽的廉价"皂液"。每年冬春季节，往往是孩子们按大人的吩咐，带着铲子、镰刀和各色盆罐，匍匐在干燥的沙滩上，轻轻地刮起沙土上面一层灰白色的结晶体。回家后，倒在盆里放上水不停地搅拌，再静置一会儿，沉淀后上面的水就可用来当作去污的皂水洗衣了。大人们虽然在洗衣时搓不出像肥皂的丰富泡沫来，但沉淀后有黏稠感的、带有微黄色的洗衣水，真还有皂水那种滑爽爽的感觉。

　　为什么在我们这样一个不靠海的地方，故道沙滩上冬春季节多盐碱土？这也是后来一直萦绕在我这个文科生心中的"小结"。说来也巧，十多年前我在陪同一位相关专家调研工作时得到了答案，她说这应是一个比较专业的问题，通俗地说，就是因为我们黄淮地区尤其冬春季节蒸发量大，溶解在水中的盐分容易在土壤表层积聚。加之故河道又为"外高内低、中间凸出"的"金元宝"地形，四周地表水的盐分向低洼处聚集，故道排水无路，热量蒸发使地下的可溶性盐分随水升到地表，从而形成盐碱土。当时我听起来仍是似懂非懂，认为这应属"通俗中的专业"的"洋答案"。

　　与此答案相比，当地老百姓的"土答案"说得更浅显，更容易听懂。他们说这里很久很久以前就属大海，不然故河道中哪来那么多的随处可见风化了的小贝壳、小海螺之类的残留"海杂"，早先沉下去的海盐水太阳一晒不就从土缝中慢慢吐出来了吗！

　　这个好懂是好懂，就是不知道"洋答案"与"土答案"哪一个更接近事实！

　　（五）无须用电的"风干机"

　　故道里的干沙土还有一种有趣的用途，就是用来爆炒各类干果，不过这不需要特别地加工。每年冬天，尤其是春节等大节日前，各家都要炒一些干货，先把沙土放在铁锅里炒热，然后分别把花生、玉米、葵花子，以及山芋干、豌豆、黄豆之类要炒的杂粮，根据翻炒的不同方法和爆炒的时间长短，依次投入热沙土中，在杂粮处以似爆而未爆时捞出，然后用柳条筐反复颠筛，在捞与筛的过程中杂粮开始"叭、叭、叭"地爆开，待把沙土、杂质甩净，干货的身子已成倍增长，凉后装在密封袋中备用。大人们当时用沙土爆炒干货，有点类似于现在我们在街头看到的用特殊的石子炒栗子，便于干货受热均匀，而且又不浪费热能。那时炒出的干货我们最爱吃，就是受不了翻炒时铁铲与铁锅、沙土之间"沙、沙、沙"刺耳的噪声，即使用较柔软的玉米或高粱秸秆根部（俗称"秝疙瘩"）的大根须搅动，所发出的"嘈嚓、嘈嚓、嘈嚓"的摩擦声，也让你无法在锅前立足片刻。所以大人们炒干货时我们往往跑得远远的，待成货出来时才来"分享果实"。

　　黄沙土还起过"风干机"的作用。冬天，特别是阴雨天，为了加快衣物的干爽速度，人们会把要晾晒的衣物水分尽量拧尽，然后包上旧衣、旧布等外罩，埋在一堆干沙土里，不到半个时辰，外面的干沙土已变湿板结，而里面的衣物却干爽了许多。其实这种一年四季都在用的"吸水法"，对冬天所洗的棉袄、大衣等大件衣物吸水效果尤好，因为通过这样的吸干而不是暴晒，不仅使衣面不易褪色，而且从沙土里取出的衣面及棉絮也松软不板结，穿起来柔软暖和。

一晃三四十年过去了！如今，我们每天工作、生活在这里的黄河故道早已列入全省水利治理的重点工程，黄河故道区域现代农业综合开发又是工程的重要组成部分。仅宿迁境内总长110多千米的黄河故道，按照省委、省政府"把黄河故道建成全省横贯东西的特色农业走廊"的要求，各级政府花大量资金进行了综合整治。

昔日的"黄泛区"经沧桑巨变，已成为生态宜居之城。这种翻天覆地的变化，不亲眼所见真的难以置信：眼前的古黄河两岸绿树成荫，高楼矗立其间。黄河水景公园、印象黄河与雄壮河湾等故道沿岸风景区每天游人如织。黄河故道已经成为水碧天蓝、芳草萋萋、鸥鸟翔集、瓜果飘香的风光胜地。两岸居民安居乐业，犹如生活在诗间画里。

宿迁古黄河新貌   陆启辉摄

时代的车轮已驶进21世纪，黄河故道里曾经发生的这一切，就让它变成世代相传的童话吧！

（原载《骆马湖》2020年11月6日，《楚苑》2021年第1期，《宿迁乡情》2020年第4期）

儿时过年

20世纪六七十年代过春节的感觉从阴历腊月初就有了，印象最深的就是父母要筹集备年货的钱。

快过年了，吃喝不能像平时那样随便对付，手里没有几个钱，年关不易过。一家人盼着过年，要是不力所能及地备点年货，孩子们看着别人家的孩子敞开肚皮吃着喝着会眼热，父母心里也不是滋味。因此刚进入腊月，我就常能听到父母亲小声议论着筹钱过年关的事。

现在想一想，那时我们同大多数的普通农村家庭一样，大体也就有以下三种途径能筹些钱。

一是卖口粮。把家里最好的口粮小麦、大米、山芋挑到集市上卖；记得为能卖个好价钱，母亲总是把家里最好的小麦、大米放在簸箕里又是扇又是吹，生怕买家挑出毛病，卖不出好价钱。山芋也是挑最大的，薅干净须，擦去浮泥，用布包好，生怕磕破皮，然后轻轻放在筐篮里。

2007年7月14日作者全家合影

二是卖特产。也就是卖家鸡产的草鸡蛋、番瓜（当地也叫南瓜），以及干豆角、白扁豆等夏天就晒干保存的冬天备用菜，这些都是平时舍不得吃的家藏精品。

三是卖劳力，实际就是烙煎饼卖。这是我家地处城郊的几个村赚钱最快的生计。记得天不亮母亲就把我们从睡梦中喊醒，吃力地端上她头晚浸好的小麦、玉米等到石磨上推糊子，从姐姐到我再到妹妹，姊妹几个轮着推，轮到自己推完后再睡回笼觉。母亲放鏊子烙煎饼却是连续作战，等我们天亮起来，鏊子旁边已叠出厚厚的一摞煎饼，父亲已准备去县城卖了。庄子北侧有 20 世纪 50 年代建设的果园，到场圃兑换苹果串街卖其实也是出力的活计。记得那种叫国光的苹果虽然个头小，但由于秋天下霜时才采摘，生长期长，颜色红艳，吃起来又脆又甜，价格也便宜实惠，特别好卖。父亲挑着筐，我跟在后面拎着简单的干粮和小钩秤，到下午一两点，也能卖掉三四十斤，赚到五六块钱。那时候做买卖没有指定的地点，父亲是挑着筐在大街小巷喊着卖的，我也曾硬着喉咙想喊出叫卖声替父亲搭个腔，好像试了几回都没喊出一声来。

说是置办年货，其实对于那时的一个农村普通家庭来说，大头还是猪肉，以及鱼、粉条，还有平时很少吃着的小干果等。猪肉多是拗不过面子，从本庄子中自家养猪杀来卖肉的邻居家买的，接了上门邀请而又笑脸相迎的邻居一支烟，父亲当面就答应了，肯定是要守诺去买的。但当去现场买的时候，既出荤油又肥人的肥膘肉早给主家的亲戚"走后门"买走了。我们看到父亲咂着嘴，拎来的都是还冒着热气的刺眼的紫红色的猪腿肉，以及价格不菲但当时又不实用的猪蹄、猪肝、猪肚等猪杂。即使这样，母亲还是在腿肉上寻找着能熬出油的肥肉一片片地用刀切下来，放在热锅上把油炸出，盛在陶罐里备用。

鱼也是就近从废黄河边刚抽干水的鱼塘里买的，到地头买的价钱比市场上应是划算得多，就是鱼的大小不一，还夹杂着泥螺杂草。但现场你抢我夺的，计重时都是乡村邻里的，村里人也没好意思扒着秤星看，究竟便宜了多少，好像没有人真去算过。

大扫除也是除夕前非做不可的一件事。父亲找来一根长棍，绑上笤帚，找一件旧衣服包住头，只留着一双眼在外面。父亲驼着背，扭着身子昂着头，屋顶、墙面一间间地打扫，扫去一年来满屋的尘土和蜘蛛网，再清除院内院外的杂草垃圾，我们姊妹几个一起给父母亲当帮手，往往也得需要一天时间。

正月里的小零食，就如现在孩子们吃的干果，在除夕前的三两天也都准备好了。母亲将从家西废黄河滩扒来的干沙灰（乡邻都这么叫，实际是一千多年前从黄土高原冲击来的细小颗粒状软土）晒了又晒，放在大铁锅炒热，再先后放入葵花子、花生、小玉米（不是大粒玉米）、黄豆（或大青豆）、蚕豆等，有的年份也炒山芋干。父亲用干柴或软草交替烧锅调节着土温，母亲用挖菜的小铲子不停地上下左右翻炒着，不一会儿，噼里啪啦的爆炸声与沁人心脾的谷味香就弥漫了整个小院。四五样干炒货，一两个小时工夫就装满了小箩大筐，最划算的要数能涨自身几倍大的小玉米花了。

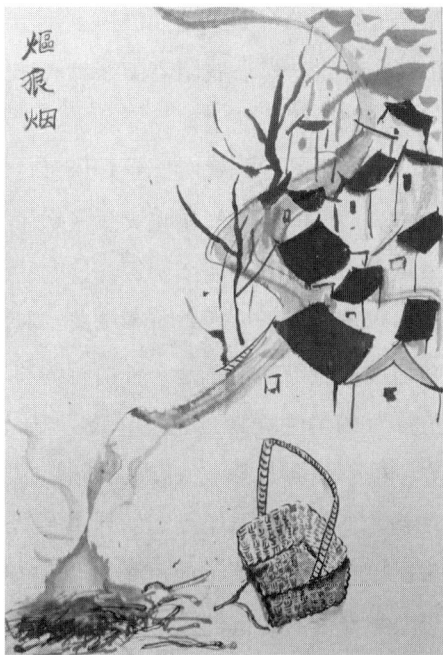

烟狼烟

除夕早上的辞旧鞭炮放得特别早，往往是响亮的鞭炮声把我们从睡梦中吵醒的。不过这一天放的鞭炮方法很特别，父亲是用不干不湿的一小摊碎草先点着冒烟，叫烻（ǒu）狼烟，然后把鞭炮投入烟火堆，这时鞭炮像急于逃离那呛人的熏烟似的号叫着、跳跃着向外奔跑。后来才听老人说，这种位于苏北、鲁东一带除夕早晨"烻狼烟"过年的习俗，最早还要追溯到700多年前的元末汉人驱赶蒙古贵族的历史故事呢！

除夕的晚饭总是吃得很晚，我们看着桌上的菜肴急得要流口水，可能因为饭前还有很多重要的事要做。

想起来主要也就是两件，一件是与父亲一起贴春联。用母亲在大铁饭勺里打好的面糊贴春联，我用高粱刷把子在春联背面刷上糨糊，父亲向上贴，那时农村的春联可不仅是贴两扇大门，草垛上、猪圈鸡圈上、井台边、门前大树上，以及水缸上、粮囤上、家具上，甚至茅厕上都要贴。其实贴春联时间也还不算太长，因父亲是高小毕业，又是生产队会计，不少邻居家贴春联时怕把上下联往往贴反，总要找父亲去把个关，三五家一跑，就把我们家的事拖迟了。年夜饭之前还有一件重要的事就是烧纸祭祖。先祖不祭，年夜饭是不能吃的。

母亲先做好四个荤菜连同酒盅、筷子一起放在柳条篮子里，用一条整齐方正的旧花布盖上，然后我陪着父亲到离家一两里远的故黄河滩东侧的高滩上去给爷爷、奶奶等先辈坟上祭祖。

回家后的父亲这时感觉轻松了许多，他用火柴点着一支烟吸着，不慌不忙地走到门外的路上开始点火放鞭炮了，直到看着鞭炮炸完，我们一家才能一起坐在桌前享用除夕的团圆饭。这时，满天的星星已经在院子的上空闪烁了。

年夜饭桌子上看着有不少菜，其实真正主菜、硬菜也就是一两样。首先就是猪肉烧粉条，也就是一种扁宽的粉条放上酱油与猪肉同烧，也有用俗称"龟盖皮"的稍微宽大方正的干山芋粉皮与猪肉同烧的。肉块子切得不大，小而方，但不一会儿，一大碗的粉条烩肉还是你一块我一块就吃光了。另一道硬菜就是炒鸡蛋了。但年夜饭的炒鸡蛋其实叫"涨鸡蛋"，与平时来亲戚时炒的鸡蛋区别是不掺韭菜、西红柿等任何杂料，而且放油多，待热油冒青烟的时候，母亲把搅透的鸡蛋倒入，这时会发现鸡蛋在热油里真的迅速膨胀起来了。即使是饿肚子的夹几筷吃也就被腻住了，比红烧肉更肥腻、压口。

2020年10月26日郭继在江苏省青年作家读书班上

到了改革开放后的八九十年代，年夜饭餐桌上的"硬菜"猪肉、涨鸡蛋就已被牛羊肉、海鲜等代替了，但父亲还是一定要母亲烧红烧猪肉。其实放在桌上也多成为摆设了，就他一人吃一两块就端下去了，一个正月也许就没有其他人动筷子了。所以，再后来母亲年夜饭就不愿做红烧肉了，这时父亲就要我到专烧猪头肉的馆子里买烧好的放在餐桌上。在父亲眼里，年夜饭的标配必须有纯纯的红烧肉。这让看着满桌可口菜肴的我们无法理解。但我后来思忖，他这种坚持，也许是害怕还像六七十年代年夜饭那样，如果没有一两个硬菜在餐桌上着实地压着，真的把满桌子菜吃光了，那会失去"年年有余"的彩头和吉利。

2013 年 1 月 31 日作者赴贫困村慰问

其实，初一早上父亲有时起得比除夕早上炕狼烟放鞭炮还要早，因为他要挑着水桶到村子头的公用井去打"头道水"，说是去抢今年的第一道财。但他常说，他也去晚了，水井旁早排了一长串打头道水的人了，即使这样也不能空着桶回来。等他把水缸打满后，接着要给家庭成员每人冲一碗白糖水，他用一支竹筷慢慢搅匀，要我们每个人喝下去，说大新年第一口要吃甜的，这样一年才都能甜甜蜜蜜。即使有点儿小病小灾，大年初一也不能吃药，更不能在讲话时有苦、死、饿之类的欠吉利的词出现，因为大年初一的事都是管全年的。所以，我们当时都把他的话奉为金科玉律，不敢随便说话，脸还没洗，先把这碗会给全年带来美好生活的糖水喝下去，再做其他事。

一碗糖水下肚，仿佛一天乃至一年的好运真的已经来了。我们早早吃饱饺子，兜里装满各种干果，兄妹几个高高兴兴地同邻居家的伙伴玩起了踢毽子、推铁圈之类的游戏。有时还要结伴去较远的乡镇看踩高跷、跑旱船之类十分热闹的节目，阴历新年就这样开始了。

（原载《楚苑》2019 年第 3 期）

老屋，内涵最深厚的家

自 20 世纪 80 年代中期参加工作后，我们在城里已经搬了几次家，虽然搬的新家一次比一次宽敞明亮，但是心中还是依然把自幼生活、成长的老屋当作真正的家，为了同城里的新家区别开来，就把家里的老屋称作了老家。老屋不过是几间已很破旧的老砖瓦房，但掂其在心目中的分量，总感比城里的新家重些，而且觉得它才是内涵最深厚的家。

说是老屋，其实建造的时间也就是三四十年，是 20 世纪 80 年代中期盖的。但也就是在这不到四十年的时间里，父亲已在他亲手建造的老屋里仙逝了，母亲也已进入鲐背之年。两位妹妹从这屋子里出嫁，现也都有了第三代。我也从一个刚参加工作不久的风华正茂的青年，变成了鬓白顶稀的即将退休的中老年人。自幼在老屋里玩耍成长的两个孩子，也都分别结婚和上大学了。在孩子们的眼里，出生之前就已存在并在这里长大成人的居所，更是名副其实的前代老宅了。

改革开放之初，农村实行土地联产承包不久，农民的肚子已都能够吃饱，紧接着的需求就是改善原先落后的住房条件了，我们家的砖瓦房也就是这时开始筹建的。之前，也同农村绝大多数的农民一样，我们家住的就是老百姓常说的那种草顶泥墙的土坯草房。这里住着父母亲和我们六个兄妹，既小又矮的土坯草房，八口人却在此生活了近十年。

从现在的角度看，这种矮小的土坯草房建造成本虽比砖瓦房低些，但每年用于维修的支出并不少，算起总账来也不算节省。就屋内用来做隔断用的两面草山墙而言，它要用一大堆粗壮的芦苇去编，俗称"笆杖子"（即篱笆墙），因直接接触地面，容易受潮腐烂、易磨易损，需要经常更换。这还不算大的支出，比这更大的花费，就是每年对草屋的"缮顶"了。

记得每年在冬末春初的时候，为草房补顶就是一件家庭大事。此时正是相对农闲的时期，请本庄子里有这方面经验的七八位成年男子到家，有和泥的，有顺草的，有站在梯子上从下向上传递缮草与压泥的，当然更有经验的是要爬到房顶去一把一把地次第补草，这个活儿就是行内所称的"缮顶"。要找哪些手艺人，要怎样凑齐这笔不小的支出，父母亲很早就开始筹划了。

"缮顶"有两大支出：一是需要数百乃至上千斤上好的麦草（麦收时偶遇阴雨天麦草受损，稻草也可代用，但不耐雨浸，易烂）；二是三五天工时对技工的烟茶与饭食招待费用。这些在当时对一个普通家庭来说确是一项不小的开支。

就麦草而言，因此时正是青黄不接之时，黄亮亮的麦草，本来就是一家人烧火做饭的柴火，抑或是换钱的好料，因此向房上缮草也是在"烧钱"。再说饭菜招待吧，请来帮忙的都是乡里乡亲，在张家李家干活儿有肉有酒，在你家干活儿却纯是粗粮青菜，不讲在亲邻前面子上过不去，看着技工一身泥巴一身汗水的，不做丰盛点儿本身也有负疚感。更何况那时的壮汉子，哪个不是好几天肚子里已经没有沾荤腥了，早就等待着出这样的苦力来慰劳下"穷肚子"了。所以"缮顶"既然是家庭中的一项必要的重大支出项目，这时也就尽其所能了。自己也因算个小劳力干了些二手活儿，在这几天肚皮也就跟着沾了光。

到 20 世纪 80 年代中期，在我刚参加工作的第二年，随着家庭生活的逐步宽裕，加之没有了我的学费支出，经过大半年砖瓦、房梁、基石等的筹备，新房于这年初夏动工了。经过半个多月家里、家外人员的共同劳作，三间正屋、三间前屋过道、一大间厨房，加上左右两边的围墙，一百多平方米的砖瓦房，再加上

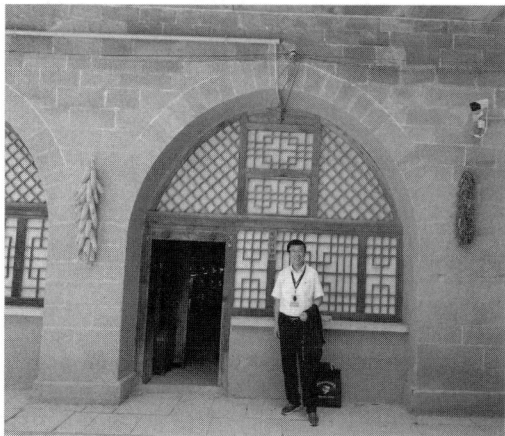

2021 年 7 月 8 日于延安梁家河书屋

近一百平方米的农家小院落成了。

现在看来，盖几间普通的砖瓦房对于一个大家庭来说，并没有多大的经济压力，但在当时却是举全家之力的大工程。就垫宅基地来说，因原来我家的老宅基起于普通的菜园地，地势较低洼，一家人光是利用农闲时间，早起、晚睡用平板车带着到黄河故道里取那些很沉的半湿沙土，就用了一个月左右的时间。砖墙底面的地基石块，用姐姐家当时少有的手扶拖拉机，在拉货赚钱的间隙，从二十公里外的嶂山，一点点地拉了两三个月才凑齐。为了节省运费和招待费，房梁柱、屋面板用的木材，全部是从宅前屋后自家的成树中选料，从挖树、整梁、截板都是自己家人起早贪黑地干。购买砖、瓦、水泥等也都是自己去运。即使这样，终因财力所限，院中的水泥石子地坪，还是没有同新房子一起做起来，直到三年后才把高低不平的土地面换成光亮的水泥地坪。

按照当时的说法，农民建起几间房，全家人身骨要瘦一圈、身上要掉层皮、粮仓要见底。还好，居所建好了，人确是瘦了一圈，但"土地大包干后"，吃粮还算过得去，虽然紧了下裤腰带，全家人还是挺过来了。

房子是建起来了，起初中看的只是外观高大的红墙红瓦大院，以及宽敞的室内木顶、白墙、水泥地。后来随着经济状况的好转，又相继添置了衣柜、条桌、厨具以及冰箱、彩电、洗衣机等家具、家电，居所条件与过去矮小的草房相比，的确得到了大大的改善。但让父母稍有失落感的是子女们相继结婚，真正在房子里生活的其实只有他们俩，只是每到节假日或周末，我们才都回去，家里才算热闹起来。

2010年春末父亲生病，母亲虽已年逾八旬，但还基本上能照顾父亲，我们兄妹穿插着回去帮衬着一起照料。2017年阴历腊月父亲去世，母亲虽在生了几场病后身体有些虚弱，仿佛一下子也老了许多，但由于得到了我们周到的照料，康复后生活也基本上能够自理。老母亲也可能是为了坚守这个亲手建起的家，也可能是为了减轻子女们的麻烦，坚决自己在老家生活，谁家都不愿意去，所以子女们都是每天轮着回去照顾她。老屋的电话和她身边的手机，常常成为每天我们关注她生活起居和问候的热线，我们也往往能从她的音调和语速中了解她的冷暖与情绪。这时的老屋就成为兄妹们的牵挂，每天令我们魂牵梦绕。其实我们是在时刻挂念着老屋中的母亲：她的吃饭、起居、服药以及一丝一扣的细小安全。正如前年夏天我在一首《母亲的拐杖》小诗中写到的：

　　……/拐杖虽是普通一介之木/却萦绕于心挥之不去/进而变成了我的牵挂/我们不在她身边/如果走路时触地蹬滑/如果开关灯时触水漏电/如果起身时扔在别处够不着/如果晾毛巾时钩在绳子上取不下/如果外出溜达时突起风雨慌忙中脱手/如果……/虽然都没曾发生/但每天无时不在挂念着母亲手中的拐杖/……

　　前几年，老屋的前、后墙出现了深浅不同的裂缝，房顶也有了不同程度的塌陷，有的地方因瓦片碎裂还出现了漏雨现象，母亲及时催促我们修补。我爬上房顶，修削了大风时触及房顶的杂乱树枝，裂缝处的地基又填了些大石块，还又重新为老房子进行了粉刷，吊上天棚，更换了一些陈旧的家具。母亲不知从哪里看出或听到了什么，这时她双手握着拐杖用劲敲着地面，严肃地对我们说：你们别以为这是在为我修房子，你们这是在为自己修房子、置东西，因为这就是你们的家，你们的根！说得我们只能频频地点头称是。

　　老屋凝聚了父母的心血，为我们家几代人遮风挡雨，给了我们很多的温暖和依恋。父母对它的感情是难舍难分、寸步不愿离开，其实我们又何尝不是呢！它陪伴我们度过沧桑岁月，现在已经融入了我们的生活。我们经常要回去整理家什，里外打扫，每周要回去为老屋前后的菜园除草、浇水、治虫，有时从院子前后的柿树、枣树、石榴树、无花果树上摘下的满筐果实、菜园中拔出的各色蔬菜，母亲都督促我们送给左邻右舍一起吃。大小节日或者她的生日，我们全家要陪着母亲一起度过。今年阴历二月是她老人家九十三岁生日，我还专门赋诗一首《陪母亲过生日》，并大声诵读给她听：

　　父逝三年时思念/母亲已过鲐背年/耳聋肢板步蹒跚/发白齿落纹满面/紫燕长成数腾巢/庭院寂寞频心牵/喜携全家庆母寿/滴水泉报意拳拳。

　　老屋所在的庄子上许多与母亲同龄的伯伯婶婶们，也经常来老屋聊天、前屋纳凉。他们或是东家长西家短，或是哪个偏方治好了自己多年的老病，或是展示下子女们刚买的新衣裳……不觉就是一两个时辰过去了。他们在一起唠的话题，有时是自身独处时的寂寞，有时又是与子女相聚的欢乐；回忆的有时是过去生活的艰辛，展现的有时又是今天家庭的幸福。就这样他们共同陪伴母亲一起度过了暖春冷秋、寒冬酷暑。住在附近的也已经七八十岁的同族哥哥嫂子们，每天来为视同自己母亲的婶婶热饭、梳头、洗衣、陪说话，比我们陪伴的时间还要多。

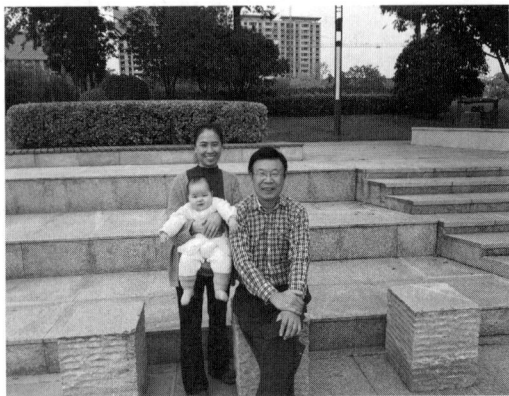

2021 年 10 月 31 日作者于古黄河雄壮河湾畔

每当回到老家，母亲就能把几天来庄子周围发生的大小事情娓娓道来，我们经常夸她是"足不出户全知天下事"。孩子们听了后也往往十分惊讶，并戏言：奶奶是不是上了互联网才知道那么多！通过母亲、通过老屋，我们的身心融入了族群，融入了左邻右舍，更融进了当今丰富多彩的农村大社会。

今年春节回家，听村里的干部说，这一带已列入了政府的拆迁规划，不久的将来这一片还要拓宽马路，建大工厂，或者营建大规模的住宅小区。所有这些，听起来都是那么高端，也让不少人心驰神往，但这些却激不起我们的兴趣！因为那时我们将失去老屋，失去家园，更会失去与世代友好相处的亲邻们的真挚感情，还可能会失去与这个社会紧密衔接的一环重要的链条。

当然，这也许只是个人的一厢情愿！时代的飞速巨轮、城镇化的急促步伐，终将会把包括我们家在内的这一片脆弱不堪的城郊老屋，一步步地蚕食掉、吞噬掉。

但是，老家是自己生命的起源，是我们人生起步的地方。即使身居高楼或漂泊再远，也会像风筝一样，总有一根情结之索有力地牵引着我，我永远不会迷失方向，因为那里曾经是生活的港湾和心灵中的净土！

（原载《骆马湖》2021 年第 38 期）

难舍粮食情

——参加涉粮问题专项巡视巡察随感

从今年 10 月上旬到 11 月中旬，我参加的市委巡察组作为接力组，开展了此次由省委第五巡视组牵头的为期一个半月的涉粮专项问题巡视巡察工作。我们市委巡察组共十余人进驻沭阳，看资料、查报表、听介绍，并实地到全县粮库查实粮食库存和质量状况，穿梭在金黄色的稻浪与花香之间，成为巡察工作的主要内容。每天都在同有关粮食的问题接触，谈论、研究、思考粮食问题，时刻眼见、手触金灿灿的稻谷、小麦，嗅闻新稻的芳香，这在工作后的三十多年里还是第一次。这样的工作和生活环境，不能不让我——一个从小就在农村长大的农民子弟，勾起对幼时有关粮食与吃饭问题的琐忆。

在记忆中，作为 20 世纪 60 年代初出生的吾辈，80 年代中期以前，肚子像是就从来没有吃饱过，每天都在与饥饿抗争。

大集体的时候，生活粮食的来源就是靠一年夏秋两季生产队的分粮。春天青黄不接时最难熬，好不容易等到了夏收分小麦的时候，每人也只能分到刚打下来的半湿不干的十斤小麦，其余的要等到缴足公粮以后再说。这每人十斤小麦很不耐吃，一家子十口八口人的，也只够喝几顿稀粥再烙几次煎饼，最多维持一个星期左右的生活。

说等缴过公粮再继续分粮，其实全年每人的粮食总量是一定的，即不管大人小孩每人每年 360 斤，也就是老百姓常说的"够不够，三百六"，在那没有肉蛋禽油保障的年月，每人每天平均不到一斤的纯粮供应，作为血肉之躯，谁没尝过经常挨饿的滋味呢！那时我这个身高一米七以上、近 20 岁的身躯不足百斤就是最好的证明，而现在这样的身高正常体重应在 140 斤左右。

同龄人中至今还在时常谈论有关吃红芋的事。从深秋到初春，记得每天吃得最多的就是红芋了（老家的称呼，也叫山芋或红薯），尤其是在秋末红芋快成熟的时候，大人们就急着到田里从垄侧轻轻刨起一两株看看成熟的情况。当开始进入收红芋的时令，秋冬全天吃红芋的季节也就开始了。早饭吃的是既黑又腻的红芋煎饼，晚饭吃的是红芋段子（切成的竖块）掺稀米粥或稀玉米面子粥，桌中间放的也多是炒红芋丝和生腌萝卜条。由于是红芋稀粥，每天大多又是吃两顿饭，所以往往不到天黑就饿了，而且由于红芋甜性太大，夜晚胃反酸难以入睡是常有的事。在早晚两顿饭之间相隔时间很漫长，当中要加餐往往吃的也是红芋，因为它相对较丰富一些，加工起来也很方便，只要放在火里焙烧一下或放在热水里煮开烧熟就行了。这样一日三餐甚至多餐都是红芋，饭是红芋，菜也是红芋，如果不是十分地饥饿，这张嘴见到它真的不易张开。所以直到现在，有人把餐桌上的红薯当作佳肴珍馐来品尝，直夸味道是如何纯正香甜，我却往往恭维不出一个字来。

我的叔伯大哥 70 年代后期，从教师转到了粮管所工作，他就成了前庄后邻找他开后门买"紧俏物资"的"紧俏人物"了。记得父亲也会去找他买一些那种稻米加工的副产品——米嘴回来吃。这种独有的成粮品种我已多年未见，现在不知道还有没有，在粮食稀缺的年代，它可是个好东

2021 年 7 月 7 日作者（前排右一）在延安室外课堂听取现场党性教育课

西。买回来以后我们把它当作主粮对待，与其他的副粮掺着吃。主要有两种吃法，一种是用它与磨碎的粗玉米粒或者剁碎的红芋粒丁，做出所谓的"两掺干饭"，吃着有干米饭的感觉，我们说它"赶口""压饿"；另一种是用它与剁碎的红芋丁掺在一起，上磨磨糊子烙煎饼，用这样"二合一"的料子烙出的煎饼，按照母亲的说法容易"起干"，比用纯红芋糊子烙更易从铁鏊子上揭起来。

所以每每吃到用米嘴做出这种当时被认为很"高档"的饭食，不仅爽口、压饿，往往还有一种很有面子的感觉。

像我们这些当时还不满 10 岁的孩子还喜欢大人们外出扒河打堤，也就是那时说的"上河工"。因为大人们上河工出的是苦力活，往往有一顿意想不到的大餐，而他们却往往舍不得吃带回家，我们这些孩子就很有可能吃上这种"河工宴"了。我清楚地记得，在冬天太阳落山、天即将黑下来的时候，已在村头等候多时的我们，这时看到家中的"壮劳力"——父亲和两个姐姐扛着铁锨，手里拎着一个鼓鼓的大布袋子，拖着疲惫的身躯向家里走来。他们还没进门，那个大布袋子就被我和两个妹妹抢下来迅速打开，逼人的肉香往往激动得我们双手发抖。打开后里面确是妥妥的三份饭菜：诱人的萝卜烧肉和纯大米饭。这些都是分给这些所谓壮劳力的"份子饭"，大人们还未动筷省着回来给我们解馋了。不由分说，一会儿三份胜似山珍海味的"河工宴"就被我们吃得粒米未剩。

80 年代初，我当时已上高中，吃住在学校，父母为了不让我因饿肚子影响学习，最大限度地把家中仅有的粮食先让我吃饱。每星期回去，母亲用小布袋子装满满的一袋白米，足够一周吃的，有时为了改善口味，还将从房前屋后栅栏上收获的白扁豆、豇豆等一起掺入大米。我每天放学时到食堂取银白色的铝饭盒时，不用看上面所做的记号，冲着那特有的香味，就知道哪一盒豆米饭是自己的了，然后抱着就跑回宿舍，不用就任何菜，喝着白开水，一大盒饭瞬间就狼吞虎咽地吃完了。

家庭合影

有资料显示，到了 80 年代中后期，随着农村土地承包制的完善与农民种粮积极性的提高，粮食产量大幅度增加。据《农民日报》2019 年 10 月 8 日报道，到 1984 年总产首次突破 4 亿吨，创造当时历史最高纪录；农民收入年均增长 15.1%；人均粮食达到

390公斤，约为新中国成立初的2倍。而改革开放之初的1979年，人均年有粮食满打满算也只有340公斤。随着商品经济的不断发展，其他副食品也逐步丰富了起来，饿肚子的感受也已很少体验到了。记得当时我正在淮阴上学，父亲每隔几周都要从家里寄来钱和粮票，而且信中还很有底气地叮嘱，放开肚皮吃吧，家里有的是粮食给你换粮票。这样可以再不像从前那样饿着了。

这些有关吃不饱的事情真是不堪回首。现在这些听似遥远的故事，往往也只能用来教育孩子要爱惜粮食、节约资源了。不过当你讲起这些亲身体验过的事时，他们也只是似听非听地笑笑，显得不以为然，最多也就是一两句回应：你说的是经常挨饿？真有这事？那时真有那么艰难和恐怖吗！

其实，这种艰难和恐怖，现在世界上不少地方还在上演着，粮食危机就在眼前。

据联合国世界粮食计划署2020年底发布的报告，2020年，在55个国家、地区内，至少有1.55亿人陷入"危机"级别或更为严重的突发粮食不安全状况，比上一年增加了约2000万人。《2021年全球粮食危机报告》也发出严重警告：冲突、极端天气，以及新冠疫情对经济的冲击，又使数百万人陷入突发性粮食不安全状况，而且这种突发性粮食不安全问题一直在加剧，很可能使粮食危机愈演愈烈。

2021年11月12日参加江苏省委巡视组对沭阳粮食专项巡察接力组工作

"民以食为天""手中有粮，心中不慌""存粮如存金，有粮不担心"等等，都是表述粮食存储安全耳熟能详的"口头禅"。因此，粮食是"安天下、稳民心"的根基所在。大国粮仓稳，国家根基牢。

思考到这里，我更觉得参加全省粮食问题专项巡视巡察工作，使命是这样光荣，意义是如此重大。

2021年10月26日于宿迁沭阳

（原载《楚苑》2022年第1期）

"老家当"情怀

现代化步伐日益加快的今天，过去百姓生活中须臾不能离开的"老家当"，如今已逐渐远离我们的生活与视线。但现实生活中还总有那么一群人，对它们却仍有挥之不去的感情，时常提起、寻找、追忆它们。出生于 20 世纪 60 年代的我，就是那群人中的一员。

老鸡蛋罐

最近周末在农村老家打扫房间时，我忽然发现了床底下的老鸡蛋罐，手抚摸着、追思着，而且忽然喜欢上了它。

据母亲讲，这只罐子是上辈传下来的，至于是哪位祖辈添置的，她也是不知道的，反正她进了郭家门就发现长辈们已经在使用。据我理解，家里人都约定俗成地称它为鸡蛋罐，是因为在所有人记忆中它都是盛放鸡蛋的，没做过他用，不然，叫它米罐、面罐、糖罐之类也未尝不可。

记得那时候家中喂养了许多鸡，母鸡产蛋后鸣叫不了几声我们兄妹就已抢着赶到锅屋，从灶下柳条筐温热的麦草鸡窝里，争抢着把还带有体温的鸡蛋送到这只灰陶罐里，那飞奔的速度与溢于脸颊的喜悦似与那只仍在振翅高叫的产蛋鸡争功似的。

儿时虽然天天见到它，但从没有仔细地端详过它。于是我停下活儿，放下手中的扫帚，把它捧到屋外檐下光亮处打量了起来。其实，这只灰陶罐并不大，也就只能盛放差不多七八十只鸡蛋。它周身为青灰色，扁圆形，鼓腹、平底，圆口内敛，器形饱满、古拙。口沿外有一圈成人两食指宽、一小指厚的凹槽环绕一周。周身布满荠菜粒大小的颗粒胎质，均匀地凸显在器表。由于长时间摩挲，小颗粒已变得黝黑、亮滑，这种时间与人为共同造就的表面乌亮皮壳，也许就是收藏家们所起的那个十分幽雅而好听的名字——包浆。

在我的记忆中，这只青灰色的鸡蛋罐始终是安放在墙角或床底下的，现在想父母亲可能是积于这样的考虑：放在那里别人不易碰到而打坏它，也不会从高处跌落；还有就是夏热天靠近地面温度低一些，鸡蛋不易变质，可保存时间长。我们看到母亲每次端出来的时候都是捧着的，即使内里只有很少的鸡蛋也从看不到她用一只手拎着。所以至今那只罐子仍完整无瑕，虽然经手有万千次却看不到丁点儿磕痕，只看到罐底被磨得锃亮平滑。

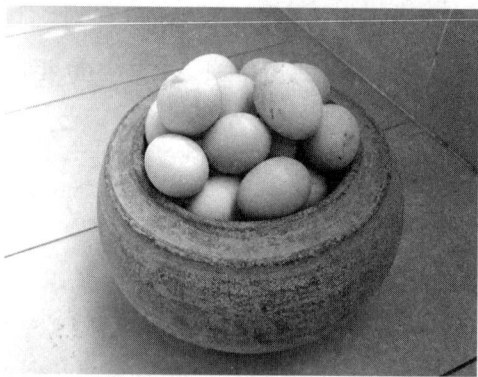

回想儿时，鸡蛋可不是像今天这样天天能吃得到的。尤其在冬天时，灰陶罐被母亲用旧棉袄严严实实地包裹着，一来怕鸡蛋冻坏，或者老鼠、黄鼠狼偷吃；二来就是提防我们这群刚十岁八岁的兄妹几个"家贼"，防止我们趁她不注意时，偷着拿到路边货郎摊上换我们喜欢的鸡形鸭形类的彩泥响咕咕、多色的红黄蓝琉璃蛋，或者姐妹们都喜欢的红红绿绿的花头绳、耐用的彩色铁皮发夹等。鸡蛋一旦被货郎拿进那蜘蛛网似的铁丝罩，即使刚发现的父母亲前来亲自交涉那也是不能反悔退货的。

按母亲的说法，那罐子里的鸡蛋是"祭大用（祭为音，确是这么说的，应为特别之意，或把鸡蛋比成了法器）"的，一般的事儿动不得。如：开学前我们急需交学费用它到集市卖钱了，家中点灯的煤油瓶已见底、为防摸黑须到供销社去换煤油了，探望重病中尊贵老人须准备厚礼了，孩子们发疟疾或头痛脑热后急需补身子了，烙了厚厚几摞煎饼时鏊子忽然累得打涩"不干"了……每当这时候，母亲就如变魔术似的，大方地从床底下捧出鸡蛋罐子，然后在全家人的注视下，小心地从中掏出鸡蛋并默默地数着，如数交给早已等候在旁、手持软兜袋的父亲去派上各种用场。

母亲直到现在还在用它盛装鸡蛋，昨天她从床底下端出来取用的时候也还是满满一罐的。不过那已不是自家鸡产的蛋，而是子女们回家时从市场上购回给父母日常食用的。因父母是年事已高的耄耋老人，家中虽已不再养鸡，但罐中的鸡蛋却总比儿时记忆中的多，上茬买的还没吃完，不知哪个子女又买来装了满满一罐。记得小时候，我们一家人平时再节省着吃用，也很少看得见那鸡蛋罐是满着的。

这只普通得不能再普通的农家几代人使用过的灰陶罐子，绝不像其他陶瓷器那样珍贵耀眼，既没有光鲜照人的釉彩，也没有山水花鸟的工艺，更没见名人的落款、钤章。之所以我至今还如此追念它、珍视它，是因为它全身浸润了我们大家庭几代人之间的浓浓亲情，它伴随我们度过天真无忧的童年，见证了父母培养我们的节俭与艰辛，当然，它更见证了社会的进步，以及改革开放的伟大成就带给每个家庭的巨大变化。

石磨情

曾几何时，老石磨是农村人居家过日子不可或缺的重要家什之一。家家户户的院子里都有一盘石磨，磨糊子、磨面粉……热闹的一群人起早贪黑地围着它，加工五谷杂粮养活着一代又一代人。

随着时代的变迁，我们家曾经使用过的石磨，也记不清有几十年不曾用过了。上周回家发现，那只表面光滑的石磨圆盘，现在已被母亲只用来放置洗刷碗筷的各种盆盏了。

我们家的那盘石磨其实是十分普通的。如一定要找它的特别之处，就是磨身的上、下扇圆盘很薄，只有平放着的成人女子拳头那么厚，不到新石磨厚度的三分之一，一只豁掉的磨耳尤显沧桑无比，那是经历了上百年几代人不停使用的历史见证。由于上扇薄而轻，磨糊时还可以，当需磨面粉时压力重量就不够了，这时母亲就搬上几块平整的石块"加压"，每当这时，就是我们正在推磨的兄妹连连呼重叫苦的时候。

石磨使用之前是需要做一些准备工作的。对加工面糊的杂粮，首先要把它泡上三五个小时，这叫浸粮。我记得母亲一般都是前一天晚上把需加工的粮食放在大盆或木桶里，然后加满水，浸泡到第二天早上再洗净加工。如需加工面粉，则前几天就将小麦或糯米放在阳光下晒干，尤其是小麦要放在簸箕里反复上下颠簸，扬去其中的糠秕等杂物，再放入磨中加工。簸扬麦子中的杂物可是个节奏感很强的体力活，父母亲双手并用，扬上颠下，有时还以口作"吹风机"，我常发现一木桶小麦扬净下来，他们往往就已累得满头大汗。

石磨转起来后要不停地上料，这也不是一个轻巧活，往往是由推磨中的"老手"来承担，因为一边用力推，一边还要将水和粮食不偏不差、不多不少、比例相称地加到磨眼里，而且动作单调重复，左臂极易疲劳。有时为提高效率，母亲会站到石磨旁边，不时地向磨眼一铁勺、一铁勺地由她代劳"喂食"，我们集中精力推磨，这时就看到劳动果实从磨腰四周淌入磨盘里的速度更快了。

推磨看起来很简单，其实它不仅是个体力活，而且也是个技术活。我的经验是忽快忽慢、步子过大、相互间步幅大小不一都不能算作是"老把式"。掌握好这个用力大小、快慢节奏的"度"，还真的需要在实践中好好摸索三五十回呢！

粮食加工完了，除及时刷净磨体外，还有一道工序叫堑磨，就是由较有劲的人用磨棍将上磨扇翘起，在上下扇间垫上一个准备好的小木块，使上下磨扇间隔、通风。这样，冬天两扇不冻结、夏天残粮不易馊，以备随用。

在我们记忆中，磨出的杂粮糊也是多用的，小麦、玉米类多用来烙煎饼或上锅贴饼，还有用来煮稀粥（我们苏北称烧稀饭）；黄豆磨出来多用来做豆腐，或做豆皮、豆干类。磨面粉就要费事得多，我常看到母亲在背风处用几种筛眼大小不一的筛箩反复过滤后，不停地将筛出的粗渣送回再磨，直至磨细为止。

说实在的，我们一边听着石磨运行发出动听悦耳的"嚯——嚯——"声，一边吃着自己推出的糊子、刚由母亲亲手烙出的煎饼，身上劳累顿消大半，尤感这又脆又香的煎饼是天下最好吃的点心，这是没经历过的孩子们怎么也体会不到的。再退一步讲，以当今的绿色食品观，由于古老的石磨加工纯属传统工艺，加工出的面糊、面粉既没有任何添加剂，又避免了现在高速电磨的高温、高压，保留了面糊面粉的营养成分和纯正香味。

老座钟

老家主屋内一张全身紫漆的楝树木做的老柜上，一直端放着一个30年前的老座钟，这是父母每天必看必用的家常用品。因钟面已破旧，定期还要为发条上劲，我最近同父母亲商量了几次想要换成漂亮而省事的电子钟，他们都没有同意。而且不换的理由累积起来比我要换的理由还要多：还走得好好的，扔了太可惜；报时声音大，若换那低声的，耳朵不好使听不到；老钟面数字挺大的，换小的，站在锅屋门口看不清几时能做饭；是几十年前的东西了，那时要上百斤粮食才换得到呢……

当时听他们唠叨这些，只想到是为了节省钱而不让我重买，后再一琢磨，感觉每条理由还真有点儿道理。

现在从城市到乡村的家庭中，这种不停地要上劲的老式座钟的确已很少见了！新式石英钟、电子钟省事，不用上劲不说，还有款式众多、钟面漂亮华贵、报时声音悦耳动听等优点，年轻人是尤其喜欢的！我们城里房子的客厅、餐厅、卧室里摆放的也都是一律的电子钟，一年半载不去校时也是准确的。

那个老座钟是20世纪80年代中期，原土坯墙、草上盖的茅草屋翻建新的砖墙瓦房时，由我的几位姐姐凑份子钱合买、作为贺礼赠送的，当时摆在家中确是耀眼，也算作新居中唯一的"家电"了。当年的数十元相当于刚参加工作的我的两三个月工资，也就是母亲说的，要上百斤口粮才能换来的！

以现在的眼光看，与琳琅满目的新式钟相比，这个座钟应是十分普通的，质量也不算很好。钟面是普通的木板，上面覆一层浅黄色的装饰皮，其他几面是半指厚的微紫色的山杂木板。银色的表盘已褪变为浅灰，时针、分针上已出现锈斑，浑身老气十足，唯一还能体现出活力的就是古怪作响的发条嘀嗒声还表明它生命力的存在。

要算年份，它比我孩子的年龄还要大，他们小的时候，我们夜里是看着这座钟给他们喂奶、吃药、换尿布的。稍长大时，爷爷奶奶也是看着它算计着接送孙辈到幼儿园、小学的时辰。

之所以全家人有时提起它如数家珍，是因为它已成为我们家庭中的一员，对它已融入了亲情，谁又愿意割舍呢！尤其是日夜与之厮守的父母怎能同意说扔就扔了呢！其实，对此类的老物件我也是情有独钟的。换成新式钟的想法，只是想给父母提供方便以及些许生活新鲜感罢了！

今年初我也从收藏市场上淘得了一个三五牌老座钟。此钟面顶部有 3 个⑤叠成的三五牌商标图案，后面的活动翻盖上贴着一张泛黄的商标，最上行"中国钟表制造厂"，下是类似今天的广告词："挂歪摆歪虽歪不停，倒拨顺拨一拨就准。"后面就是使用说明和厂址了，中间空白处有一行"FEB. 1943"字样，表明此钟生产日期为 1943 年 2 月。

这个保存较完整的老座钟，不仅有清晰的商标，甚至座底还贴有当时一个叫王大美钟表店的原始购物发票，而且至今还能计时、报时，是完整反映我国钟表业发展的不可多得的实物标本。

作为一名收藏爱好者，这样已具有 70 多年的老味道、全品相、文房类的藏品，我没有理由不喜爱它、珍视它。但每当看到老家的那个座钟，在心中左右权衡比较后，爱的天平还是朝着日夜守卫在父母身边的那个普通的座钟方向倾斜：因为这个看似平凡的家用老座钟，彰显了家庭无私真挚的孝道，饱含着难以割舍的亲情，承载了无法抹去的乡愁。

（原载《楚苑》2015 年第 6 期，《宿迁乡情》2017 年第 2 期）

古黄河感悟

青莲对清廉的启示

北宋著名的思想家、哲学家周敦颐所著的《爱莲说》中有这样一句描写莲之特点："出淤泥而不染，濯清涟而不妖。"写出了莲花身处污泥之中，却纤尘不染、洁身自爱、不显媚态的可贵精神。而当用青花来表现这种青莲的时候，莲花的这种精神就更为突出了。

青花瓷，又称白地青花瓷，是釉下彩绘瓷，简称青花。它既没有粉彩和珐琅彩瓷器那样绚丽多姿，也没有宋官窑瓷器那么华贵张扬，它超脱、大气，而且文化底蕴深厚，钟灵毓秀，往往以其清丽、雅致、谦逊的特征倍受世人的厚爱。

青花瓷在历史上也不断地在引领着时代潮流，是世界上最著名的和瓷器史上生产数量最大的品种，因而又被称为中国的"国瓷"。

青花瓷始现于唐，成熟于元，盛行于明清，普及于当世。它之所以上千年能以迷人的魅力享誉古今中外，除了实用与装饰功效外，笔者亲眼观察与触摸实物后认为其还有传播廉政思想的教化作用。下面就以几种典型的莲花图案为例吧。

中华民族的廉政思想源远流长，博大精深，有着深厚的社会基础与文化底蕴，古人将莲花绘于素雅高洁的青花瓷器上，更是内容与载体的完美结合，可谓珠联璧合，恰到好处。青花是以氧化钴为呈色剂，在瓷胎上绘画，再施透明釉，经过1300℃左右的高温一次烧成，洁白的地釉与青色的花纹相互映衬，恰似人生"清清白白"——从容、淡定、含蓄而又娴雅。特别是那些绘有莲花图案的青花瓷器，更是古今廉政思想的完美表达。因为青花的"青"谐音"清"，莲花的"莲"谐音"廉",故而"青莲"谐音"清廉"。

古人讲究"图必有意,意必吉祥",具体到每一件文物、每一个图案,则又各有不同的内容与含义。如明宣德时期的青花束莲纹大盘,盘沿内敛,圆唇,弧腹,矮圈足,细砂地无釉,盘心画有一束莲纹,寓意"一品清廉"。又如清康熙时期青花缠枝宝相花纹大盖罐,唇

明代一束莲青花盘

口,短颈,圆肩,深腹,浅圈足,盔式盖,造型高大挺拔,器身通体绘画青花缠枝莲纹,因"罐"谐音"官",故寓意"为官清廉"。再如清乾隆时期青花缠枝莲纹花盆,敞口,口沿外折,直腹,平底,下接五个长条形矮足,通体饰缠枝莲纹,寓意"一身清廉"。如果将莲花画在赏瓶上,那么该赏瓶则是皇帝专门用于赏赐臣子的,意在激励其"为政清廉"。赏瓶是皇帝作为赏赐之用的特殊器物,如清咸丰时期青花缠枝花卉纹赏瓶,撇口,长颈,圆腹,圈足,肩部突起弦纹两道,腹部绘缠枝莲纹,这种青花缠枝莲纹的主题图案,更是寓意深刻,表达了君王希望臣子们为官清廉的良苦用心。

这些祖先珍藏并馈赠给我们的饱含着美好愿望的青花莲纹瓷器,是否也带给今天的我们一些警醒与启示呢?

国瓷青花瓷器上绘画的青莲所彰显的清廉主题,时刻提醒我们应以青莲为鉴。古今同心,清白处世、正气清廉不也正是我们今天需要大力提倡与宣传的高尚情操吗!

(原载宿迁市纪检监察网 2017 年 12 月 13 日)

老瓷器保护传承要用心

　　瓷器的发明是中国对世界物质文明的重大贡献，陶瓷文化是贯穿中华文明发展进程而未中断的物质文明。中国人让世界享受瓷器使用便捷的同时，也在享受着瓷器的艺术魅力所带来的精神上的愉悦。而一件完整的老瓷器，历经百年甚至千年得以流传保存到现在，本身就是一件很不容易的事情。笔者自身经历的一次"碎杯事件"，使我对这个认识更加深刻。

　　几年前的一个夏天，我在市区一个老字号的茶具店买了一套较精致的瓷茶具，一直舍不得用。这套现代汝窑新品由沏茶壶、分茶器和四只茶杯组成。上个月一老友来叙旧方才舍得取出使用，虽是新器，但精致悦目，尤其那茶杯上做出的四个倭角还得到了朋友一阵夸奖。上周，自己喝茶执杯时，因茶水较热，在换手时不慎将茶杯掉地上，摔成了若干瓣，当时我就"呀"了一声，为自己粗心懊悔不已。爱人在打扫时，捡起两块大一些的瓷片也不忍心扔掉，现在有时还在抚摸着、惋惜着。

2019 年 4 月 24 日南京博物院古陶瓷专家程晓中（右二）参观作者（左一）藏品馆时向其介绍藏品

　　其实，当代的"现汝"与千年前的"宋汝"不可同日而语，甚至我身边的朋友聊起这个话题时也认为，无意中砸坏一只普通的新瓷具，不应当这样大惊小怪。但有时我看着那鸭蛋壳青色的天青釉，器表因茶水浸润已呈蝉翼纹的细小开片，还有摔后袒露出来的细腻紧密的微红内胎，内心还是不停地责备着自己。"碎杯事件"又给自己上了一堂慎玩高档瓷的"案例课"。

　　每当此时，我看着书房展示架上的古代瓷器，它们能历经劫难与时光保存到今天，不禁让人感叹这是多么不容易啊！对一些有"小磕微碰"的所谓残瓷，我虽感遗憾，此时也能对古人产生同情与谅解之心。因为自己和身边的藏友不仅都会不慎摔坏现代瓷，也会失手砸坏老瓷！自身曾经历过的所谓的"碎盒、碎盘、碎罐事件"就有好几回，至今懊恼之情难以言表。

　　包装粗放，晚清粉彩印泥盒"丢了个芝麻粒"。十几年前一个春天的下午，我与几位藏友相约喝茶赏宝，各人带着自己得意的藏品前往。记得当时有的携了一副明代对联及一副同时期的山水中堂，有的手握一清代"马上封猴"和田玉手把件，还有两位分别捧的是一件商周青铜兵器和一款民国彩绘满工四足紫砂水仙盆。我拿去的是前两天才从一藏友处换购的晚清粉彩百花不落地印泥盒。此盒瓷质洁白细腻，纹饰繁缛，极尽工巧，釉面润泽，器型规整大气，雍容华贵。大家品茗赏宝，不知不觉一个下午过去了，各人收拾好藏品回到家已是傍晚。第二天，当我把印泥盒放回书房展架时，打开盒盖忽然发现印泥盒唇口磕掉俩芝麻粒大小的豁块，露出的又小又嫩的豁口洁白细腻，活脱脱幼儿的乳牙。当时我在自责的同时，第一反应就是重新找回包装纸一层层慢慢地抖动，结果一无所获。找遍了装盒子的布袋角旯还是没有新的发现，又迅速去朋友后车厢打着手电筒细找了个遍，也没发现其"芳踪"。

　　后来分析，就是赏宝回途时疏忽了，包装时未在子母口间加一块软垫纸，途中遇路不平处车身抖动，盒缝间相碰颠坏了。不过，找不到碎片却是一个谜，一心想还它个全身已是不可能的了！这副心爱的印泥盒虽仅磕丢了俩芝麻粒大小的碎瓷泥，但让我魂牵梦绕了好几天。

　　接手有隙，光绪矾红釉龙凤纹茶盘"一分为二"。本人的明清茶具系列收藏中，瓷茶壶与茶杯较多，拿得出手的有款有名的山水、人物茶具还稍有些，但能大体配得上套的瓷茶盘却不多。与藏友分析明清瓷茶盘传世少的原因，可

2021 年 5 月 18 日南京博物院王金潮
研究员参观作者古代文房用品博物馆

能是明清乃至民国时期，人们在制造与使用时并不待见它，大多以取材方便且不易摔坏的竹、木盘取代，或者瓷茶盘的胎一般都比较薄，属易碎品，传世很少。因此，完整的、品相稍出众的老瓷茶盘，古瓷市场上本身露面就很少，觅得称意的更难。

说来也巧，三年前夏天的一个周末，我例行逛本地古玩市场，在遛到一家老古玩店时，竟在货架的一个不显眼处，发现了它的"芳踪"。主人用一旧的鸡翅木架支起，上面已罩上一层薄薄的灰尘，看起来它并没被主人重视过。趁店主同其他客人谈生意时，我瞧见了它的大概：这是一款椭圆形、菊花瓣边、白底粉彩的晚清茶盘，盘中央绘有龙凤绕戏宝珠图。矾红绘龙凤身，绿彩剔龙凤头与翅，施以白釉的盘底点洒祥云，釉面微显橘皮纹，器型、色彩、底胎、构图等，均显光绪朝特色。

在以合适的购价同店主谈妥并付款后，我正坐下来要包装，刚才同店主谈古钱币生意的大小伙子，一边用一只手满意地托着刚购的清代宝福局咸丰通宝红铜大钱，一边又侧着脸伸出另一只手来说要赏一下茶盘，同为店客是缘分，我就双手递过去，他一手伸过来接，这时只听"啪啦"一声，茶盘摔到了地上一分为二。在场的人都惊愕地张大着嘴，只听大小伙子颤颤地说："我是伸手接了，但没接到你的盘子呀，刚才正同门外一熟人点头打招呼了！"我料到这种状况再争吵下去已无意义了，关键是盘子已摔坏了，只有自认了。

对方离店后，还是有经验的店主点拨得好：相互鉴赏易碎的陶瓷藏品，还是放在相对固定的桌几上，由对方自己取，这样放、取都相对安全，即使一方失手摔坏了也责任明了。回想刚刚一幕，此次吃的哑巴亏就是手手传递导致责任不清。后来我联系几位补瓷的工匠想把盘子修补如初，都没谈成，原因是要价都远远超过了当初的茶盘购价，无奈心里接受不了。有时也想，就这样放着、赏着，提醒着自己留个教训吧！

在二三十年的收藏经历中，由于不慎造成珍爱的老瓷器小磕小碰，甚至摔成碎片的真的不少，往往自己要后悔很长时间。如：某个周末赏宝，在赏后放回桌上时，因身体前倾，矮凳前腿突然后滑，双手瞬间没有放物到位，致使桌上的罐底悬空而跌落，所幸距地不高，使一清中期青花人物盖罐的腰、底部炸出一条大"穿线"，全品罐瞬间变成了残次品。一年春天出差外地购回藏品途中，我因没认真分别包好扎紧，藏品双方"耳鬓厮磨""相互说话"了，一对民国粉彩花鸟带托茶盏，在长途旅行中都变成了"豁嘴君"。当时在打开外包装时，我听到包装内残盏碰撞有"嘶哑"声，知道情况不对，甚至不敢再继续拆开内包装，怕难以直视而再度痛心不已，数周后才拆开清理。

赏玩易碎的古玩时，如果你稍不留神就会把它伤害了，这时的懊悔与难过，真的不全是为了那几块已付出的铜板，更有一种难以言表、愧对祖宗的歉疚：完好保存了几百年甚至上千年的前人遗珍，因不慎失手，一瞬间却变成了残次品，败坏在了自己的手中，真是天理难容！

其实，古人在长期实践中，也摸索到了一些包装、运输时保护瓷器的好办法，对今天仍有借鉴意义。如在长途海运瓷器时，将瓷器装箱后、密封前，于空隙处撒上黄豆、绿豆等易发芽的豆类杂粮。上船时浇几次水（据说冬天要浇温水），豆子很快就会发芽并生长膨胀起来，逐步占据了空隙，将瓷器环抱得紧紧的，而豆芽质软又有弹性，从而把瓷器分开，相互间不会碰擦挤压，到达目的地时，瓷器往往就不会出现硬性挤压乃至碰坏。如果是陆路，则用麻绳捆绑紧实，相互间施以木屑、干草、棉

作者藏品中待维修的古代文房用瓷

絮，也能起到同样的隔离作用。

先贤们还总结民间的经验，提出了观宝"三不赏"，对今天也很有借鉴意义：即阴雨天、灯光下、醉酒后，这三种情况下不适宜赏宝。当然，阴雨天不赏宝，主要是指书画及线装书籍类怕潮湿；灯光下不赏宝，则是因为与自然光相比，赏宝、鉴定易失真；醉酒后不赏宝，则指此时鉴赏珠宝、瓷器类最易失手摔坏，判断也不会准确。

作者古代文房用品博物馆内景

当然，对摔坏的瓷器，古人也有绝活使"破镜"可"重圆"，"覆水"亦"可收"，这个绝活就是锔瓷。锔瓷是一门精细复杂的技艺，先要将破碎瓷片找碴儿、对缝，再定位、点记、打孔，后又锔钉、补漏等。这样经过十几道复杂的工序技艺，破碎的瓷器得以复原再生，变成了另一种独具观赏价值、具有陶瓷文化特性的艺术品。

如果说锔瓷只是保证了残器的外形复原，对于附在其表面文饰的损坏，古代艺匠们也有一套综合的修复技艺。整个修复过程包括拆卸、清洗、补缺、打磨、打底、上釉、做旧等多个步骤。经修复后的古瓷，光彩如初，重现原貌。

当然这种修复，不仅需要耗费大量的时间、原料，还需要修复师们具有综合的造型、雕塑、色彩、书法、绘画等特殊的艺术功底。即使今天利用现代化高科技手段，也恢复不了艺术品身上老祖宗所传下来的丰富的古代文化密码与信息。

因此，始终怀着一颗敬畏之心，保护、传承好中华民族文化艺术品，是我们当今必须秉持的态度和应履行的职责！

（原载《宿迁晚报》2020 年 10 月 17 日）

一位市级作协主席的"三为"

——在王清平作品研讨会上的发言

　　秋天正是收获的季节，今天我有幸受邀参加由宿迁学院图书馆和文学院举办的王清平先生作品研讨会。行走在古黄河岸边，一路上看到河岸边尽是金黄色、深红色的果实，到现在余香仍似萦绕在腮间。王清平同志是宿迁市乃至江苏省内外一位有影响力的著名作家，是宿迁市文化战线上的一位卓越领导者，对于他的文学创作与成就本人研究不多，也不是这方面的内行，确实说不出个子丑寅卯来，现只能结合平时与他的点滴接触，以及作为市纪委市监委派驻他曾经工作过的市文联暨作协的纪检组负责人，从所了解的一些工作上的碎片，择一两个侧面做个发言，对他的为人、为文、为官谈谈个人的一点浅显认识。

　　一、为人方面，甘为人梯，致力扶持普通文学爱好者

　　仅从为作者写序言这个角度说一说。2016年王清平出版了一本《文字里的人生》，其中第二辑"写给朋友的文字"计30篇，我认真学习了几篇，发现编入其中的文章绝不是"逢场作戏"的文字，而是包含真情的心声，这里有的是为新出书作者写的序言，有的是为新创刊的文学刊物写的发刊词，有的是对老一辈文艺工作者的祝寿词，也有的是为书画展、摄影展现场发表的贺词，还有的是致文学少年、基层作家的信件。当然，这里既有为中国作协会员这样的大名鼎鼎的作家写的，也有为名不见经传的普通文学爱好者写的。可能这个集子收入此类文字还不全，或者自2016年后这四五年间，我听说的、看到的还有不少没有收入进去的文章，但仅在这30篇篇幅都不算很长的文章中，我发现每句话都饱含真情、蕴含期望、富含感恩，同时也体现了对一些基层文艺工作者的同情、理解与鼓励，有的还有由衷的建议与祝愿。

如，他在泗洪淮北中学"文学之星""文学新秀"颁奖大会上致辞时，对青少年提出建议与希望，致辞文章的标题分别为：读书要读名著、热爱文学就要热爱生活、写作可以改变命运。我相信，这些发自内心也可能是自己曾为此付出过代价的告诫，对一名刚处于启蒙阶段的爱好文学的孩子的心灵来说，一定有着震撼与启迪作用。"写作可以改变命运"，这样语言平实的教诲，他本人以及我们在座的各位，何尝没有这样的体会？

2011年10月，他给一位内心有一些委屈的基层作者回信，信中既有对其愤懑心情的理解，也有更多的鼓励和苦口婆心的劝诫："千万不要放弃创作。因为放弃比没有机会更可怕。一旦不去创作，你就不是作家了！"这里他有意用了几个短句，前两句句尾用的是句号，最后一句用的是感叹号，以加重几句劝诫的语气与分量。从回信的内容看，他过去并不熟悉这位基层文学爱好者，对一位素不相识的作者，写了近2000字的回信，以谈心的方式，针对其心结，耐心地进行劝诫，确实难能可贵。如果这位基层作者是一位理性之士，读了王主席的信，一定会有不小的收获。

2020年10月23日王清平作品赏读会会场

　　但是，他在为原宿迁市文艺评论家协会主席、现宿迁市大运河文化研究会会长陈法玉的文艺评论集《三年间》写序言时，所用的标题却是"甘为人梯"，对他皇皇二十万字的"不谄不媚"的艺评作品予以赞扬，称赞陈法玉是在"甘为人梯"写艺术评论。其实，他为这么多文学、艺术工作者写的各类序言、祝词、贺词何尝不是也在甘为人梯呢！在我们普通作者心中，他同陈法玉应该是宿迁作家这支文学大军中"甘为人梯"之"双璧"吧。

　　二、为文方面，人品在先，强调出高尚作品的前提是要有高尚人品

　　最近我从一本文集里看到，早在 2012 年 7 月，王清平任宿迁市文联主席时，在首届签约作家签约仪式上的讲话中，就提出作家首先要坚持提升自己道德修养的观点。时间虽已过去了八九年，但其中的一些观点我看后体会却很深。他在讲话中说，文学作品看上去是才华的体现，其本质是人

作者（左）与作家王清平

品的折射。他认为，成就高尚作品的前提是必须有高尚的人品作为基础。他在讲话中说，希望签约作家恪守做人本分，潜心文学创作，不为名利所累，不为势利所惑，不为处境摇摆。要坚持老老实实做人，踏踏实实创作，一步一个脚印向前走。签约是一种约束，但文学创作却不能急功近利。因此，他提出作家既不要懈怠拖拉，也不要紧张恐慌。社会上一些人对文人经常侧目而视，原因是文人常常"无形"。根据他的观察发现，有少数文人往往对社会有一种恐惧感，以为社会复杂，人心叵测，必须小心提防，或者巧于周旋。他分析认为，这种观点实不可取，其实社会并不像我们有些人想象得那么复杂可怕。希望他们不惊不惧，不嗔不怒，不骄不馁。要先做好人，再写好作品。

　　王清平这样要求别人，他自己也是这样做的。虽然他是老大哥，但因为我也同样在机关工作多年，同样是文学爱好者，据一些同事和朋友圈的反馈，王清平不仅有着"官友缘"，而且有同事缘、文友缘，他的口碑很好，很多人在

与他初步认识后，很愿意与他继续交往！个人理解，正因为他广交良友，信息资源丰富，生活阅历深，对社会各阶层人员的心态了解透彻，对社会现象、大众关注问题分析、把握比较准确，写出的文章观点往往能入木三分。他的文章所以无论是小说还是散文，所表现的主题往往能把准社会的脉搏，针砭时弊，弘扬社会正能量的文字往往也是笔下的自然流淌，没有牵强附会之感。关于这方面内容，作家们分析得比我更透彻、更准确、更专业。这也许就是他结合自身的社会实践与创作体会，在同签约作家们"掏心窝""捣实锤"，这个大白话的心得就是：高尚的人品才是成就高尚作品的先决条件。

三、为官方面，扎实做事，坚持以丰富的活动促进文艺繁荣发展

2011 年 7 月至 2016 年 12 月，王清平在市文联任主席，后来兼任党组书记。宿迁市纪委市监委实行监督全覆盖后，我任派驻第六纪检监察组组长，市文联及党组为被监督单位。虽然很遗憾我与他没有直接共事过，但通过进驻后对单位工作必要的调研，以及与他曾经同事的正常沟通了解，知道了一些他在文联期间的工作情况，尤其是他身体力行，扎实工作，通过负责一系列丰富多彩的活动，促进全市文化艺术的繁荣发展，给我留下了比较深刻的印象。

一是抓重点，提升繁荣文艺的影响力。他要求原则上每个协会每年重点开展 1—2 项活动，一旦确立为全年重点文艺活动，从组织协调到经费保障，从流程打造到宣传推介，都要由市文联牵头完成。2012—2016 年他在市文联任职期间，主导、主办了数十场省内外有影响力的活动。如：2012 年 9 月承办了苏北五市书画精品联展活动；2013 年组织了第二十届全国文艺推新人大赛宿迁赛区活动；2014 年承办了为期 10 天的江苏省基层作家读书班活动，承办了江苏省第五次美术新人展，主办了第三届苏北五市摄影作品联展；2015 年在江苏省现代美术馆成功举办了视觉宿迁——宿迁市书法美术摄影精品展；2016 年承办了第十届江苏省新人书法篆刻展。这些活动有力促进了地方文艺的发展和宿迁文艺事业的对外影响。此外，他还把书法、美术、摄影家协会两年一届的届展活动拿到文联来办，彻底改变了过去由协会"化缘"办届展的惯例，并且连续举办了三期全市文艺家读书班，为全市文艺家搭建起学习交流和提升的平台。这个活动因为行之有效，受到了全市文艺家们的充分肯定，文联将继续承办下去。

　　二是出精品，攀登繁荣文艺的制高点。如，他根据国家和江苏省"五个一"工程的评选要求和时间节点，每年向全市作家、文艺家征集重点选题，组织专家评审，一旦确定即给予资金扶持。又如，他成立宿迁市文学院、宿迁市文艺评论家协会、宿迁市书画创作研究中心等机构，及时发现和推介本土文艺新作；先后在南京组织宿迁作家新作研讨会和音乐家作品试听会；积极推荐本土作家、文艺家申报国家和省重点扶持项目，先后有 4 部作品获得中国作家协会扶持项目和中国文化基金扶持项目。再如，扩版文学双月刊《楚苑》，每期发表 18 万字左右的本土作家文学作品，并介绍一名书法家、一名美术家和一名摄影家的优秀作品，扶持、宣传、推介本地作家、艺术家。到 2016 年底，宿迁市文艺家创作的作品获得第九届全国优秀儿童文学奖等国家级奖项近 20 项，其中书法作品连续获得三届中国书法兰亭奖。

　　三是推人才，壮大繁荣文艺的主力军。如，针对我市建市时间短、文艺人才层次低的实际情况，他致力于壮大文艺家队伍。以发展各个层次的文艺协会会员为抓手，打牢文艺家队伍基础。经过不懈努力，截至 2015 年底，全市市级以上文艺协会会员总数达 2426 人，其中，省级会员 724 人，国家级会员 235 人；以各协会国家级会员为基本力量，建立百名中青年文艺家人才库，给予重点扶持，着力打造文艺家骨干力量；以省以上表彰奖励和晋升学习为契机，努力推荐文艺领军人才脱颖而出。市摄影家协会主席陆启辉在省摄影家协会换届中当选为副主席，并参加了中国文联组织的高研班学习；市书法家协会主席张守跃被评为全省德艺双馨文艺家；省青年文艺家协会副秘书长孙冲和市作家协会副主席兼秘书长胡继风，先后成为全省宣传文化系统"五个一批"人才。在一批骨干的带动下，全市繁荣文艺的主力军逐渐形成。

　　这里说的王清平的"三为"，即为人、为文、为官，受水平与篇幅所限，讲得肯定不够全面！这里也借用"抛砖引玉"这个词，期望今后有更多的读者、文友或文学评论家去品、去赏、去鉴证、去发掘。

2020 年 10 月 23 日

古黄河记忆

被历史湮没的"海瑞式知府"——潘洪

最近宿迁市纪委监委在深入挖掘历代贤官廉吏史料时，把出生于宿迁的明代清廉知府潘洪作为重点挖掘和宣传对象，充分发挥其勤廉事迹的教化作用，教育广大党员干部以先贤为鉴。通过学习、研究，不少党员干部和史学工作者认为，潘洪应是从宿迁走出的比海瑞还早的明代清廉知府。

潘洪（1438—1498），明代宿迁县孝义乡（今江苏省宿迁市宿城区埠子镇北侧一带）人，明成化十一年（1475）进士，授官吏部给事中。史料研究表明，潘洪应是明代宿迁走出的"海瑞式知府"，起码有三点可以佐证。

一是勇犯藩王祖护民利。潘洪任青州（治所在今山东省青州市）知府时，新封青州的藩王建宫室，太监借势扰民，占民田，拆民房。潘洪得知，亲自丈量土地，把多占民田归还原主。

据《青州府志》记载，潘洪于弘治四年（1491）任知府，弘治八年（1495）卸任，共五个年头，这五年"天灾人祸"应都被他赶上了。"人祸"是指藩王占田拆房建宫积民怨，"天灾"则指当时青州水灾、旱灾交替并行。据《青州府志》载："孝宗弘治五年春，旱，大饥；弘治七年秋九月，有龙斗于阳水（现称阳河，是境内南阳河与北阳河统称），湮没人物甚众。"可见，两次大旱、大水均在潘洪五年的任期内，而就在此时潘洪勇于犯上祖护民利之精神更值得称赞。现在山东青州仍能见到的与潘洪有关的历史遗存，还有当年衡王府的两座高大的石坊，可显见昔日王府的富丽堂皇与其异常的霸道。

二是上书朝廷揭发贪官。潘洪在成化年间（1465—1487）出任福建邵武知府时，邵武卫帅杨铧凶横贪婪，潘洪欲上书朝廷揭发其罪行，杨铧买通御史，陷害潘洪。潘洪知其受贿，捕其手下知情者 3 人，而 3 人上书反诬潘洪，宪宗将双方全逮捕下狱，后经审理潘洪无罪释放，改任青州知府。据《福建通志》（卷三十二）载："潘洪，宿迁人，成化间进士，知邵武府，质直，无矫饰。"对其秉直性格进行了概述。

三是两袖清风归故里。2007 年宿迁市考古工作人员在距古黄河一号桥东侧近 1 千米处的宿城区金港花园考古工地，挖掘到了潘洪的夫妻合葬墓。该墓室砖式双孔结构，墓室内别无他物，只出土墓志两块。志盖楷书"明故中顺大夫知府潘公墓志"12 个大字。墓志铭 25 行 214 个字，满行 16 个字，概要记述了潘洪的生平。经考证，墓志与他生前曾就任过的地方志记述吻合。

据《青州府志》《江南通志》及《徐州府志》有关资料显示，潘洪先后做过邵武知府、青州知府、大理寺少卿，均为正四品官。邵武府辖境相当于今福建邵武、光泽、泰宁、建宁 4 个市（县）；青州府辖境潍州、莒州、胶州 3

潘洪墓志铭

个州和益都、临淄、临朐、高密等 16 个县；而青州知府任后的大理寺少卿之职，相当于最高法院的最高行政官，掌刑狱案件审理，官位从四品上。即使在他仕途之初的吏部给事中也是正七品官，在明代权力也是极大的，是中央设在掌管人事的吏部，专门为呈给皇帝的奏章进行把关的专司人员。

潘洪去世下葬时正处明代中期，此时厚葬之风正兴。而保存十分完好的潘洪墓，除出土一对墓志铭，别无他物，可谓生前两袖清风，死后薄葬如洗。曾在福建、浙江沿海一带为官的海瑞亦为明朝著名清官，海瑞生于 1514 年，即潘洪去世的第 16 年。因此，潘洪是从宿迁走出的一位早于海瑞的明代廉吏，值得宿迁人民敬佩与骄傲。

（原载于江苏《党的生活》2019 年第 4 期）

文房五宝斋

——我的书斋号

书斋是读书人精神的巢穴、心灵的港湾，人们总是要赋予书斋一个美好的名字。

而书斋名号，其实也就同人名、道路名、住宅小区名等一样，只是个人书房的符号、名称，便于称呼的代号。中国自古以来便是诗书礼仪之邦，不少文人墨客都有自己藏书、读书、写作的地方，或称为书斋，或称为室、居、轩、堂等，并且前面要冠以名称，称作某某斋、某某轩、某某堂等。

主人通过这些名称寓意，展露自己的性情与志趣。而且这些名号，往往或源于某事，或由于某因，来源各有千秋，名称各表寓意，异彩纷呈。这些饶有情趣的书斋号、轩名，又常给人以启迪，广被传送。

我们从课本上学过的、知名度很高的，应算得上是唐代大诗人刘禹锡的居室兼书房名——陋室了。他曾专门写下了脍炙人口的《陋室铭》，以描绘自己书斋的简陋，把自己的陋室与三国时诸葛亮的茅庐以及西汉文学家扬雄的玄亭并论，表现了高洁的品行和安贫乐道的生活情趣。

南宋爱国诗人陆游自感书多且乱，在《筑书巢》一文中自嘲，"引客就观之，客始不能入，既入又不能出"，因而命名像鸟窝一样小而乱的书斋为"书巢"。

求阙斋，则是被称为"亚圣"的曾国藩于道光二十五年（1845）自署书斋之名。他以此作为文名，从读《易》生感慨，阐述了此书斋命名的用意："一损一益者，自然之理也。物生而有嗜欲，好盈而忘阙。"为防盈戒满，继而指出"凡外至之荣，耳目百体之耆，皆使留其阙陷"，故以"求阙"名其斋。此书斋享誉晚清政坛和文坛。

当然，为自己书房起斋号的不只是名人的"专利"，我身边的文友、藏友及书画家们，为自己书房、藏品楼、书画工作室起斋号的也大有人在，而且不少还刻有斋号印章，有的还请名人题字制匾挂在门额，还有的其作品直接就将书斋号作为署名。

当然，受他们的影响我也就成了其中之一。记得十年前的 2012 年初夏（从斋名题款"壬辰年槐月"得知），我请市政协的老领导、老一辈书法家吴应宁先生，题写自己拟好的书斋名，他当即满口答应，说好几天后去他处取。待我第三天去他家取时，他已用四尺对开的宣纸写好，用两块磁铁吸在墙壁上，所钤的两方殷红色印章尤为显眼，他在那背着手观看呢。我仔细一看，所写内容不是我拟的名称，而是"文房五宝斋"。正在我发愣时，他笑着解释说："你不是喜欢藏赏古代文房四宝吗？你在藏宝馆里读书、把玩，不就是第五宝了吗！"几句话说得我直点头，连说："这个好，这个好。"总之，大热天的，七八十岁的老艺术家这样一片好意，我也只能这么说了。但心里也还是在嘀咕：怎么我就这么变成宝了呢！还是请 20 世纪 60 年代毕业于南京大学中文系的"老学究"给起的，这名字传出去，不是太不谦虚了吗！

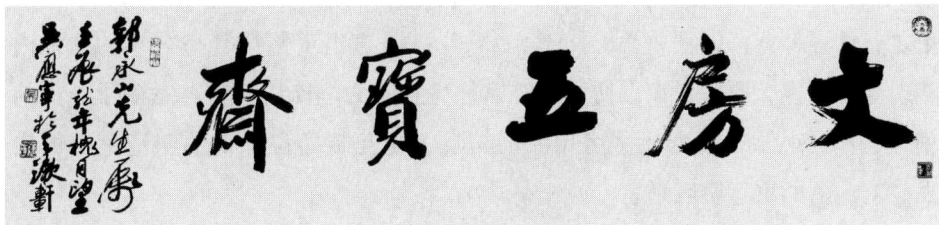

吴应宁所题书斋名

其实，从书友、书报刊收藏家马志春主编的《书香江苏》文集中，记述本人藏书、藏赏古代文房用品的《文房五宝伴书眠》一文中，也能大体知道起名"文房五宝斋"的原委了：

读书人没有不知道文房四宝的，但要说起文房第五宝，恐怕许多人不甚了解。不过，如果您有机会走进位于宿迁市博物馆对面项王故里梧桐巷的宿迁市古代文房用品博物馆，就更能感受到古人读书的雅致和乐趣。该馆是荣获首届全国"书香之家"称号的藏书家郭永山，在其书房"文房五宝斋"基础上创办的民间博物馆。这里不仅拥有 6000 多册家庭藏书，还收藏了 1500 多件体现传统文人阅读情趣的书房用品，如笔筒、水注、笔洗、书镇、印盒、墨床（架）、臂搁等组成的"文房四宝"之外的文房珍玩，被古代文房收藏界统称为"文房第五宝"。

因此，吴老把我的书斋号起名为"文房五宝斋"也许就是受此启发。在古代文房用品系列中，除四宝外，笔筒也多被称作"文房第五宝"。而它确应是我收藏古代文房用品中，相比起来算是收藏时间最早、数量最多、材质最全、艺术品位相对最高的藏品。

除笔墨纸砚外，笔筒是古代文房用品中我收藏最早的，当初可能是因为从器型上看入门容易，从构图上看更易直观欣赏。古今文人称其为"文房第五宝"，也可能是因为它既实用，又美观大方，特别是笔筒上雕画的青山绿水、梅兰竹菊、名言佳句、唐诗宋词等，细细品味，还可让你既思绪飞扬、愉悦心情，又能修身养性、添雅增趣，助思行文！

因此它虽属"小器"，却也应属中国传统文化的重要符号，艺术价值与实用价值兼而有之。明清文人雅士多喜爱笔筒，参与编纂《明史》的清代金石文史大家朱彝尊曾作《笔筒铭》云："笔之在案，或侧或颇，犹人之无仪，筒以束之，如客得家，闲彼放心，归于无邪。"一语道出了笔筒容毫纳笔的精神内核。老艺术家、原宿迁市书协主席陈家柱先生曾为笔筒用途与寓意赋予了人的精神，他在观看我的古代文房用品展览后，受几款品位不低的明清笔筒的启发，对此器的寓意赞叹道：

虚怀立身稳，闲逸聚豪君；

情雅饰环壁，一心结翰林。

口占笔筒吟一首　恭贺展览大成

郭永山先生教正　壬辰春　陈家柱

之后不久我也受其启迪生感：

生性情追雅，虚怀若谷身。

往来承俊彦，内外刻诗文。

落墨三千册，开题百万军。

智人常与伴，势可定乾坤。

此小吟竟也有幸被江苏省诗协主办的《诗天下》主编杨学军先生相中，于今年二月忝列刊中。

收藏界或古今文人中，称为"文房第五宝"的不只是笔筒，还有"水盂"（又称水注、水滴或水承等）。称其为"文房第五宝"的原因也很简单：多小巧雅致，最能体现文人雅士们的审美情趣，而且文房类收藏中属于炙手可热的高品位藏品。

陈家柱《笔筒》诗并题

水盂体轻形微，但制作时颇具匠心，以丰富、独特的造型与艺术风格构成了一个品位高雅的诗意世界。水盂除实用意义外，更多的是用来观赏陈设。置于书斋案几之上，其材质、工艺、造型、纹饰、画意彰显于身。说其可息心养性，"一洗人间氛垢矣，清心乐志"；论其可益思助文，"几案之珍，得以赏心而悦目"。被誉为"国内藏盂第一人"的陈玉堂老先生，把自己书斋命名为"百盂斋"，并刻一方小印"迂而且愚"，以寄托谦逊修德之人生高境。

我曾在三年前一个春天的下午，盯着书房内琳琅满目的水盂发愣半晌，竟也从它们身上生出些感悟：

谁说我体量小

一砚一水盂

名字虽多

我只专注一件事

与砚田相伴

为文笔添彩

谁说我地位低

一人一世界

主人以个趣搜罗天下

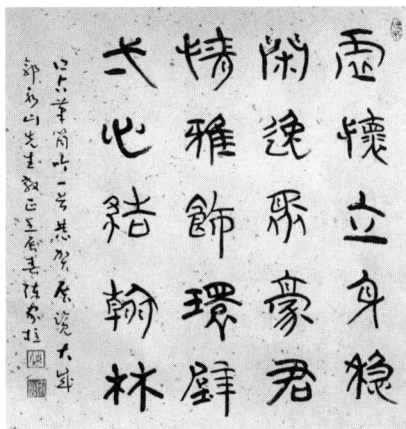

铜银、陶瓷、玉石、竹节

文房雅玩之珍

文人雅趣之魂

谁说我内涵浅

一诺一生情

几案之珍可养性

承水之宝富灵气

涤尽文人之杂念以助思

畅通才子之文思以抒怀

无用之用，方为大用

庄子不会就是说我的吧

不过

圣人之言在我身上

确体现得淋漓尽致

是的，我曾经喜欢过它，现在还是百看不厌，它们至今仍在书房时刻陪伴着我。

当然，被称为"文房第五宝"的还有清洌盈怀又乖巧雅致的笔洗、气韵不凡而仪态万方的镇纸，等等。

就笔洗的情怀秉性，我也曾赞叹过：

书室深藏碧玉潭，洁身涤垢荡胸疆。

青龙蹈海墨香浸，吟罢轻心著锦章。

经常使用书镇（又名镇纸）的读书写字人，不会不像我一样，对它也曾发生过感慨吧：

铜木玉瓷皆我身，雕花嵌鸟绘诗文。

清风徐至岿无动，镇定自如陪耙耘。

心底坐持诗与画，案头经历风和云。

世间浮躁虚名重，安坐书房助立勋。

有时揣摩以上文人雅士把高雅的文房用品称作"第五宝"的类型、品种，我发现它们都有个共同点，即：体轻形微，用赏两宜，情趣雅致，淡定低调。我也曾细思过，哪位读书人又不曾这样称颂同道或暗中自喻呢！这不，上月我还专门请了我市年轻有为的书法家、篆刻家潘玄先生，镌刻了一枚"文房五宝斋"收藏与鉴赏闲章，以钤在所藏书画与书籍上。

看起来，用珍藏的"文房四宝"再加上我这个主人，"生成"的"五宝"作为书斋名，应是沾了这些高雅之器的光；又幸以"文"字开头，听起来是这样的文绉绉和光鲜，虽然乍闻有些牵强附会，但何尝不是一个难得的高雅的书斋号！查看从吴老处取回斋名题字当天的日记，第一句话也竟然是喜出望外的感叹：喜欢这个初听"土掉牙"，咀嚼又文雅的"文房五宝斋"！此时方知当时满口答应下来并未犯错。

不过，有时暗自思忖，觉得书斋名的寓意，也只有主人自己最能说清楚，不少就是主人自己的"官方"解释；有的就是主人自命的文化符号或外在形象。查找这方面的资料也显示：晋代诗人陶渊明的归去来馆、北宋科学家沈括的梦溪园、明代画家唐寅的梦墨堂、元代书画家赵孟頫的松雪斋，以及近现代各路名人纪晓岚的阅微草堂、曹雪芹的悼红轩、梁启超的饮冰室，乃至现当代胡适的藏晖室、鲁迅的绿林书屋、叶圣陶的未厌居，林林总总，斋名也都有它的出处和正面含义。

　　古今名人雅士也罢，吾辈凡夫俗子也罢，通过斋号并能以起名时的初衷与寓意，起到励志自我、向亲友乃至社会传递正能量的作用，这也就足够了，并不需要花里胡哨的头衔或冠以华美的诠释。

（原载于《宿豫文艺》2022 年第 4 期）

一代廉吏金纯

江苏省宿迁市泗洪县龙集镇应山集村，是一块人杰地灵的宝地，自古贤人辈出，名垂青史的明代尚书金纯就是应山集人。我小时候就常听村里老人们讲他清廉为民的故事，他应是中国古代官吏中清正廉明的典范之一。

金纯祖上世代行医，直到金纯始，才有从仕之人。父亲金炳文是个有见识的人，他深知医身者易医心者难，可医人之病却难医国之病。他希望自己孩子能成为国之栋梁。受家庭的影响，金纯的头脑里从小就植下了精忠报国、匡扶社稷之根。

金纯像

金纯自小勤奋好学，志向远大。后经乡学、州学以优异的成绩被选拔进入太学，在最高学府里学习儒学经典。有一天，吏部尚书杜泽到太学视察，但见学子们书桌上大多有雅趣文玩，唯金纯桌上贴有励志的座右铭。而后的考试中金纯又脱颖而出，经杜泽推荐，他被任命为吏部文选司郎中，从此步入仕途。

明成祖朱棣即位后，命金纯治理会通河，金纯上任后深入实地勘查，礼贤下士，听取多方意见，风餐露宿，往来奔波，成功治理了会通河，并疏浚了黄河故道，不仅使国家经济得到发展，也使百姓安居乐业。金纯体恤百姓，为官清廉，深得百姓爱戴。

　　永乐十九年（1421），明成祖朱棣为了安定民心，决定查处贪官污吏，先派官员分赴各地进行巡查。金纯被派往四川，他微服私访，访贫问苦，惩办贪官污吏，使蜀川得以安定。老百姓感恩金纯，编歌谣传唱"自从来了钦差金，蜀川污水一夜清"。

　　金纯也是修建北京故宫的功臣。故宫修建历时十四年，在这项巨大的工程中，金纯受命采集木料，以备永乐五年（1407）五月修建宫殿之用。永乐七年（1409）、十五年（1417），金纯两次随成祖朱棣巡视北京故宫的建筑工程，具体负责太岳太和宫的建筑任务，在明代古都北京和紫禁城宫殿的建设中，金纯建立了功勋。

　　金纯担任刑部尚书期间，严格执法，认真公正地掌管刑狱事务。他提出"务宽大以教育为主，慎刑罚以重民命"，严格要求下属官吏，严禁贪赃枉法，不准枉刑拷打罪犯，在他任职期间，狱中没有一个因饥寒疾病而死的犯人。金纯政绩卓著，仁宗朱炽高加封金纯为资政大夫、刑部尚书兼太子宾客。同时御制六道封诰，赠封了金纯的祖父母、父母和亡妻与继室。

　　金纯忠厚平和的品性、出众的胆识才华、清正廉洁的吏风和功勋卓著的业绩，不仅赢得了广大人民群众的崇敬，也赢得了皇帝的信任。朱棣为了嘉奖他，在大殿之上提出对金纯的子孙进行封赠，可是金纯却坚持不受。他说道："没有经过努力打拼和艰辛付出就得到荣华富贵是不公平的，我不愿意我的子孙躺在我的功劳簿上享受高官厚禄和特权。请陛下收回成命。"金纯这一拒封，使皇帝和大臣都非常敬重他。金纯为官清廉，声名远播，一位刘姓官员却始终不信，认为金纯那么高的职位，怎能甘受清贫？有一天他借故去金纯家拜访，看到屋中陈设简陋，根本不似官家府邸，金纯的夫人身着布衣，无一件首饰，小孙子衣服上竟

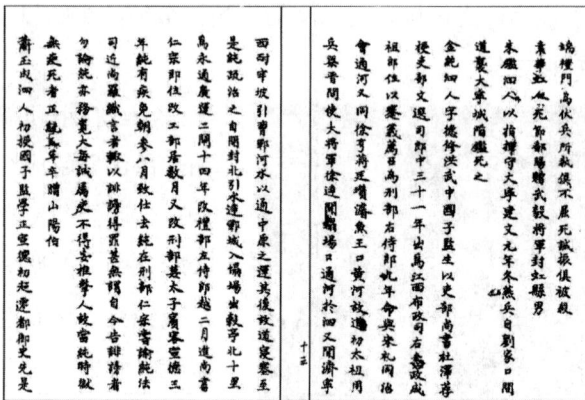

清代《泗州志》金纯记载

然有补丁，心里不禁充满了敬意。

宣宗朱瞻基继位后，朝政腐败。金纯忧国忧民，但又无力挽回大局，一下病倒。朱瞻基命御医为其诊治，让金纯一面治病一面视事，并免其上朝参拜。当年夏天，皇帝处置滞囚，金纯看到其中的腐败，耿直上谏被拒，出不满之言，遭言官弹劾，被捕入狱。不久朱瞻基念金纯为几朝老人，将其释放。出狱后金纯便请求告老还乡。因为一身正气，两袖清风，回到应山集后金纯只能靠变卖田产生活。病故之后，田产已经变卖尽了，最后他的子孙连祭祀他的供资都没有。

金纯病故后，英宗朱祁镇追封他为山阳伯。明正德年间（1506—1521），武宗朱厚照又年年遣官到泗州应山集祭祀金纯。到了明嘉靖十年（1531），泗州知州桂守祥，不仅为金纯裔孙赎田四百亩，以供祀金纯，还在泗州城建金公祠，亲撰碑文，述其生平史略，世人代代祭祀。

风雨沧桑，五百多年来，应山集人民世代为他填土扫墓，一直延续至今。而金纯显赫的政绩、无私无畏的品德、清正廉洁的吏风也载入青史。他的清廉精神，依然耸立在成子湖畔如小山一样的金尚书墓，高高耸立在成子湖边，永远屹立在百姓的心中，供后人追忆瞻仰，为人民称颂和纪念。

（原刊发于江苏《党的生活》2017 年第 3 期）

文化史上光辉灿烂的一页

——宿迁市博物馆珍藏《高凤翰砚史》记述与赏析

文房四宝笔、墨、纸、砚作为中国独有的文书用具，以其独特的东方神韵成为中华文明极具代表性的文化符号。它们不仅是书写工具，更是特殊的文化载体，承载着光辉灿烂的五千年文明。在四宝之中，砚台质地坚实，"传万世而不朽""历劫而如常""留千古而永存"，极具价值，古人因此认为"四宝砚为首"。

砚，本身就是中国历代文化精英思想、理想和抱负的表现形式。古代文人墨客经常以催人奋进的格言、诗词、警句为砚铭，镌刻在坚硬的砚材上，彰显志向、信念与意志，因此，砚台从不同视角存储了不同历史时期的宝贵信息，形成了壮观的砚文化成果，成为中华文明演进的见证和载体。而有关砚台的著作，开始于宋代米芾的《砚史》，《四库书目》收入一卷，但所记的砚台仅20余种，只论述形制及出产。元代陆友也著过《砚史》，但早已失传。现存最完整、最能体现中华砚文化辉煌的代表性著作首推宿迁王相历时十余年之功摹刻的《高凤翰砚史》。

这套《高凤翰砚史》石版历经百年沧桑，如今珍藏在南京博物院，被定为国家一级文物，《高凤翰砚史》一书也被评选为江苏省"100部传世名著"。从这部既是文物又是文献的传世名著中，我们不仅能感受到天工与人工的最佳搭配、刀法与意境的协调一致、形式与功能的完美统一，而且能体悟到王相、王子若等先贤的崇高追求。可以说，《高凤翰砚史》的诞生体现了他们坚忍不拔的奋斗意志、严谨细腻的艺术追求和专注、热情、精益求精的工匠精神。我们今天收集、保存、研究和传播《高凤翰砚史》，也体现着这种精神品格在一代一代地传承，一代一代地延续。

2019 年 9 月，经多方奔波、甄别，120 余幅《高凤翰砚史》摹刻拓片终于回到了它的诞生地，完整地入藏于宿迁市博物馆。在通过精心装裱后，于 2020 年 5 月向市内外广大观众展示，从而了却了几代宿迁人的心愿。

一、珍藏市馆

2019 年 8 月 26 日，我们从内蒙古采购与宿迁历史有关的文物回来后，不顾长途奔波劳顿，第二天一早就来到事先约定的目的地——位于北京市朝阳区东三环中路富力大厦 16 层的北京泰和嘉成拍卖公司。这是一家成立时间不长、以艺术品拍卖为主的中型拍卖公司。我们在一楼出入口等了好一会儿，大厦的员工们才陆陆续续地上班。经过几道关卡我们才得以进入拍卖公司的大门，工作人员漫不经心地从保险柜中取出外包装为酱色牛皮纸的一个大纸包，我们迫不及待地打开包装，终于见到了仰慕已久的摹刻拓片。

我们一页页小心翼翼地翻看着，虽然由于时间久远，有的宣纸边已经变黄、磨毛、折皱，但拓图中心均未损害。我们甄别、拍照、询问并小声地讨论着、翻检着一幅幅精美的拓片，仿佛还能闻到百年前飘来的幽幽墨香。

上海书店出版社 1995 年出版《高凤翰砚史》

在反复与图谱核对、确定真品的基础上，我们参照前几次的拍卖会成交价格，在几轮讨价还价之后，履行了事先报经的采购程序审定，终于以合适的价钱买下。当我们将拓片小心翼翼包装好后，带着珍宝走出公司大门的时候，仿佛做了一件前无古人的大事，一行人全身顿感轻松了许多。

从清朝道光、咸丰年间宿迁著名文化人王相历经艰辛坎坷和大量资财摹刻完成《高凤翰砚史》石版、木版的 1849 年，到拓片历经沧桑珍藏于宿迁市博物馆的 2019 年，整整 170 年，而距离它的原创作者高凤翰 1749 年去世也已整整 270 年！

二、与宿迁的渊源

宿迁市博物馆把《高凤翰砚史》（又称《西园砚史》，以下简称《砚史》）拓片作为珍藏的重点选项，与宿迁清代一位文化人紧密相关，他就是王相。

王相（1789—1852），字惜庵，生于宿迁，原籍浙江秀水（今浙江省嘉兴市）。其曾祖王林做过宿虹邳睢盐运同知①，至王相时即入宿迁籍。王相一生擅诗文、工书法、精鉴赏、富收藏。他所建的藏书楼池东书库②与浙江范钦所建天一阁藏书楼南北齐名，累世积存的历代书画经籍达 40 万卷。因而他被称为"江北藏书第一家"，是道光与咸丰年间苏北一带著名的诗歌领袖、作家、书画家、书画鉴赏家。

他的一生成就很多，其中主持摹刻《砚史》是其一生重大的文化成就。王相摹刻《砚史》达十数年之久，耗尽家财，经过千辛万苦，最后才成功。清代是中国砚文化发展的高峰，摹刻《砚史》成为中国文化史上最绚丽的篇章之一，王相也是举个人力量完成伟大文化事业的楷模。王相无私摹刻《砚史》的历史壮举，为弘扬中华优秀传统文化做出了杰出的贡献，激励着更多后代文化人砥砺前行。

由于各种历史因素交织，注定这部光彩的史料与宿迁的历史渊源难解难分。

（一）高凤翰及其主要艺术成就

高凤翰（1683—1749），今山东省胶州市南关办事处南三里河村人，字西园，号南村，又号南阜、云阜，别号因地、因时、因病等，晚年因病风痹，用左手作书画，又号尚左生。

---

① 宿虹邳睢盐运同知：即宿虹邳睢盐运使副职。所辖地区含今宿迁市、邳州市、睢宁县和泗洪县一带。

② 池东书库：为清朝道光年间文物收藏家和作家王相在宿迁所建的藏书楼，是当时江北最大的私家藏书馆，藏书 40 万卷。王相去世后，池东书库在其子孙主持下一直维持运转。抗日战争全面爆发后，部分藏书转让给北京琉璃厂遥雅斋。1938 年日寇侵占宿迁，所藏文物全部散失，书库于 1983 年因翻建拆除。

高凤翰是一位多才多艺、性情豪爽的艺术家，不但精于诗词、书画、治印，对于制砚，更是成就斐然。每当遇到佳石，高凤翰必多方罗致，以致蓄砚达一千多方。他从中挑选出部分精品，制铭撰记，手书后大多自行镌刻拓出砚图，并仿《史记》的体例作表、书、本纪、世家、列传汇成《砚史》四册。册中书迹四体皆备，图文并茂，是集金石、书画、诗文为一体的艺术珍品。

《砚史》中原石彩拓像

高凤翰一生坎坷不遇，康熙五十年（1711）中秀才，雍正五年（1727）经举荐试用安徽歙县县丞，乾隆二年（1737）受两淮盐运史卢雅雨案牵连入狱，不久释放。他脱离仕途后，就漫游扬州、苏州等地。在游历苏州期间，曾代江苏巡抚徐士林撰《万年桥记》。他晚年贫病交迫，老境凄凉，乾隆十四年（1749）在故乡去世。

（二）王相及其抱负

王相于高凤翰去世40年后诞生。勤于藏书、读书的他从同乡张庚所著《国朝画征录》（续）中得悉高凤翰及其《砚史》事，对高凤翰的风骨涵养、道德文章和诗书画印砚五绝的艺术造诣很钦佩，尤其对《砚史》神往久已，认为是"前无古人，后无来者"的孤本，"藏之则人莫得睹，脱散失则无别本"，早有摹刻上石"拓千百本，以公诸斯世"的意愿。但高凤翰去世后，其亲手所制拓本已经散失，幸亏高密县的单廉泉为王相门客，对该《砚史》拓本又有所了解，王相遂托其多方搜罗，辗转从高凤翰族孙手中将《砚史》原册以重金购得，这时距高凤翰去世已90年了。

王相得此墨宝后，再三展读，爱不释手，认为它是艺术宝库中一颗璀璨的明珠。这么珍贵的艺术品，如果把它藏在家里，那世上的人就没有机会看到它；但如果脱落散佚，又仅此一套容易失传。经再三考虑，王相决定摹刻上石，重拓千百本以公之于世。

正是由于王相的这一重要决定，摹刻拓印始得流传，我们今天才得以欣赏、研究这一珍贵的民族文化瑰宝，得以听到发生在晚清宿迁大地上的一个可歌可泣、荡气回肠的历史文化传奇故事。

（三）王相主持摹刻《砚史》的艰难过程

1. 寻找合适人选

王相获《砚史》原册后，即筹划摹刻，然而难觅镌刻高手，"历试江浙名手，无当意者"。

王相后来获悉，南昌万廉山家的《缩刻百汉碑砚》①出自苏州太仓人王子若之手，刻工极精，与汉碑原貌无甚差异。王相遂决定请王子若做此事，后辗转于道光十八年（1838）下半年聘请王子若摹刻《砚史》。

王子若（1788—1841），原名应绶，后改名为曰申，苏州太仓人，为清代著名画家王原祁②的五世孙。画承家学，学书于当朝名家包世臣，工诗文金石篆刻，并擅医道，家境清贫。寓居苏州东美巷（现位于苏州城区中西部的道前街北侧，宋代果子行在此也称果子巷，民国时因误音又称东米巷）一所出租房，靠书画篆刻及行医维持全家生活。

然而，他却是一个不平凡的、有着高贵灵魂的艺术家。据王子若写给王相的书信可知，王相委托他摹刻《高凤翰砚史》时，两人尚未见过面。此事可看出两点：一是王相为人之慷慨豪爽，二是王相摹刻《砚史》心情之迫切。

以后的事实充分证明，王相所选之人舍其无他。他在恶劣的生活环境下进行艺术创作，表现出顽强的毅力和旺盛的创造精神，他用精湛的技艺、出色的作品乃至生命向王相兑现了自己的承诺。

从王子若在戊戌年（1838）重九前一日（即阴历九月八日）写给王相的信中可知，王子若的友人、助手汪铭山回到吴中的时候，捎来了王相写给王子若的一封信。王相不仅委托汪铭山索取王子若书画作品，并付给了王子若铭刻费

---

①　缩刻百汉碑砚：精选汉代碑刻一百种同比缩小移刻在一百方砚台背面。当时无复印技术，要得多幅同样作品，只有凭篆刻于石、木之上后再拓。万氏曾将汉碑缩刻墨拓成幅行世。

②　王原祁（1642—1715）：江苏太仓人，清代画家，画坛名家王时敏之孙。康熙年间进士，官至户部左侍郎，总裁编纂《分韵近体唐诗》。主要传世作品有《仿巨然万山云起图》《华山秋色图》等。

用，还把自己的一部分作品赠送给了王子若。王子若对王相的作品大加赞赏："汇读诸作，处世宅心，则仁至义尽；言情赋物，则实茂根深。儒术为宗，百家为贯，知涵养之功，非浅近可及。而仁言利溥，裨益实多。"

王相选中王子若看中的当然是他的技艺，但他的人品更值得王相信任。如，对高价从高凤翰后人处购得、被王相视若生命的《高凤翰砚史》原册，王子若也在回信中向王相保证绝对安全，让他不要担忧："原册在弟处，寝食与俱，万无遗失。"即使回乡葬母，也"藏于家中至妥至当之处，必不稍有失误，请勿系念"。又如，王子若对当地人要拓其摹刻品的现象也如实禀告了王相："吴中见此者皆欲拓之，弟实告以不能。"欲拓者"则嘱弟以他日代购，不惜重值云"。

王子若在给王相的复信中也毫不隐瞒地说了自己的情况：14 岁时父亲就去世了，自己也没有兄弟，如今穷困潦倒，甚至要靠朋友们接济度日。如今 51 岁了，年龄算起来和王相差不多。

同时，王子若也提出了自己的疑惑：汪铭山转告我，说您让我摹刻高南阜的《砚史》及题字，而且带来了试摹册幅，并叙述了他与您的约定。然而您的书信中却又没有提到这件事情，所以不免心中疑惑。可是汪铭山言之凿凿，再加上我读了您的作品，认为您是一个"好古多情之人"，所以我也就接受这个任务了。

或许，王子若当时怎么也不会想到，这一允诺，此项事业便与他相伴终生，并让他付出了生命的代价！

1841 年 6 月 4 日，王子若客死于苏州寓所。当时他家境贫寒，声名不显。但每当后人把《砚史》与摹石者联系起来时，他也就同《砚史》一样名垂青史了。

2. 选准如意摹石

王相可能从坚固、美观的角度，原拟用青石摹刻，但后来接受了王子若的建议，改用蠖村石①摹刻。

---

①　蠖村石：位于苏州灵岩山西。蠖村之名最早见于东汉赵晔《吴越春秋》记载。据史籍载，因蠖村石质地温润、益毫发墨而适合制砚。蠖村石制砚最早出现于东汉初年，又有以陆龟蒙、皮日休之诗为证，则说始于唐代。又据民国赵汝珍《古玩指南》："（蠖村石）最佳者有淡青、鳝鱼黄两种。"

蠖村石所制砚质温色柔，滋润胜水，益毫发墨，石性糯而砚锋健。史载蠖村石制砚最早出现于东汉初年，至宋代蠖村砚的制作得到较大发展，蠖村砚之名频繁见录于宋人著作。晚明及清初，蠖村石因大量开采而濒临枯竭，清中期，蠖村石佳材逐渐稀少。至清末民国初年，蠖村石古坑已取尽，民国时期蠖村老坑石难觅。

因此，质地温润、色泽柔和的蠖村石更适合制砚，青石固然持之久远，但石质脆硬，不便磨刻。而且王子若对于青石"向未习刻，剥痕未工"，难于求似。蠖村石虽性质濡糯，易于磨损，但石质细嫩，易于用刀，摹刻易于神似。因此，当时优质蠖村石虽已较珍贵，但王子若仍建议用它摹刻，体现了他的专业与负责。前文所述的他为万廉山摹刻汉碑砚也多用蠖村石制成①。所以蠖村石确是理想的石料。王相的助手、外甥钱侍辰在《校勘砚史笔记》中说："册内九如砚……复请程静斋以青石摹刻，余与之商榷竟日，终无取似之法。""倘以蠖村石，于轮廓处，不用刀凿，止少为磨凹，或能得其浑沦之妙。""因思子若之用蠖村，未始无因。"钱侍辰在这里通过青石与蠖村石摹刻效果的对比，道出了蠖村石的优点，分析是中肯的。

3. 精益求精摹刻

一是心在一用，谢绝他业。王子若为专心摹刻砚史，便"遍告同人"：此后只有医药之类的事情可以偶尔答应帮忙，其余书画篆刻之事，一概谢绝，以便集中精力摹刻《砚史》。摹刻期间，王子若的家庭开支费用，全靠王相接济。"弟实缘素来日待笔头渐米，自专工砚史以来，谢绝书画生涯，不能不待刻石经费以为接济耳。"

二是反复审视，勾摹刻样。工序是这样的：在选定石材、精细打磨之后，以原册幅做稿本，用油纸勾摹刻样，过朱上石。先交工人粗刻草稿，磨去上面一层或半层，只留石上极细的刀痕，然后由王子若动手修刻，边刻边用棉花蘸水琢磨，使砚石滑泽浑朴。砚图刻毕，再将石上所涂蜡墨磨去，待石质完全露出，再用干手修刻。由于王子若擅金石篆刻，故其摹刻本仅"下真迹一等"，

---

① 据《王子若摹刻砚史手牍》中己亥年（1839）新正十日王子若给王相商讨选用石种的信曰："此弟前刻《缩汉石碑砚》有皆用端坑与蠖村两种刻成，多拓久试而知。"

大体保存了原册的神韵。钱侍辰在《校勘砚史笔记》记述此工序时写道："必先将原册熟读数十遍，穷其底理，每摹一图，仍需反复审视，谛观既久，宛然一砚置于几上。细思南阜当日若何经营，若何奏刀，此时凝思默会，情往神来……然后操刀一试，自有吻合之处。"可以想见，王子若当年摹刻砚史是何等的用心良苦。

三是惜刀如金，力求尽善。在摹刻过程中，王子若自加压力，限定每个月刻三块石头。如果砚石复杂，难以摹刻的，就要半个多月的时间；如果是比较省力的，他也要接近十天的时间才能完成。这样有计划地作业，既抓紧时间，又留下转圜余地。他亲手校勘原作，在图文的编次、款识、刻制和拓印等方面，与王相及时书信往返沟通，进行商榷。王子若把全部的精力和智慧，都倾注于摹刻《砚史》的艺术劳动中。由于王子若有很强的事业心，再加上精湛的金石篆刻技艺，所以斑驳浑朴之处，均能不露刀凿痕迹，而得原拓本浑沦之妙。

4. 经费全力保障

王相为摹刻《砚史》，"求精不惜费"（1838 年王相在王子若复信上的眉批语），在银两上源源不断接济王子若，使其无后顾之忧。

王子若接受了摹刻《砚史》的委托，就谢绝一切书画工作，专心刻砚。王相也非常信任他，一切工作的安排均由他一手经办，并先预付了纹银一百两，包揽了他家的全部开支。从此书信往来，两人的精力差不多都投入摹刻《砚史》的工作中。

为了商讨摹刻之事，王子若多次去信提出见面详谈，认为书信之中不能尽谈，很多事情需要见面会商，并且在己亥年（1839）新正十日提出"弟本寒士，家有老母，千里暂出，亦以多蓄薪水为安"，希望王相能够多付一些款项来，这样自己安顿好家中老母之后，方可放心前行。从中既可见王子若非常渴望与王相见面一谈，又可见古时文人寒士之困窘。

仅从《王子若摹刻砚史手牍》中的 1839 年 4 月 26 日、5 月 4 日王子若给王相的两封回信便可知，在两个月内，王相分别于 3 月 22 日、4 月 26 日委托严棣香带去了各两百两纹银给王子若。当时的资料显示，王子若 3 月收银时正值其母病重，4 月收银时其母已逝，都正是急需用钱之时，每当收到银两时，他都向王相及时"发函敬诵"，以表谢意。

在摹刻《砚史》过程中，王相一共付给王子若多少银两，目前尚无资料可查，但从《王子若摹刻砚史手牍》中王子若信件里字句的表述看，王相应保证了当时他家的基本生活需要。如：1841年闰月二十三日王子若复王相信中说"奉手书银项及厚赐多珍"，1841年6月，王应咸告知王相其兄王子若去世的书信中说："尊处委刻《砚史》，雕虫小技，博厚值以养生，非先生好古爱士，安能获此！"两封信中的"厚赐多珍""博厚值以养生"，体现了王相付给王子若不菲的费用。

王子若是一个相当敬业的人，而且他的母亲也是一位非常重诺守信之人。她在弥留之际，还要叮嘱儿子：认真摹刻，以忠人所托。王子若在侍奉母亲养病的时候，也不停工，每每夜里点上蜡烛工作，因为冬天太冷了，为了助暖驱寒，便在自己的四周围上火盆，有时甚至一干就是一整夜。

为了争分夺秒摹刻砚石，王子若母亲的丧事，都是他老家中的子侄辈料理的。他本人则"在苏寓刻石""至廿五日完刻，十三至十六石拓样都毕，方料理扶枢回娄之事"。

尤其令人感叹的是，当王子若把全部身心投入这创造性的劳动之时，不幸的遭际竟和摹刻《砚史》过程相伴始终。先是他的母亲病故，接着自己又患有"吐血之疾"，且日渐加重。母逝不足两年，他唯一的幼子又"陡患惊风"突然夭折，他的前一个儿子也是未能成丁便已死去。残酷的打击接踵而至，几乎置其于绝境之中。

王子若自知生命不长，甚至说只要能完成砚石摹刻，哪怕是早上完工傍晚就死去，那也就没有遗憾了。

上苍没有给他更多的机会，王子若仅完成约一半的工程就于道光二十一年（1841）四月十五日不幸去世了。王子若在临死前，把已刻的五十一石和《砚史》原册①，交王相世交成序东归还王相，并给王相去了最后一封信。信中附一借券，意为：前段时间接到王相所付一百两纹银，因生活窘迫已先支用了大

———————————

① 据钱侍辰《校勘砚史笔记》载："计子若所刻蠖村石，自研图第一至五十及史例一页。熙载所刻枣版，自第五十一至第一百十二以及序跋等页。"

部分，只剩下二十多两了，已经不能完整地偿还了，更不能完成摹刻任务了！现在只能附上借条一张，感叹这种失信实在对不住王相！

这封信从一个侧面真实地反映了晚清底层知识分子对贫穷家境的无奈，也映衬了一位普通民间艺术家的诚实与良知。

其实，王子若的早亡，既是不幸家事的打击，更是日夜摹刻劳累所致！

5. 相互鼓励信任

在摹刻《砚史》过程中，王相与王子若之间结下的诚挚友谊与感情，相互支持与信任，也是确保摹刻质量的无形保障。

王子若在 1839 年 10 月 17 日给王相的第八封信中写道："承示砚史一切事，具见忠信明决，佩服固不待言。自维生平无多知己，要皆交以久深，从未有远隔未面，传书往还，时仅及期，无异十年聚首者。此古今所难，今乃得之于吾兄。此其故，实自南阜致之，兄谓吾两人于南阜为声气之感，弟谓南阜于吾两人为尹公之他也。"

他在信中不禁感叹从来没有像王相这样相距遥远，从未见面，相交不到一年，却无异于十年相聚的老朋友，而且指出，正是因为高凤翰，两人才有了这么一段渊源。并且打算选剔摹刻剩下来的石头，单独摹刻《砚史》中一块砚赠送给王相。并且作铭道：

摹砚史砚摹砚史，我摹史砚尔摹史。

谁惊谁疑谁笑嗔？尔悲我叹南村喜。

万人海里今昔闻，两生一死三痴子。

从摹刻《砚史》的全过程看，此句中"两生一死三痴子"的高凤翰、王相与王子若，表述如此形象！正是这时间与空间上相距甚远的"三痴"，成就了中国文化史上一段凄美感人的故事。王相接此信后眉批道："千里往复，如响之应，子若遂引为己任。自谓两人之交，坚逾金石矣！"王子若与王相真是互有知遇之恩。

正因为有此"坚逾金石"之友情，而且为了商讨摹刻之事，把握好摹刻细节之处的质量，王子若甚至曾有北上移家宿迁、与王相结为邻居的打算。因家事羁绊和争分夺秒摹刻砚石，终未如愿，但仍以十余封信件相来往商讨摹刻事宜。王子若以"一息尚存，此志不懈"之精神，把摹刻砚石作为"第一悬于心者"之大事来做。

当接到王子若堂弟王应咸函告其兄去世的信件后，王相悲痛不已，在此信眉批道："此书一到，仆心灰念绝，即玉亦挥去，尚何有于石？"他又说："子若之亡，广陵散绝矣！恐来者纵有子若之技，亦无子若之志。"这几句话，可以看出他是"真知子若者"。可见，他们之间感情之深之真，"坚逾金石"名不为虚。

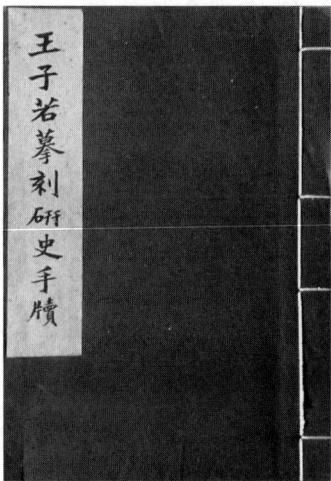

王子若摹刻砚史手牍

后来，王相在咸丰二年（1852）的春天，将王子若1838年至1841年四年中写给自己商讨摹刻事宜的书信、王应咸告知王子若死讯的书信共13封信，以及钱侍辰所辑的《高南阜先生砚史年谱》《校勘砚史笔记》（以下简称《笔记》）汇为一册作为纪念，名为《王子若摹刻砚史手牍》（以下简称《手牍》），并命其子整理出版。这是他们亲密合作和兄弟般友谊的见证，也是今天研究《砚史》摹刻过程的第一手史料。

（四）无可奈何再寻续刻

王子若的不幸去世，是王相主持摹刻《砚史》不可弥补的巨大损失。王相果然再也没有找到能像王子若一样有志有技有品的称心如意的摹刻者，他甚至一度心灰意冷，摹刻工程被迫中断了。

在王子若去世五年后的1846年，王相才经友人孔宥函①推荐，委托当时金石篆刻名家吴熙载摹刻《砚史》的后半部。

吴熙载（1799—1870），原名廷题，字让之，又作攘之，江苏仪征人。和王子若一样，他也是包世臣的高足。擅长书法，工于篆刻及花鸟绘画，其名望比王子若要高得多。

但因吴熙载当时忙于"校勘经史者，无虚日"，虽然也看重、理解王相的

---

① 孔宥函，名继镥，孔子六十九世孙，清代经学家。道光十六年（1836）进士，官刑部主事。治学不名一家，著有《心向往斋集》《陶诗壬癸诗录》。

心情，精力却不能全用在摹刻《砚史》上。他仅将王子若已经摹刻但没有刻完的一些砚石给完工了，其余砚石都委托扬州刻工用枣木版来摹刻，仅仅花了一年时间就草草完成了。

因为刻工不能理解《砚史》中文字的含义，以至于竟然有落款弄错、字画讹误的地方。加之木刻的效果与石刻相比，神韵逊色得多，所以后半部较之前半部的摹刻水平有天壤之别。

王相看到吴熙载摹刻的砚石，显然也不满意，虽然想重刻，无奈已年逾花甲，不论是精力还是钱财都已无济于事。从王子若摹刻砚石开始，到吴熙载摹刻枣木结束，前后共十多年之久，直到 1849 年才全部完成。如果从高凤翰去世的 1749 年算起整整一百年。但是高凤翰以愤郁而亡，王曰申以贫病而死。王相虽然出身士大夫阶层，负一时众望，而他不肯随俗浮沉。一部《砚史》也间接地反映了封建社会底层文人的愤争与无奈。

咸丰元年（1851）夏天，王相外甥钱侍辰又组织对《高凤翰砚史》重新校点改补，对王子若摹刻的几块断裂砚石又以青石摹刻。

朱岷为南阜造像的《云海孤鹤图》　　　　　　王相跋文（部分）

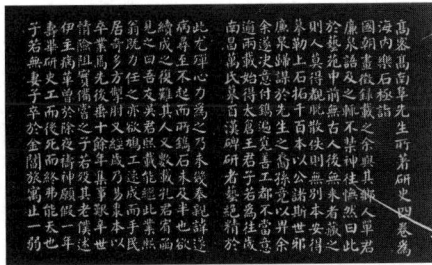

现今流传的《砚史》拓本，存砚图 112 幅，砚史部分是用淡墨拓出，其他题记部分，与一般碑帖相似，是用浓墨拓出的。《砚史》中有朱岷为南阜造像的《云海孤鹤图》，并有包世臣、李果、姚世馆、王相等时贤名手的序跋题识多幅，又有南阜画像、南阜山人《生圹志铭》① 及高凤翰左手自记。为别于原

---

① 《生圹志铭》：生圹，生时预造的墓穴。志铭，是古代文体的一种，通常分为两部分：前一部分是序文，即"志"，记叙死者世系、名字、官位及生平事迹等；后一部分是"铭"，表示对死者的悼念和赞颂。志铭要勒石刻立。

册，凡王相等人的题跋均在文前以"○"符号示别。

自此，自清雍正十二年（1734）高凤翰所辑《砚史》初稿完成，到咸丰二年（1852）王相完成《砚史》刻印，已历时118年，这部被后世历代书画家、藏书家、金石学家所崇尚、钟爱的力作才得以问世。

三、艺术价值

高凤翰19岁考取秀才，45岁任安徽歙县县丞，54岁任江苏泰州埧埧长，55岁去江苏扬州卖画，59岁老残归里，67岁饿死胶州，十年薄吏，二次冤狱，郑板桥敬题墓碑。

高凤翰晚年右臂病废，因此又号"丁巳残人""老瘖"等。高凤翰有"诗、文、书、画、印、砚、藏、琴"八方面的艺术才能，单论其一，堪称大家，被美术史界列序"扬州八怪"第一，美术史上把他的画归入"扬州画派"，享誉海内外。其短短60余年的人生，留下了数千篇诗文以及大量的书、画、印、砚等艺术精品，在艺术上取得了很高的成就。

《砚史》一书浓缩了高凤翰一生藏砚、制砚、铭砚的艺术成就，该书开卷有高氏亲自题写的"墨乡开国"四个隶书大字，表达了作者自信和得意的心境。高凤翰所刻砚铭，汇集了不同的书体，布局酣畅，字体挥洒自然，夹杂对砚的材质品名和制作的记叙，或篆隶，或行草，错落有致，或长篇，或短句，姿态万千。

高凤翰的诗、书、画、印又被人称为"四绝"，也均体现在他的《砚史》中。

（一）诗歌酣畅淋漓，率真自然

高凤翰成名较早，青年时代文思敏捷，即负盛名。

乾隆六年（1741）夏天，59岁的高凤翰结束了在南方长达十多年流离转徙的生活，风尘仆仆地回到了家乡。归来后的高凤翰又老又病，加上官场的失意，江湖的漂泊，右半身的病废，高凤翰的精神遭到了严重的创伤，一度产生了抑郁的悲观情绪。但就在这样的情况下，他仍然没有放弃对艺术的执着追求，又拾起已编几次而未成功的《诗稿》，再次进行选编。

高凤翰第一部正式诗集是《击林集》，编于26岁，这部诗集专门收集了高凤翰在胶州居住时所作的一些作品。他早期游历时的诸诗都编入《湖海集》，此后有《岫云集》《鸿雪集》《归云集》，63 岁后编《归云续集》，最后是《青莲集》。

高凤翰的诗从内容上可以分为纪实、题画、抒怀、赠答四类。他擅写生活场景，寄怀忧思。就其诗风而言，意境清冷、空寂萧疏、孤傲豪放；就其语言风格而言，朴实无华、率真自然；就其表现手法而言，长于对偶、用典、炼字。他写诗非常注重深入生活，曾说："诗有异境、有妙境，不是日对妻孥，株守荒村所可得。"所以写出的诗既有内容，又韵味十足。

据《扬州府志》载：泰州连续两年蝗灾肆虐，禾谷无存，民不聊生，官吏纵蝗不捕，反而乘灾害民。高凤翰有感而赋《捕蝗谣》，诗中最后几句是："……蝗食苗，吏食瓜，蝗口有剩苗，吏口无遗渣。儿女哭，抱蔓归，仰空号天天不知，吏食瓜饱看蝗飞。"他在《苦灶行》中说："饥肠霍霍日晌午，尚待城中换米钱，得盐尽入豪贾手，终年空作牛马走……"通过这两首诗，可以看出高凤翰对贪官污吏的丑恶面目进行了深刻的揭露，表达对普通老百姓，特别是盐民悲惨生活和走投无路处境无限的同情。高凤翰的《捕蝗谣》《苦灶行》及《屠户谣》不啻杜甫之"三吏""三别"，可说是异曲同工，且可与同时代郑板桥的《逃荒行》《还家行》同彪诗史。

高凤翰故去 33 年后，《四库全书》编辑告成，高凤翰的《南阜山人诗集》被收入其编目内。高凤翰的诗，除被《随园诗话》记载外，其余在《高西园诗画录》《清诗记事》《山左诗钞》《广陵诗事》等书中也都有记载。

再看《砚史》，高凤翰的诗风也融入砚铭思想内容，同时相匹配于书体和镌刻技法，凸显强烈的个性并融为一体。在所有砚铭诗歌中，"大瀛海"是高凤翰最得意之作。

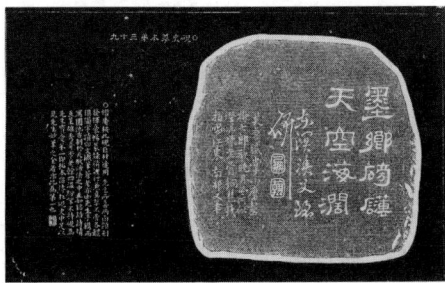

大瀛海砚

在《砚史》摹本第三十九图中，砚背镌刻隶书大字"墨乡磅礴，天空海阔"，下题草书小字两行"东溟渔父铭研"。又有行书四行：

芙蓉腻掌小磨砻，

柳七郎歌晓月风。

何似澄泥炼老骨，

铜琶铁拍唱江东。

下面署名"南村又笔"。

显而易见，是写完两纵行隶书大字后，高凤翰意犹未尽，又作绝句一首。这一块砚确实是高凤翰文笔、书笔、铁笔之集大成者。

王相在此幅跋语为：铭语和诗情，相得益彰，砚上又有奇特的花儿，苍老的枝干，还有仙鹤四下散步。这块砚算得上是高凤翰的最爱，就连在拓本留传中，能够全面见到高凤翰先生妙笔的，这也要排在第一位①。

大诗论家袁枚先生在其著作《随园诗话》中也对高凤翰的诗有很高的评价，并引了他的诗《双韵短歌·别靳秋水》。由此可见高凤翰的诗在当时享有很高的声誉。

（二）书画奇趣横生，秀逸绝俗

高凤翰主工花卉山水，宋人雄浑之神和元人静逸之气在其作品中同时流露，艺术造诣精湛。他的工笔画，有着宋代画家的庄重雄伟之气；写意画有元代、明代画家的轻松自如、优美淡雅之风。其画不拘成法，因而被人归于"扬州八怪"，也有将他列为"画中十哲"的。

由于高凤翰做官清正廉洁，故遭同僚妒忌，再加上受好友两淮盐运使卢雅雨案件的牵连，被诬入狱。这场风波两三年之后终于澄清，高凤翰无罪。但烦乱的诉讼生涯、恶劣的监狱环境，使高凤翰原有的风痹病加速恶化，致使右手病废。这对于一个书画家来说是沉重的打击。但他以惊人的毅力改用左手进行艺术创作。他有一印曰"一臂思扛鼎"，足见其坚强的意志。

高凤翰早年的右手书法功力深厚，"精妙流美已臻炉火纯青"。右臂残废后，他的左手书法突出而崛起，其晚年的左手绘画，清秀俊美当中更深透着朴实苍劲的神韵之气。

郑板桥对他的亦兄亦友亦师的"南阜老兄"有着很高的评价："西园左笔寿门书，海内朋友索向余。短札长笺都已尽，老夫赝作亦无余。"评高凤翰右

---

① 王相此幅跋语原文为："正如铭语诗情，互逞雄秀；奇花老干，鹤四溢纷拿，不特砚为先生宝爱第一，即拓本留传，在砚史中是以见先生妙笔之全者，亦此为第一也。"

手画："人但羡其末年老笔，不知规矩准绳自然秀逸绝俗，于少时已压倒一切矣。"评高凤翰的左手画："后病废，用左臂，书画更奇。""其笔墨之妙，古人或不能到，予何言以知之。"评高凤翰的雪梅图："梅枝极粗，极媚，极放，极整。虽青藤、复生、且园再作，不过尔尔……南阜老兄当多作数十百幅与弟，令扬州、杭州、山阴人传之至宝也。"

（三）篆刻大气磅礴，苍拙豪纵

高凤翰自9岁学印篆，一生再也没放下过篆刻刀。高凤翰的篆刻以白文为主，早期以汉印为宗，后期白文笔画丰腴，而且留红极宽，不拘于法，妙趣横生。

高凤翰的印章风格主要有两类：一是仿汉铸印类，如《左军痹司马》《左臂》这类印结构紧密，在"扬州八怪"印章派中占主流，在清朝也不多见。二是残破波磔类，此类印可分为二：一为残缺分割为主，如《山东书生》《家在齐鲁之间》；一为以波磔、斑驳为主，如《癸亥人》。这是"扬州八怪"印派为适应其书画的豪放个性所独创。

高凤翰的印学主张是以《印统》（系明人集汉印谱）及所收汉铜旧章为师，反对宋元图书习气。他对汉印有精辟的见解，治印质朴、厚实、行刀简练，刻印用字不喜欢用生僻的篆法。由于他的篆刻艺术造诣很高，其印事被列入《明清画家印鉴》等典籍中。

他在《述近况答家乡诸亲友代柬》一诗中说："故人问寻近如何，耳渐曚懂发渐疏。老有童心耽弄石，贫中侈费浪收书。"他还在《归云和尚碣》中云"庚申辛酉间，谋北还。乃自检生平所自为诗、古文若干卷，手制《砚史》四巨册，汇辑汉印约五千方，自制印及所收近各名印与朋侪投赠者亦数千方，粗为伦次，付儿侄。"他晚年境况"老有童心耽弄石"和他一生治印"亦数千方"是互为释证的。

高凤翰除被郑板桥评价为"尤善印篆"外，自称"印癖先生"的清著名藏书家、金石学家、篆刻家汪启淑在《续印人传》中评其"究心缪篆，印章全法秦汉，苍古朴茂，罕与俦匹"。原西泠印社社长启功则称他为"胶西金铁"。

（四）砚艺渗透交融，独树一帜

从所用字体上看，因他好稽考、好制砚、好刻铭，取百家之长，其砚铭与其篆刻取法相得益彰。在篆刻和砚铭取法、取字方面，上至三代古文、钟鼎文、玉篆、秦砖、汉瓦、钱币、碑额，下至六朝俗字，他都穷索冥搜，刻意临摹，推本溯源，悉其异同。篆刻与砚刻铭的技法、字法是相通的。在文字入印入铭方面，高凤翰打破以秦汉篆入印的常规做法，将隶草书和谐结合，设置于方寸印面之间。

因此，高凤翰制砚艺术成就之所以不同凡响，在于他能把诗、书、画、印都有机地融入制砚、铭砚艺术中去。纵观《砚史》，它是研究高凤翰这位艺术巨匠的生平和他藏砚、制砚、铭砚的第一手资料。

从《砚史》中可知，他的第一方铭砚是 38 岁时铭刻的"冷云砚"①，一方被称为"大瀛海"的澄泥大砚，该砚被他称为"南村宝爱第一"。他集砚、铭砚的巅峰时期是雍正十三年（1735）。这年他完成了大量砚铭及制砚工作，铭砚多达 60 方，就是他右臂病瘅后的第一年，他还以左手铭砚 7 方，由此可见，他爱砚的迫切心情以及他对艺术的挚爱和不断追求。《砚史》的每一篇砚铭、题跋，均是高凤翰的诗文佳作，情感真切，可以想象他酒酣耳热、挥洒烟云、千言立就时之豪性，如"墨乡磅礴，天空海阔""寿国思盈，书狱思生，鼎钟同寿，百世同鼎""波涌云垂想其气奇，玉润镜平想其质清"，都是铭中佳制。另外，他在《砚史》中对砚的材质、品名、制作等的记叙，也是不可多得的宝贵材料。

《砚史》更是高凤翰的"书法精品专集"，册中字体或篆隶，或行草，大小错落，长短参差，或整幅数百言草书环砚疾书，满纸龙蛇，或整幅潇洒飘逸，平整端庄，姿态万千，各臻其妙。

从《砚史》中我们不难看出，高凤翰将诗、书、画、印、砚五种本来是独立成科的艺术，相互渗透交融，熔铸于一炉，完成了他独辟蹊径、独树一帜的艺术体系。他将诗意入砚，书法入砚，印艺入砚，画意入砚，纵横交织，兼容并包，各门艺术都达到了极高的境界。

---

① 据《王子若摹刻砚史手牍》中《高南阜先生砚史年谱》一文："康熙五十九年（庚子）公年三十八岁。铭冷云砚。"此年为 1720 年，此前无铭砚记录。此方砚为摹本第十四图。

四、《砚史》研究的拓展

《砚史》作为清代"扬州八怪"重要代表人物高凤翰的珍贵史料，仅对《砚史》本身或仅限于对其诗书画的研究是远远不够的，《砚史》还为研究"立体式""全方位"的高凤翰提供了大量极其珍贵的史料。通过对《砚史》拓展、延伸的研究，我们还会获得更多的收获。

（一）版本类别

1. 原始版本。《砚史》共四卷，全书收砚 165 方，所拓砚图 112 幅，据载最初是用彩墨拓印，并在模糊处用笔勾勒填补。原书设色以浅淡，并配朱墨、藤黄、赭石等色，钤以朱印，色泽古雅可爱。

2. 道光复刻拓本。即王相组织摹刻的版本。有王氏的石刻本和吴氏的枣木刻本两种。石刻本计有 51 石，吴氏续刻的为枣木本。摹本《砚史》仍存砚图 112 幅，共收砚 165 方，砚图均以淡墨拓出，题记、跋语均翻黑为白，以浓墨拓出。为别于原册，凡王相等人的题跋均以"○"符号示别。目前各种拍卖会上亮相的散册即为当时流出的拓本。

日本二玄社版本

3. 日本出版的影印本。日本东京二玄社 1989 年出版发行的《砚史》，全套 5 册，乃当年侵华日军从宿迁王相家盗去的原版，由洼田一郎解题释文。

4. 童衍方藏本影印本。上海书店出版社 1995 年出版发行，据童衍方藏本影印本，由其撰写序言并编辑出版。

5. 生活·读书·新知三联书店出版的《砚史笺释》铭释本。由田涛、崔士篪详加笺释的 2011 年出版的《砚史笺释》，应为篇目较全的版本。包括：前言、高凤翰题词、南阜山人小像砚、云海孤鹤图、高凤翰自序、李果序、孔继铄序、包世臣序、史例。

6. 少量的彩拓本与"屏条本"。据《手牍》中相关零星表述：王子若生前曾建议用两种拓本，一种纯用墨拓，一种彩拓，按照高凤翰的原册，用花青及墨分拓，用朱墨拓印章。如丹鼎、九如诸砚，就须设色。他本拟手拓数本，留与王相家藏，尚未得手而病死。后来仍用其法，分墨拓、彩拓两种，因只作为赠送亲友爱好者之用，所以拓本不多，彩拓尤为少见。另外有一种选拓本，只选其中的砚图数种，裱为屏条珍赏悬挂。这一种拓本只作为一般赠送。

　　7. 其他版本。传闻有把石刻至第五十一石及以下的枣木刻本分别拓印出版的版本，但目前未见到实物；又有见第六十二图在钤印和排列题跋时互有区别，或者在当时已有挖改之版本；也有的版本收有包世臣的跋文，有的则未收。

　　《砚史》百余年来究竟有多少种版本，还值得进一步研究。不过，作为王相、王子若商讨有关摹刻事宜的《王子若摹刻砚史手牍》一书，因是摹刻过程性的书信集，非常值得一读，该书能澄清很多误传。

　　(二) 家风家教

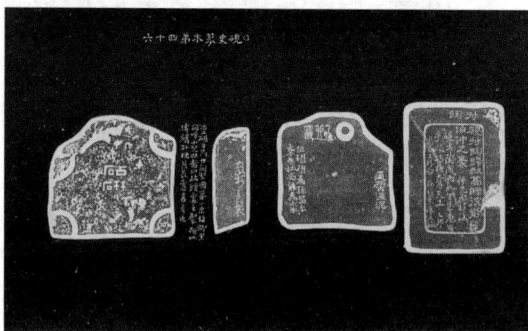

六十四第木枣束砚

砧砚

　　在《砚史》中，我们还可以看到高凤翰对后人的教育与期望。在砚铭和题记里，记载了高凤翰对其子、女、侄及孙儿的谆谆教诲，有的鼓励，有的告诫，用心良苦。特别对于其孙高攀鳞，寄予殷切期望，他曾经刻了好几块砚石送给他。其中摹本第四十六图"砧砚"铭曰："作砧砚，为孙留，尔幸无拙，尚能为裘。"铭中明确指出这方砚石是为孙子而留的。册幅中高凤翰还写了篇跋文。跋中写道："冶工砧子，为世间坚固第一乘，故乡里间，呼小儿壮者曰砧头。象之制砚，以传鳞孙，祝其长寿易养也。"砚铭取《礼记学记》中"良冶之子，必学为裘"之义，有期望孙儿继承祖业的意思。

　　摹本第四十七图"瓶砚"铭曰："用以手，守以口。乙卯。"然后在拓图下跋文："魁儿性多率易，不知慎口，作此砚戒之。"从铭文与跋文得知，这是乙卯年即1735年高凤翰53岁时为其子汝魁所作。

　　"瓶砚"受者"汝魁"，即次子高汝魁，又名高汝奎，刻这方砚台时的雍正十三年乙卯，高汝魁整 20 岁，也就是孔子所说的"冠而字"的年龄，老师或长辈要赠其书画礼物或箴言，以勉励其将来行为。高凤翰赐给儿子一方砚台，名"瓶砚"，取其守口如瓶、戒口之意，励其全心攻读诗书，有规箴深意，而且针对性极强。

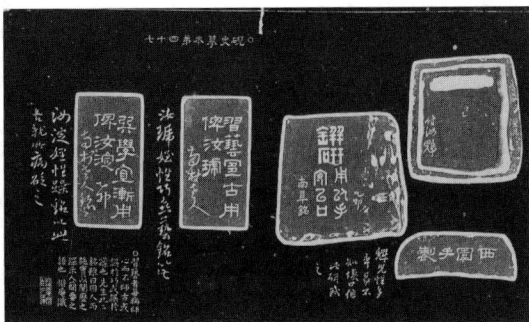

瓶砚、汝琥砚、汝淀砚

与"瓶砚"装入一页的，还有两方砚铭。一是"汝琥砚"，铭曰："习艺宜古，用俾汝琥。"二是"汝淀砚"，铭曰："巽学宜渐，用俾汝淀。"两拓片左侧高凤翰又分别小题识："汝琥侄性巧喜艺，铭以此。""汝淀侄性躁，铭以此。"针对三张拓片又总题识一句："各就所病砭之。"高汝琥和高汝淀均为高凤翰本家侄，与高汝魁为堂兄弟，所以三人的砚铭拓片同装一页，寓"一堂兄弟"意，作为长辈的高凤翰确有教导指引之责，而且规劝之词深刻中又有深爱。

"瓶砚"曾亮相于 2013 年 7 月西泠印社"历代名砚"专场拍卖会，因雕工朴拙，浑厚自然，应是传世高凤翰手制砚台的经典之作，加之配红木嵌玉砚盒，故而藏家趋之若鹜。

2012 年，在高凤翰晚年曾游历过的扬州发现一藏砚名门之后珍藏的一方端砚（见 2012 年 5 月 16 日《扬州晚报》），砚额横写"汉民三年子孙以宝用此"，砚右侧铭两方印，"高氏珍藏"和"臣南村印"。砚左侧铭 21 字金文大篆"自修用作德女孙，用作宝尊灯，万年子子孙孙永宝用"，砚背有直径近 50 毫米篆书"飞鸿延年"圆章。

端砚配有清早中期老红木原装盒。砚料细腻、纯净、淡雅、润泽。此砚虽然未收入《砚史》，但仍值得一提，因从旧砚包浆皮壳、题铭、印款等，并对照入史的类砚特征判断，此砚应为其生前用砚，其铭文内容与镌艺风格同上述砚一样体现了高凤翰对后人的期望与祝愿。

（三）为政官德

《砚史》铭文中有不少体现高凤翰嫉恶如仇的文字。摹本第二十四图是锡制的官砚，高凤翰作砚铭曰："书狱思生，书财思盈，书事思平，视此勒铭。"

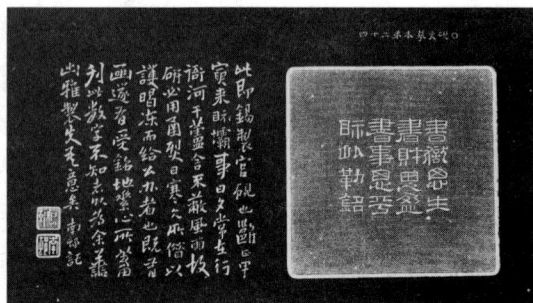

锡制官砚

这是高凤翰在泰州任泰坝监掣时所铭砚文，同时，他在这方砚石的册幅中题识道："此即锡制官砚也，雍正甲寅来视坝事，日夕常在行衙河干，庐舍不蔽风雨，故砚必用函，烈日寒冰，所借以护呵冻而给公办者也。既有函，遂有受铭地。素心所蓄，刊此数字，不知者以为余善出雅制，失吾意矣。南村记。"

砚"有函（盒，笔者注）"，是因为"庐舍不蔽风雨"。时人智者一看便知！联系高凤翰的坎坷仕途，这实际上也是在借题发挥。他在《寓泰州诗》中所说的"不妨李固终成党，到底曾参未杀人！"发泄了他对当时官场的肮脏和遭受诬陷的愤懑与反抗。而砚铭亦是他"化愤懑为异物"的见证。

高凤翰的官砚铭，是他为官为民思想的深刻写照。他作为封建社会八品小吏，在处理刑狱、纠纷时，首先想到的是百姓的民生民权；在为国理财、管理盐政时，决不慷国家之慨；在处理百姓事务时，做到公平公正，实属难能可贵。高凤翰干的是"肥差"，日常经手之钱何止万千。据康熙雍正年间官场定例，仅火耗银一年就可达数千两，但他却两袖清风，女儿出嫁也无钱置办嫁妆，仅送数幅画而已。

（四）书画师从

宋代以降，苏东坡、黄庭坚便一直是文人取法的对象，无论是诗文还是书画，高凤翰从中年时期以后对苏东坡、黄庭坚的书法用功颇多。

目前可以看到的高凤翰学习苏东坡最早的痕迹是其1728年所绘《山水册》的题跋。同样，在《砚史》摹本第六十三图中则有清晰的记载：

高凤翰于雍正十三年（1735）作《霞髓砚》砚铭："霞髓，山中膏肓，随我徜徉。南村居士题。"

同幅的《垂脚砚》砚铭："脚垂缕，痕漏雨，我摹尔古。南村居士仿东坡作。"

接着在其后题跋云："南村仿东坡，往往乱真，置之晚香堂中，眉工当不复辨。廓道人。"

这些简洁的评价足以证明高凤翰与苏东坡书法相像的程度。

在《砚史》摹本第七十六图中的《一足砚紫霞云锦砚》云："汾之水，鄣之泥，夔一足矣，安得其余。仿坡公。"

这些砚铭与跋文中有关仿苏东坡的明确记载，为研究高凤翰学习苏东坡的书法提供了典型、精准的证据。图中所镌

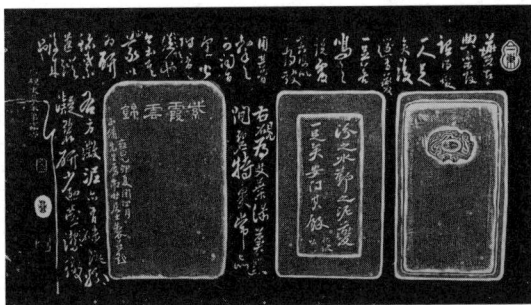

一足砚、紫霞云锦砚

铭文及题跋均用苏体。显示此时他对苏东坡书法的学习与中年时期相比更得其精髓，此时他的字用笔厚重，且线与线之间轻重对比明显，颇得苏东坡书法之法。

（五）游学文友

《砚史》中也记述了高凤翰与当时除"扬州八怪"之外的其他文友交往，也有因"神往"高凤翰而与《砚史》结缘的"后生"，本文仅举几例。

1. 朱潜园、朱岷

高凤翰于康熙四十一年（1702）秋赴济南，应两年一次的乡试，自此他便与济南结下了长达27年之久的情缘。素来生性豪爽、广善交友的高凤翰很快在济南结识了不少与其兴趣相投的好友，其中朱岷、朱潜园（筱园）、朱叙园、朱祜园等家族多人都与高凤翰相交甚笃。

朱潜园（筱园）与高凤翰相交甚密，他曾在雍正四年（1726）赠砚于高凤翰长子高汝延，他舍不得用，去世以后高凤翰又转交给孙子高攀鳞。高凤翰在摹本第三十一图中题道："朱五弟潜园昔寄亡儿此砚，常获惜之。今余亦不忍更用，留以付鳞孙。此儿倘得成立，尚能不负此砚也。临笔怆怀不已。"高凤翰希望子孙能够不辜负这块砚石所寄托的深意。

朱岷是朱氏兄弟中的老大，康熙四十年（1701），高凤翰19岁乡试时，便结识了朱岷。高凤翰有诗赞其人、论其画："人生各有寄，所见成心胸。譬如嗜饮食，酸咸各不同。我有画友朱家老仲真怪绝，所见常与鬼神通。当其落笔叫得意，何有古法横胸中。"朱岷善指画，且年长于高凤翰，高凤翰受其影响，也作指画。康熙五十五年（1716），高凤翰34岁作《指画花卉》十开册（现藏山东省博物馆）；雍正三年（1725），高凤翰43岁时作《花卉》八开册之二《指画桃花》（现藏故宫博物院）。

朱氏兄弟等还与高凤翰等结柳庄诗社，相互交流诗词，在书画方面也相互学习、交流。

2. 李霞裳、蒲松龄

"蚁磨斋"圆砚

《砚史》摹本第六砚图有一方"蚁磨斋"圆砚，高凤翰在环拓图左下方题跋云："忆余向在里门，曾过余学诗受业师李霞裳先生家。时先生罢官已二十许年，囊橐萧然，不复能具厅事。所居斗室中安磨砸，盖寻常潴瀹，即问一虀壁为中储矣。壁悬一榜，'蚁磨斋'三大字，当时请解，为疏其义，大抵多禅趣耳。对此追思，可胜惘然耶！"

题跋中提及的李霞裳，即李世锡（1638—1714），字帝侯，一字霞裳，山东胶州人，与高凤翰同里。李出生在一个书香门第，自小便显示出不凡的天赋。顺治十八年（1661），24岁的李世锡考中进士，曾出宰湖北嘉鱼县，颇有政声。但李世锡为人豪气，官场生活与其本性不能调和，故选择了辞官游历的生涯，后倦游归乡，以"丽草亭"为名。正是在这一时期，李认识了高凤翰，并在高凤翰19岁中秀才时收其为徒，教他写诗。故有题跋中"学诗受业师李霞裳"。高凤翰在《送酒李霞裳先生，兼乞插画磁斗二绝句》（之一）中云："十年学唱杜陵诗，拜得禅翁是本师。欲向堂中乞法钵，浣花白碗当军持。"可见高凤翰对李世锡的推崇。李霞裳论诗主张要独立苍茫，不要依附别人，这正和高凤翰的艺术风格与卓绝成就相契合。

高凤翰的谦逊好学、尊重师长，还体现在他与被称为中国成就最高的文言短篇小说集《聊斋志异》的作者蒲松龄的游学交往上。

他从 14 岁起，曾随父宦游淄川，结识了年长他 44 岁的前辈蒲松龄，高凤翰很倾慕其才学，尊为师长。近五年的时间，他基本游学于蒲松龄身边。他给蒲松龄刻了四方印章，今存淄博蒲松龄纪念馆。

高凤翰 41 岁时，为蒲松龄的铸雪斋本的《聊斋志异》作诗作跋两则，跋的首句就写道："余读《聊斋志异》竟，不禁推案起立，浩然而叹曰：嗟乎……奋笔知渠天禄间，为一代史局大作手……"对蒲松龄的人品和学问都给予极高的评价。两人由于志趣相投，都有相似的坎坷命运（都是 19 岁中秀才，都是考举人而屡试不中）而成为"忘年交"。

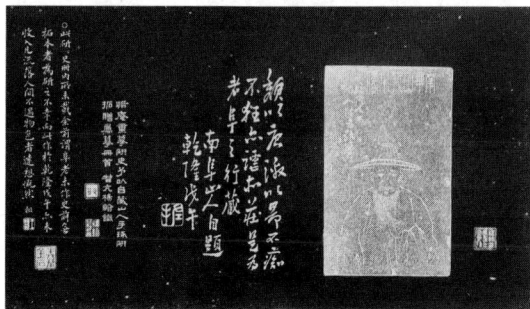

南阜山人小像砚

3. 杨翰

《砚史》卷尾《砚背戴笠图》即《南阜山人小像砚》图，是《砚史》原册中所没有的。这块砚是高凤翰在乾隆三年（1738）所琢，是杨翰嘱王相摹刻后入《砚史》之中的。

小像是高凤翰的门人陆晋所绘刻的。砚匣上有高凤翰左手所写的《自铭》，铭文道："颓以唐，激以昂，不痴不狂，亦谐亦庄。是为老阜之行藏。"这番话是他在"十年牛马""丁巳得罪"之后历经磨难心境的真实写照。这块砚原本是被杨翰先生所收藏。道光三十年（1850），王相到北京，杨翰即以此砚相赠，并嘱咐王相，一定要把这块砚也放入摹刻的砚史之中，这样就更像是一家人了（"勒之砚史卷内，不更一家眷属乎"）。这段偶合，王相自负为"精神感通"。

杨翰为晚清著名金石家，曾任永州知府，为官清廉，在做永州知府七年中，他非常体恤民情。清代乾隆年间（1736—1796）大书法家刘石庵曾称其有三绝："题跋、诗、书。"杨翰一生写下了大量作品，并整理成《扬州画苑录》《顺天府志》《清朝书画家笔录》等。这些著作涉及诗词、散文、书画、金石等。

　　杨翰十分崇拜高凤翰，他为"小像砚"专门题诗，并作记："我最爱南阜山人手迹，藏弄甚多。"对"小像砚"更是"秘藏箧衍"。高凤翰去世70年后杨翰才诞生，是他们的官德品行与艺术上的惺惺相惜，冥冥之中才成就《砚史》上这段佳话，也弥补了高凤翰原《砚史》的不足。

　　（六）民间制砚

　　在《砚史》中还有不少珍砚为当时民间其他高手所制，使《砚史》中名品纷呈，高凤翰也一一鉴赏，并铭文、题跋。

　　如摹本第八砚图"松月砚"，题跋"松杪云脚下有一鸲鹆眼，恰如月晕，俨然松月小笔也"，对此化瑕为瑜之作，高凤翰赞曰："刻手亦佳，在藏砚中为上品。"又如摹本第十四砚图"田田砚"，高凤翰"因其似倩能手成之，即名田田砚，而为之铭如此"。对

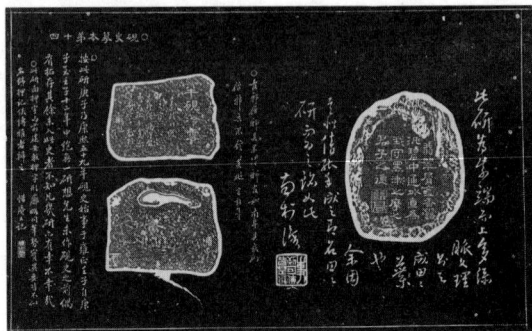

田田砚

"能手成之"之砚则铭曰："翡翠屑金，香露汛碧，中通外直，为我守黑，渐之摩之，君子之德。"再如摹本第二十九砚图"蕉叶砚"，跋曰："此砚就石天然作蕉叶状。镌手高古，摩挲醇熟而浑净，石斑陆离，峻嶒如蚀，大可把玩。""砚亦老端石，通体作蕉叶白，与制式恰合。刻人为泰州夏生，老琢砚名公也。"还有摹本第三十砚图"海月清辉之砚"，他又题跋："砚质在中上品，为名手所制，琢磨之醇，殆未曾有。"

　　高凤翰对民间的制砚刻砚高手十分器重，对于不知名的制砚者，他标出"刻手亦佳、能手成之、名手所制、殆未曾有"，知名的直接标出"泰州夏生、琢砚名公"等，并予褒扬，可见其鉴赏能力及尊重他功、虚怀若谷之胸怀。

　　上文中提到的摹本第十四砚图"田田砚"，2019年7月至10月，上海博物馆推出的"惟砚作田——上海博物馆藏砚精粹展"，在展示近百件各朝古名砚时也列入其中。据该馆专家研究，与《砚史》中的高凤翰铭砚的拓图对比，在谱的《砚史》著录砚现只存6方，除展出的田田端砚外，另有虫蚀端砚、雕龙

绣虎五云池澄泥砚、云月端砚、紫玉蟾蜍端砚、铭石砚（有"南阜左手"款），分别刊录于日本二玄社出版的《古名砚》、收藏于济南市博物馆和上海博物馆等机构。这也可见当时高凤翰发现民间精品砚的眼力。

（七）韵律鸣德

《砚史》中铭文与跋语体现出高凤翰的诗、书、画、印成就往往比较直观，但从中折射出他精于韵律及所追求的美德，往往表现得就比较间接与隐晦。

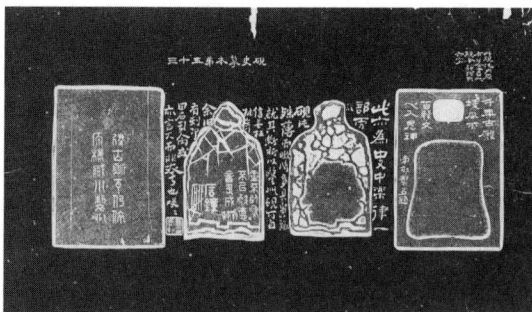

瓦砚、石钟砚

摹本第五十三砚图在"瓦砚"上铭曰："千年古殿凌风雨，百转文心入鬼神。"在"石钟砚"上铭曰："灵不以鸣，鸣不以声，德音是成。"后又题跋："此亦为史中乐律一部而设。砚片殊薄，而嵌崎多具有异趣。就其断折以凿此砚，可自信无枉材矣。余旧有刻印曰石司命，或亦言大而非夸也。笑笑。"

"灵不以鸣"应是说精髓不是叫出来的，"鸣不以声"则说最动听的声音并非要有"声"。那何音之谓耶？答曰："德音是成。"而砚之形，所传达的至纯的人格乃生命之韵律。跋语中的"笑笑"，也让观者仿佛"听"到了铭者快乐的音符和人生之豁达。这同我们常在宋代苏轼的文末看到的"呵呵"有相同的感觉。他们都应是当今"网络语言的老祖师"。

摹本第六十九图于"陶之琴砚"侧铭曰："五弦可张，八法中藏，崚嶒断尾皱圻苍，赏音千载思中郎。"因该砚之形似琴，高凤翰题于砚背铭曰："陶之琴，见文心，弦外音。"由得到琴形砚，又见到"文心"，再听到"弦音"，这是由此砚看到

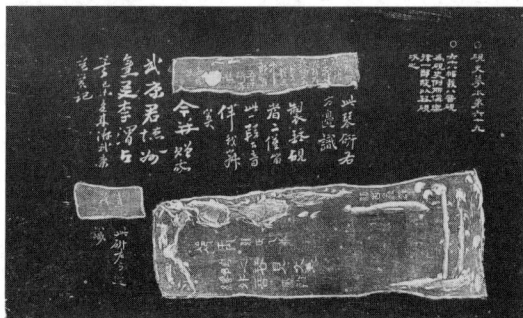

陶之琴砚

的"音"，其实也是在赏砚外之音，正如跋文所说："古音伴我寂寞。"

摹本第一百九图铭文曰："铁砚曰，文字寿，咄汝老蠹力何厚，穿之磨之争尔右。"高凤翰认为艺中有"元精融搏，灏气迥薄，可令人想见大地初成时"。读此铭文仿佛闻到了细微的磨嗟声，听到了浊浪排空的滔天巨响，看到了排山倒海之势。这，也许就是此时艺术家的内心世界。

从以上几则铭文及跋文中可看出，高凤翰以砚喻己，以砚比人、比天地、比德，砚即人，这乃古今嗜砚者的人生哲学。这些以韵律为载体所喻的音乐哲学，是言而无词，叙而无语，观者动心，思之蕴藉无穷。

孔子在《论语》中描述他听音乐的感受："乐云乐云，钟鼓云乎哉！""感于物而动，故形于身。"意思是"乐"有一种勃勃生气和内在力量，是道德的精神感召与唤醒，是以乐化人的最高境界。也就是说，"乐"之音一定是心之声，精神之音，生命之音。

可见高凤翰所赋予他的砚石上的音乐哲学即让"音"成为"看"的缘由所在。砚石成了体现作者天地人之精髓的载体，砚铭也就成了他的心声与"代言人"了。从而观者随意之中"听"到了天地人之真髓的"德音"。

高凤翰就是以制砚、藏砚为乐，以铭文为心声，以乐律明志、明德的。

（八）史外名砚

高凤翰集众艺于一身，天赋异禀、勤奋刻苦、一生多舛，使他成为悲剧性的感天动地人物。如果仅从《砚史》中的部分砚铭去挖掘和解析其艺术成就与深邃的内心世界之全貌，那是不全面的。

据清张庚[①]《国朝画征录》记载，因高凤翰一生嗜砚，藏砚、铭砚一千余方，收入《砚史》的165方应为总数的十分之一左右，在《砚史》之外还有不少名砚值得记述，现仅择其中几例：

---

① 张庚（1685—1760），原名焘，字溥三，后改号浦山，浙江秀水人。雍正十三年（1735）应鸿博诏。长古文词，精鉴别，山水画气韵深厚，著作颇丰。《国朝画征录》《续录》记清初至乾隆初年名画家与作品。

《王子若摹刻砚史手牍》中的钱侍辰《校勘砚史笔记》也引据"按张浦山（庚）《画征录》云：南阜蓄砚千余方"。

1. 各大拍卖会时常亮相

如中国嘉德 2008 春季拍卖会估价为 40 万元至 60 万元（此件曾于 1996 年 11 月北京翰海拍卖会上高价拍出）的一块高凤翰铭的长方形老坑石井田砚，规格为 17.5 厘米×

端砚

井田砚

14 厘米，因砚体敦厚便于铭刻，砚底及四侧布满铭文。这款砚的最大特点就是砚周各侧分别使用了隶书、行书、篆书、楷书四种字体铭文，并五处用印，综合了高凤翰铭砚的各种镌技。

侧面分别为：隶书"侯汝即墨，封汝万石，以汝为田，可以逢年"，署款"丙辰年冬十一月朔有八日高凤翰"，印"西园"；行书"亦有村庄，亦有经籍，出田田甫，入田田尺，礼耕义种，学耨仁获，合耦谁欤？吾中断钟吾石，陈修疆畎，尔勤斯食"，署款"奕禧"，印"子文"；篆书"井尔井，田而田，宜丰年"，署款"在峨""井田"；楷书"片石式如田，近水霞红藻绿，试笔生花隐隐，品重蓝田玉。研经贯史赋梅花，挥洒阳春曲，那问羚羊鹳鹆，只从吾所欲。好事近"，署款"苍严"，印"正青"。底：隶书"云出蒸，苗勃兴，苗则稿，石田宝"，署款"沧门"，印"汉禹"。

署款中的"丙辰年冬十一月"是 1736 年，此时高凤翰右臂尚能使用，收入《砚史》的这一年他铭砚有 6 方，在这一年的 11 月 22 日他题"青石砚"时曰"臂痛力疾书"，第二年是阴历丁巳年，即 1737 年，右臂即残。因此，此砚也应是其右手所刻最后几方砚台之一了，因是阴历年末，也可能就是最后一方，而且铭文多，书体全，镌艺高超，即使在收入《砚史》中的铭砚中也少见。

2. 域外爱好者的收藏

不少域外名家政要也有收藏高凤翰砚的报道。如 2018 年 11 月 16 日广州华

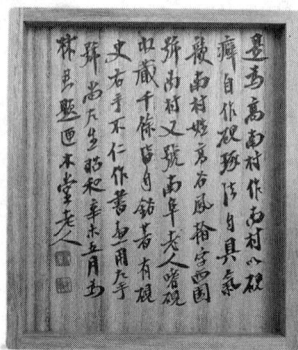

澄泥上宝砚　　　　　　　犬养毅特意为"林君"题写匣盒

艺国际拍卖有限公司秋季拍卖会上铭文为"雍正乙卯澄泥上宝南村制"砚。此砚背面铭文为"得此五它澄泥整研落一片可一分许更觅他林鼋方正"。

雍正乙卯年即 1735 年，是高凤翰人生制砚的高峰年，《砚史》虽未收入，但此砚因型雅质朴，书法古拙，又为名家所藏，仍被藏界视为珍品。

3. 国有馆藏

各类大型专业性展览会上也常有现身。

2016 年 7 月山东省济南市博物馆举行的"砚林撷珍展"上，1958 年曾担任济南市博物馆馆长的姜守迁捐赠的高凤翰两方砚台珍品，颇为引人注目，也是《砚史》中未曾收入的珍品。

列为馆藏一级品的一方名为天鹅砚。该端砚长 20.6 厘米，宽 13.4 厘米，高 2.3 厘米。砚面依石雕琢似天鹅状，鹅冠高耸，单目圆睁，短尾卷翘，生动形象。其鹅腹巧作墨池，周边满刻羽纹，线条流畅，构思巧妙。砚背有行楷刻铭："铁岭翁旧藏是品古意足珍。翰于雍正十一年以文字知招入苏松抚署之东院，题此以志感遇。"款为"西亭""凤翰"阴文印各一方。"铁岭翁"即高其倬[①]，天鹅砚原为高其倬旧藏，雍正十一年高凤翰"以文字知招入"，后流传至

---

① 高其倬（1676—1738），辽宁铁岭人，指头画创始人高其佩堂弟。康熙三十三年（1694）进士，历任云贵、闽浙、两江总督，后因故降为江苏巡抚。乾隆初，官至工部尚书，有奏疏集《味和堂诗集》。

山东诸城刘大同①家，20 世纪 50 年代由姜守迁购得，并用宝丰泰楠木配制砚盒。

另一方是虫蛀长方形端砚。该砚长 18.75 厘米，宽 13.8 厘米，高 3.7 厘米。端石紫色，石质细腻。砚面平素微凹。砚背有阴文隶书刻铭："真砚不坏此砚实有，我愧东坡而无真手。雍正甲寅高凤翰铭于海陵蹉署。"

此砚流传有序，系高凤翰旧藏，后被清代金石学家陈介祺②所有。砚通体无人工雕琢痕迹，其裂隙、蚀洞处均为自然形成。

这两方砚同样有着非同一般的意义：所铭天鹅砚的雍正十一年（1733），高凤翰平冤后刚被任命为江苏泰州埧埧长，正如铭文所说是"以志感遇"，应是其标志性的明志之物。

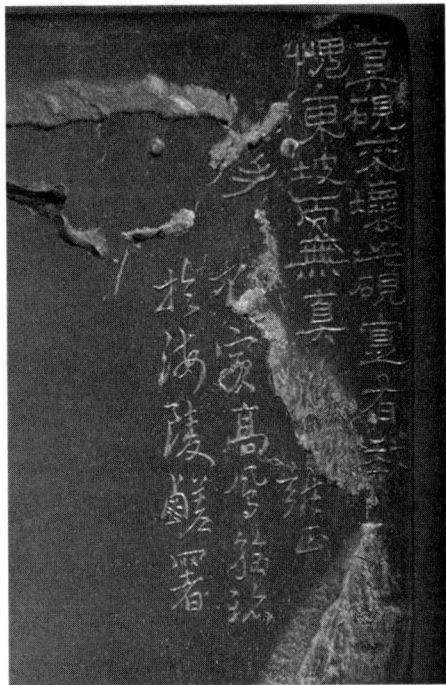

虫蛀端砚

虫蛀端砚又为金石大家陈介祺旧藏，其艺术与史学价值倍增。

（九）《砚史》时值

宿迁市博物馆此次珍藏的《砚史》，有一幅专门标注王相摩本《砚史》当时整本和单页的"价目表"。这是其他相关史料所未曾提及的，也是目前有关版本及拍卖行交易《砚史》中未见收录的资料，文字虽少却颇为珍贵，这也是

---

① 刘大同（1865—1952），原名建封，后改名大同，山东省安丘市人，系清朝宰相刘塘之后。一生擅书法、好诗词、喜收藏。其书画作品现藏于诸城市博物馆。

② 陈介祺（1813—1884），山东潍县人，出生书香门第，仕宦之家，官至翰林院编修。对于经史、义理、训诂、辞章、音韵等学问无不精研。公务之余嗜好金石文字的收藏与考释，在金石文字考证及器物辨伪方面成就极高。为金石学史上划时代人物，实为中国金石第一人，《清史稿》誉其为"所藏钟彝金石为近代之冠"。

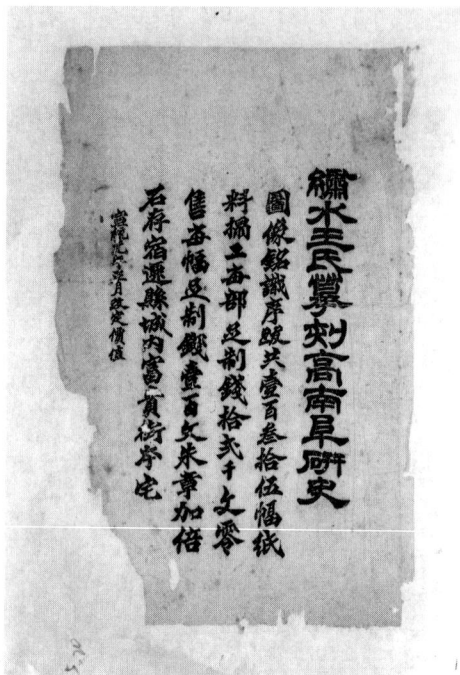

砚史价目表

此册的可贵之处。该页全文记述为（标点为笔者后加）：

秀水王氏摹刻高南阜研史。

图、像、铭、识、序、跋，共一百三十五幅，纸料、拓工每部足制钱十二千文，零售每幅足制钱一百文，朱章加倍。

石存宿迁县城内富贵街本宅。

宣统元年正月改定价值。

这段文字提供了《砚史》时值以及之外的很多有价值的信息：

1. 当时王相摹刻本称"秀水王氏摹刻高南阜砚史"。

所标"宣统元年"，即 1909 年，虽然此时王相已去世近 60 年，但为有别于高凤翰原册，故以此名。秀水，王相祖籍；南阜，高凤翰号之一；研，即砚。

2. 王氏《砚史》当时按内容分"图、像、铭、识、序、跋"六个部分，共一百三十五幅。

根据王相的外甥、《高凤翰砚史》的主要校勘者钱侍辰记载，摹刻的《砚史》，高度、宽度在原册基础上展大一二寸，中留折缝仍可装合成册，卷首添刻《云鹤小影图》一幅，包世臣《砚史序》三幅，孔宥函《砚史序》二幅。卷尾添刻《砚背戴笠图》一幅，杨翰《题记》一幅，《生圹志铭》三幅，吴熙载《跋语》二幅，王相《自识》二幅。合计一百三十五幅。

3. 出售分两种：摹刻本每部售价"十二千文"、每幅售价"一百文"。

《砚史》时值如何、现在是什么样的价位，可以大体换算出来：粮食一直是历代货币换算一种重要的等价物，现在用粮食作为中介可以估算一下：

据清代有关档案记载，在清代中晚期，一两银子大概可以兑换到一千文铜钱，按照当时的粮食价格，十个铜钱大概可以买一升的大米（一升相当于当代的1.5千克），一两大概可以买100升粮食，即现代150千克粮食，按照市价均价3元一千克换算，约等于当代450元。所标的"十二千文"铜钱，即十二两银子，相当于现在5400元左右。当时七品至八品官年俸禄为40两银子左右，即相当于一个季度的工资。

当时标出的是"纸料、拓工"，购买高凤翰《砚史》原册及后来的摹刻成本均未计算在内，一册售价相当于当下的5000元人民币左右。至于每一幅售价"一百文"已应远远低于成本价了。这也体现了王相当初的"拓千百本，以公诸斯世"的夙愿。不过与普通老百姓收入相比，在当时购买《砚史》也还应属于较高层次的文化消费。

4. 摹刻的石、木料此时仍存于王相住宅。

出售、赠送拓本同时标出原版存处，虽是正常向消费者公开的程序，但据此"石存宿迁县城内富贵街本宅"也可知摹刻的石、木料此时仍存于王相住宅，王相出生于宿迁市新盛街，后辗转于今洋河镇郑楼片区、泗洪县归仁镇，又于1844年迁居宿迁市富贵街，并于1852年卒于此。以此可知，从王相去世之后到宣统元年（1909）的近60年里，摹刻的石、木料一直在王宅。

29年后的1938年，日军侵占宿迁，坐落于富贵街的王相家的几进院落，沦为日军驻扎宿迁的总部。池东书库中所藏的《砚史》原册及其他珍贵书画、典籍，不翼而飞。至于《砚史》摹刻石版因体重不易搬运，经时代变迁也已残缺不全，尚存者于20世纪50年代初，由王氏后裔王锡基①捐献于国家，现珍藏于南京博物院的56块石版为国家一级文物。至于摹刻的枣木版均散落民间，不知踪影。

5. 拓摹所标价格不仅此一种。

从1849年吴熙载枣木版摹刻完成，到1851年夏天王相外甥钱侍辰又组织校点改补，再到1852年6月王相去世，这三四年时间里因一直在补校，所以不应有一定规模的正规拓本出现。真正拓摹的时间应在王相去世之后才开始。因此，从1852年至1909年的四十余年时间里，究竟拓摹了多少，出售多少，有

---

① 王锡基（1881—1976），号岂侯，曾任宿迁政协委员。他把由王相摹《砚史》石捐献给南京博物院，保护文物功不可没。

多少种售价，目前都没有可查的资料。

从这张"标价单"，我们只能了解到"改定价值"后的价格，至于"改定"之前标价是多少，在此之后到 1938 年的价格也无从考查，因此近百年间售价应有很多种。

6. 公开标价应是采纳王子若的建议。

据《手牍》中集录的 1839 年 5 月 4 日王子若写给王相的信中建议："于（摹本）凡例中著明经史、告成年月、工费、拓费……遇赏音（原文如此，应为'者'，笔者注）可鉴其经营之不易，即遇寻常人，亦知为值钱之物，而不轻慢矣。"看起来王子若起先是建议把摹本标价放在《砚史》单设的"凡例"中的，目的是让每位读者了解其拓摹之不易与其真正的价值，但从已发现的版本看，均未列入。

（十）传世稀少

按照王相当初的摹刻上石"拓千百本，以公诸斯世"的意愿，其后人如遵从其遗愿，拓本不应在少数，但在一百余年来的战火和自然灾害中也应损失殆尽。

又据《笔记》的文末记述："蟆村石石质太糯，拓数十部，小字有漫漶之处。"据此，为保证拓本的质量，"拓数十部"就已"小字有漫漶"，当时拓摹《砚史》的数量不应太多，这也是今天能看到和揣摩《砚史》拓摹数量的唯一文字依据。从近几年国内一些较大的拍卖行预展与交易的少量《砚史》摹本看，相当一部分拓摹的质量都是上乘的。

同时，晚清文史大家平步青①《霞外捃屑》中有一细节记载："戊午年（1858）四月，惜庵子凫（裴之）②待诏赠予《砚史》拓本十二纸，即吴刻枣本。其子若石本，子凫甚秘惜，予曾索观，得南阜真迹几十之七八。"可见

---

① 平步青（1832—1896），清代山阴（今绍兴）安昌平家溇人，晚清文史大家，著名文学家、目录学家、藏书家。

② 王裴之（1812—1859），号子凫，又号灵石山民。王相大儿子，诗人，候选翰林待诏。从小跟随父亲学习诗文，贯通百家，常与诗友以诗讽时，被誉为宿迁诗人之冠。著有《芬响阁存稿》十卷，编《续友声集》，有与孔宥函唱和的《寒江诗录》一卷、《笠屐集》一卷。

《砚史》石本在当时的宝贵程度，王禔之对平步青的待遇只是"仅索观而未赠"。不过当时平步青还不是"当朝文史大家"，只是二十多岁的"初出茅庐者"，而王禔之已是垂暮之年的老者。

因此，现在我们能拥有一份真品，能在博物馆见到她的芳容，并面对面地欣赏和研究她还是值得庆幸的。

如何把先辈们留给我们的诸如《砚史》这样的优秀传统文化挖掘透、利用好，是当前我们需要做好的一项十分紧迫的工作。

（原载《宿迁历史文化研究》2020年6月20日第1期，《中国收藏》2020年第11期，原题为"一部砚史，几多风云"）

本文参考资料：

1. 高凤翰. 高凤翰砚史 [M]. 上海：上海书店出版社，1995.

2. 高凤翰. 砚史笺释 [M]. 田涛，崔士篪，注. 北京：生活读书新知三联书店，2011.

3. 王日申. 王子若摹刻砚史手牍 [M]. 北京：文物出版社，1962.

4. 刘云鹤. 刘云鹤学术文集 [M]. 杭州西泠印社出版社，2007.

5. 臧华云. 漫谈高凤翰砚史 [J]. 文物，1962（9）：48—53.

6. 梅松.《砚史》之刊刻与其间的故事 [J]. 文史知识，2014（3）：100—108.

7. 侯传林. 高凤翰济南交游探幽 [J]. 春秋，2016（4）：32—36.

诗书传家久　笔墨继世长

——带您走进我的书藏

2014 年 8 月 22 日，时任宿迁市政协副主席、现副市长武倩代授"全国书香之家"牌匾

最近，我花了两周多的时间，把办公室积累的各类书籍及家中多年的部分藏书，连同寄存在其他藏书机构的散书一并集中整理，搬运到一间新设的较为宽敞的工作室里，分成多个书柜，系统归类。这间工作室也就成为一个新的读书、学习、研究、写作的地方了！静下来，我看着满满几架藏书，一种成就感顿时充盈心中，作为自小就爱同书本打交道的我来说，突然间竟有了种做富翁的感觉。抚摸着一本本自己精挑细选来的书籍，就像看到历史的宝藏，体味着在阅读中萌发的思考、畅想和感悟，好满足！跳动的记忆里满是通往知识的读书之路、幸福之路……

我一直喜爱读书，自然也就更偏爱藏书了。现如今，林林总总的藏书已达2 万余册，有时真为自己拥有这么多的藏书而感到惊奇，怎么忽然间书柜里积累如此多的书了呢？想一想，这些都是日积月累的结果。细细梳理，我收藏的图书主要有以下几个来源：

一是组织发放。各级党组织历来十分重视对党员干部的培养，包括政治素养和业务素养的各个方面。近年来，仅市纪委、市委组织部、市委宣传部等党委部门发放各类成套综合性学习资料就有许多。如：《全国干部学习读本》，一套共 12 本；《江苏全面建成小康社会干部读本》，一套 9 本；《第五批全国干部学习培训教材》，一套共 14 本。这些成套的学习资料编写水平较高，知识结构设计合理，针对性强，让每一名干部学习过后都能具备必要的政治素养和能力。为保证学习效果，有时组织部门还要求我们通过各种考试。

二是业务培训教材。在纪检监察岗位上，本人多次参加由市纪委监委组织，中央纪委、省纪委开展的综合或专项业务培训班。在为期一周、半个月或更长时间的集中培训班上，一般都会发放各类培训教材。如《反腐倡廉学习读本》《纪检监察干部培训审查调查讲义》《中国共产党纪律处分条例释义》，等等，这些图书均由中央纪委所属、专门出版纪检监察类书籍的中国方正出版社出版，思想性、政策性、专业性较强。此外，还有历次参加市委党校的科级、处级干部主体班及各类专项培训班时发放的《干部学党史简明读本》《保持党的纯洁性读本》等。

三是邮政订阅与书店购买。藏书中个人购买的占比相当大，从购买方式来看，主要有邮局订阅和书店购买。从内容上看，这些书充分体现了我的个人爱好和研究兴趣，同时，也补充和完善了个人的藏书结构。邮局订购的，包括早年订购的关于子女教育类的周刊、月刊和季刊等。个人兴趣爱好方面的，有《收藏》《考古与文物》等综合收藏文化类期刊，或订或购，20 余年从未间断。此外，还有专门为改善知识结构、扩展知识面订购的，其中包括《新华文摘》《中国文化研究》等期刊，自 20 世纪 80 年代中期后一直没有间断订阅。书店购买的，主要是一般查阅类的工具书和赏读类的名著，如辞典、文学名著等。这类图书主要是 20 世纪八九十年代刚工作时购买的，当时工资水平较低，但出于对书的热爱，不到半年的时间，仅古汉语类读物我就购买了三本（套）。如，由古汉语大家王力等编校的《古代汉语》（北京出版社）、《古汉语常用字字典》（商务印书馆）、《文言文常用 800 字通释》（南京大学出版社）、《中国实用文体大全》（上海文化出版社）等，这些工具书和各类经典读物给我以后的工作和生活提供了很大的帮助。

四是文友馈赠。近几年，随着大众对文学产生的兴趣不断提高，"文友圈"

也在不断扩大，我通过各种途径从文友们那里获得的作品也愈来愈多。这些作品多数是朋友主动赠送的，也有少数是自己主动联系索要的，还有通过参加首发式、赏读会等方式得来的。更有好友在自费小聚的餐桌上将新作双手奉上，同时恭敬两杯清酒，并谦曰："请多批评赐正!"用如此"奢侈"方式接受来的作品，我心中自然更增了一份友情和暖意。其中包括：胡成国的《鸿门宴启示录》、王清平的《洪泽湖畔》、刘家魁的《在白纸上散步或飞翔》、李志宏的《清末艺坛二杰》、仲向阳的《笔端文心》、陈法玉的《三年间》、孟献国的《阅读秦岭》、范金华的《笑看春风》、张竞元的《宿迁文献书目提要》、陈亮的《苏北往事》、周永文的《父老乡亲》、孙尤侠的《布谷声声》，还有杨鹤高的《大清知府》、胡继风的《鸟背上的故乡》、莫云的《仰望闲云》、洪声的《马陵南望是吾乡》、马志春的《邮说党报》、王其成的《四季履痕》，等等。这些受赠作品的著者基本上都是我们宿迁籍的本土作家，他们中有的是专职写作的，有的则是喜欢创作、兴趣广泛的机关干部。可以说，他们是各条战线上的精英，其作品自然各具特色，品位不凡。这些书中有许多是作者自己设计的封面，书名常是自邀书法家题写，赠书扉页上还有作者签名和谦逊的寄语，综合来看，每本书都是难得的艺术品与珍藏品。这些收藏，伴着酒香、书香和墨香，留给我这个收藏者的，是一段段美好的过往和记忆。

五是市场海淘。市场淘书又分为实体书市淘和网上淘。书市淘来的多是一些老书，尤其是一些难得一见的版本、丛刊或系列丛书，这既要具备眼力，也需要毅力，有时还要靠运气。书市淘书常有意想不到的收获。

记得20世纪90年代中期，我出差去逛南方某省一个较有规模的书市时，偶然发现由沈雁冰（茅盾）题写书名、蒲松龄研究所发行的创刊号《蒲松龄研究》。《蒲松龄研究》季刊创刊于1986年，是由蒲松龄研究所主办的中国人文社会科学核心期刊，也是全国迄今唯一一家聊斋学专业学术刊物。之后我又用了几年的时间，先后在各地的一些书市上购齐了该刊物的各个刊期。90年代后期，在书市又淘到了20世纪四五十年代出版的有关国际共产主义运动早期领袖的书籍。如：1949年外国文书籍出版局出版的《斯大林传略》、1950年1月三联书店出版的《马克思传》、1952年中国人民大学马列主义基础研究室印发的《列宁生平事业简史》，等等，这些书籍具有印量少、学术价值高的特点。

此外，还有中华人民共和国成立初期出版的研究党史、革命史的几本小册子，也是从书市淘得，深感难得。如：1950 年 6 月华东人民出版社出版的《皖南事变前后》、1953 年人民出版社出版的胡乔木撰写的《中国共产党三十年》、1954 年 4 月三联书店出版的《中国近百年革命史略》、1956 年学习杂志社出版的缪楚黄编著的《中国共产党简要历史》，等等。

当然，书市里淘来的珍贵书籍还有很多，如：1991 年出版，胡绳主编的《中国共产党的七十年》。该书作为党史权威的延续、里程碑式的版本，出版至今虽已过去 30 余年，但仍具有较高的价值。它同后来建党 90 年、100 年出版的党史资料，形成党史权威系列书籍。如：2002 年春天，我在北京一书市淘得的 1994 年 1 月岳麓书社出版的《白话〈资治通鉴〉》，全书 500 余万字，四套精装，由黄锦鋐等 27 位著名学者合力翻译，皇皇巨著，珍贵、厚重；又如：上海文艺出版社 1980 年 12 月出版的季刊《鲁迅研究》，该书由鲁迅研究学会编写、宋庆龄题写书名。《鲁迅研究》自第 2 期起改由中国社会科学出版社出版，至 1985 年 8 月共出版 9 期，本人全部购齐，实属难得。自 2001 年夏天到 2009 年春天，本人还在市内外书市淘得县级宿迁政协文史委编写的《宿迁文史资料》共 15 期，编纂时间从 1982 年 12 月到 1994 年 12 月。2019 年，本人曾对这 15 期里 599 篇文章专门研究过，编纂单位 13 年间所刊发的历史资料实显珍贵。一般像这样成套的文史类书籍，配齐需要寻觅上好几年或更长时间。

郭继暑期整理自己藏书

随着互联网在中国的普及，网络淘书打开了我的新视野，成为新的购书方式。但由于网购熟练度不够，好多书都是由儿子郭继帮助购买的。网络淘书一般都有较明确的指向，针对性强。加之儿子酷爱并学习汉语言文学，对中国老一辈的作家有着特殊的感情，针对这些老作家早期出版的作品，我们也网购了

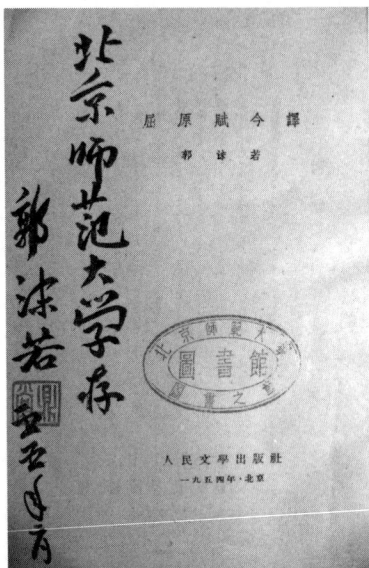

郭沫若题字

不少。如：1950 年 5 月文风出版社出版的法国明兴礼所著的《巴金的生活与著作》、1949 年 4 月华中新华书店出版的《赵树理小说选集》、1958 年 4 月北京出版社出版的刘白羽的《文学杂记》、1958 年 12 月出版的梁斌的《红旗谱》，等等。

此外，儿子收集了许多有自己崇拜的老作家签名的老版本图书。这些书一般都是作者赠送朋友或单位时的签名本，实体书市很难见到。如：1985 年 2 月四川文艺出版社出版的曹禺戏剧集《日出》，曹禺于扉页上用毛笔纵行抄录了杜牧的《山行》一首，诗尾为"高兰同志嘱正"，并有朱文印签名章。

高兰为黑龙江著名诗人，出生于 1910 年，与被称为"中国的莎士比亚"的曹禺是同时代的人。又如：1954 年 11 月人民文学出版社出版的郭沫若《屈原赋今译》，作者写道"北京师范大学存郭沫若五五年二月'鼎堂'"，右侧还印有椭圆形的"北京师范大学图书馆"藏书章。朱文印的"鼎堂"是郭沫若的字，经查阅资料对比，此印与著名印人"江南三铁"之一的钱瘦铁为郭沫若所镌之印有异曲同工之处。郭沫若同志在文学、考古、书法等方面造诣颇深，其亲笔签名更是一字难觅。后来，我邀请书法名家将郭沫若为"东北师范大学"题字的字迹与《屈原赋今译》书上所题"北京师范大学"做过比对，两份题字仅相差一字，可以看出应出自一人之手。

六是"书香之家"获赠。经申报、考核、验收、公示等环节，我和我的家庭分别于 2010 年、2012 年和 2014 年获得"宿迁市

2013 年 2 月作者被授予江苏省"书香之家"称号

藏书家"、江苏省"书香之家"和全国"书香之家"称号。评审部门宿迁市文化广电新闻出版局、江苏省新闻出版局以及国家新闻出版总署给我们颁发了证书和书籍奖励。在获赠书籍中，江苏省新闻出版局奖励的那批书，本人最是喜爱，图书不仅由国内权威出版社出版，而且内容经典，其品质值得收藏。如：中华书局出版的《中华经典名著》（文白对照）、《中华国学文库》系列、北京古籍出版社出版的《中国古典名著珍藏》等。系列书中《庄子集释》《论语新解》等都是权威专家的最新解读版，彩图珍藏本《阎崇年明清三部曲》《陈寅恪与傅斯年》《林肯传》等中外名人传记，每一本都有较高的收藏和研究价值。

2022 年 6 月 30 日郭继导师拨穗

所藏图书除上述六种来源以外，还有儿子郭继在中学阶段参加各类作文竞赛获奖得来的。比如，他曾获得第十八届语文报杯全国中学生作文大赛一等奖、第十四届与十五届"叶圣陶杯"全国中学生新作文大赛现场决赛一等奖，并获得"叶圣陶杯""十佳小作家"提名奖（全国共 10 名）。奖励的书籍中多是当代著名儿童作家的作品，如梅子涵、汤素兰、黄蓓佳等的作品。同时，为提高孩子的学习成绩、增加孩子的阅读量，我们每年、甚至每隔几天就会自购书籍。书架上摆满了《包法利夫人》《巴黎圣母院》《林肯传》《纸牌屋》《古文观止》《边城》《余振翻译文集》《穆时英全集》《沉默的大多数》等这样的古今中外知名图书。

这么多年来，我和家人一起买书、一起读书、一起论书、一起用书，读书成了我们共同的乐趣。在读书中，我们开拓了思维，充实了自我，家人们养成了热爱读书的好习惯，孩子的学习能力和学习成绩更是日益提高。读书让我和我的家人在书香四溢的环境中共同成长。

"万般皆下品，唯有读书高。"这句话在今天看来，不仅是职业选择那么简单，更重要的是对知识的推崇，对学习重要性的重视。虽说藏书与读书是相辅相成的，但是，时下人们对家庭藏书"是否还有必要"的看法却是不一致的。下面就家庭藏书的目的与用途谈一谈我个人的感悟。

多年来，本人的两万余册藏书分别珍藏在自己的工作研究室、家庭书房、宿迁古代文房用品博物馆等地方。关于藏书的目的与用途，同事、书友、社会各阶层，甚至媒体都各有说辞。有的认为是为了学习，提升自身；有的认为是为子女，鼓励后辈发奋读书；有的认为是为装点门面，附庸风雅；还有人认为这是一种癖好，是"藏书癖"在作祟；更有人认为，在信息高度发达的今天，"囤书"就是一种资源浪费；等等，不一而足。

面对这些疑问，我想用——"读""捐""励""传"四个字来概括藏书的真正目的与用途。

关于"读"。书籍的基本功能就是阅读，是用来查阅资料的。从本文前述的来源看，不管是哪种渠道，不少书籍就是因为学习、研究需要而购买的。2015 年 4 月，本人在宿迁市第三届读书节上曾做过经验交流，发言的题目就是《藏书与读书的目的全在于运用》。记得

2015 年 4 月 22 日作者在宿迁市第三届读书节上做经验介绍

从 2018 年 10 月起，我作为"全民阅读讲师团讲座专家"参加过几次分享活动，我与读者、书友们一起交流"家庭藏书与读书随想"，大家对家庭藏书的目的与运用都表达了自己的观点。归纳起来就是，坚决反对"古董家式"的藏书，主张"藏以致用"。因此，藏书绝不是为藏而藏的"癖好"，更不是为装点门面，而是因为需要而藏书。在不断购书的同时，捧起书本认真阅读，你能穿越时空，与祖先、与时代精英进行心灵交汇，与众多同道哲人、朋友分别进行倾心交谈，从而增长知识才干。近几年来，本人不仅撰写了《中国古代文房用品的收藏与鉴赏》《坚守的力量》《古黄河文化记忆》等论著和文集，而且儿子郭继的散文集《青春的火焰》、小说集《蒸汽波》、长篇小说《懦纠》等

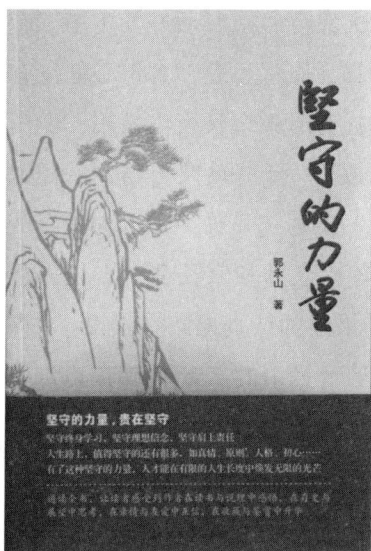

作者散文集《坚守的力量》

文学作品也相继出版。我们这些成绩的取得，无一不是藏书、读书、用书的结果。

关于"捐"。主要是面向社区、图书馆、档案馆等单位捐赠自己的作品或藏书。从捐赠对象来看，主要是本人就读过的学校以及所在乡镇文化站或所住社区附近的公共书房，同时，还有许多是为帮助扶贫结对户尽快脱贫所做的捐赠。从捐赠图书内容来看，面向社区捐赠的主要是一些大众化的读物，如各类中外名著，以及财经类、文化教育、生活保健类的普及读物；面向市（区）图书馆、档案馆捐赠的，大多是从市场购得或从民间收集到的一些地方老文献、家谱档案等

有价值的历史资料，以及本人和家人作品、家庭藏书中多余的复本，等等。许多捐赠的书籍都是自己曾经精挑细选得来的，因此，我对于每一本书的"出嫁"都会有一种惜别情和神圣感。路程再远、工作再忙，都要自己亲送过去，当面交到被捐对象手中。比如，由本人主编、2021 年底出版的《宿迁古代贤官》《宿迁历代名人家风》两本书。因参与编辑的几位同志都较忙，本人顶着酷暑、冒着风雨挨个送到了受捐赠的单位和部门，直看到他们拆开包装、将书整齐摆放在书架上，或者等受赠单位颁发捐赠证书、同他们合影留念后，这才放心离开。

向市档案馆捐赠作者主编的《宿迁历代贤官》等书籍

关于"励"。这里用此字表述藏书的用途，其实也是我近两年才体悟出来的。过去我一直找不到合适的词语来准确表达，能体悟出这个字源于一次"隔空对话"。上大学的儿子每年寒

暑假回家，每周都会往书店跑上好几趟，而且每次都会"抱"回好几本书。看着孩子这么频繁地购买图书，每次买书动辄一二百元眼都不眨，真担心他没有认真去看。和儿子沟通后，他说自己读书速度快，有时一个长篇作品用一个白天加上小半夜也就读完了！尽管如此，我还是不放心，于是就暗自与他的任课导师沟通，准备与导师一起给他做做"书尽其用"的思想工作。本以为我会听到"这是当下现代大学生及读书人的通病"或者"老师和家长都有责任去督促、帮助好学生用心读书"这样类似的回答，结果导师认真地回答我说："孩子舍得把钱和时间花费在买书上，充分说明他是真心爱书的。""他现在也许有部分图书未看完，但他以后可能还会继续看。""如果现在错过购买这些书，也许今后他就不再容易找到这些书了。""你买过的书也有不曾看完的吧？"老师简短的几句话把我说蒙了。但后来我慢慢去领悟觉得还是有道理的，不是因为她是一位在现代文学教育方面造诣颇深的文学博士、博导，而是因为有的话确实直抵我的心灵深处。细细想来，导师反问我的问题，我不仅自己深有体会，许多书友也有此体会，大概导师也有过这样的体会！是啊，真心爱读书的人，读书的方法有千万种，绝不会是只求今日的"囫囵吞枣"而荒废了明天的"细嚼慢咽"。何况，有书存在总是好的，当你每天面对柜中琳琅满目的书籍时，谁又能做到对它熟视无睹呢？这次"告状性"的对话，不仅让我懂得藏书以"励"读的作用，也更坚定了我藏书的信心！还记得被称为"当代但丁""当代达·芬奇"的意大利著名作家翁贝托·埃科曾说过大意如下的话："未曾阅读的书，能够让作家本人在知识上保持一种持续的饥饿感。"也就是说，这些环绕着你根本读不完的书会让人有一种负罪感，它不断提醒着你的无知和浅薄。是的，我也深感如此！家中那些尚未读完的藏书，常会催生我读书的动力，我告诫自己不得虚度光阴，不能浪费自己与书籍的"双生命"，从而

2021 年 4 月 16 日与宿迁市纪检监察干部分享彭雪枫读书之法

不自觉地去翻阅，每天与之为伴并从中汲取营养。因此，阅读是一种耳濡目染、不带功利行为的率性而为，藏而不读只会失去藏书与读书的意义，我的藏书行为是为了激励自己和家人更好地阅读。

关于"传"。中国传统文化历来重视藏书、传书。人们常说"诗书传家久，笔墨继世长""耕读传家久，诗书继世长""忠厚传家久，诗书继世长"。时至今日，春节还经常能看到不少家庭将此类句子作为春联，以示对后代读书学习的重视与启迪。类似表述的还有"藏书胜藏金""刻书赛积德"，等

2018 年 11 月 9 日宿迁市首届书法篆刻新人作品展开幕

等。从古至今，除官府藏书外，还有众多私人藏书家，他们不仅藏书，还向官府捐书、刊刻典籍或自己著书立说。从官府到民间的私家藏书，为历代典籍得以保存、传承、利用和保护做出了巨大的贡献。

并且，古代藏书家大多是子承父业，世代守护，因而十分重视家风建设。宋代藏书家苏颂曾为子孙立下家训："为苏氏世，宦学以儒。何以遗后，其为此书。非学何立，非学何习？终以不倦，圣贤可及。"告诫后世子孙以藏书、读书为人生要务。清代嘉庆年间（1796—1820）文坛巨匠姚文田也曾言："天下第一件好事还是读书。"虽然我们自己没有如此能力做到，也没有权力规划与要求子女要达到苏颂等古代圣贤的境界，但留几本良书，让子女在"生有涯而知无涯"的哲理陶冶下，能在迷途困顿时秉烛展卷，围炉夜读，与古今圣贤对话，岂非善事、乐事。

莎士比亚曾说过："生活里没有书籍，就好像没有阳光；智慧里没有书籍，就好像鸟儿没有翅膀。"文化影响社会风气，文化决定民族未来，不管人类生产、生活方式如何变化，作为中国人，家庭藏书、读书的传统绝不能中断！

2012 年 4 月家庭补授予全国"书香之家"称号

　　"诗书传家久，笔墨继世长。"作为一个全民阅读推广人，一个热爱读书的人，我愿尽微薄之力向社会传播阅读文化，致力阅读推广，以书为友，以书会友，做好书香接力，为建设"书香城市"和构建"书香社会"奉献力量。当然，本人作为"书香之家"的主人，能让更多的人捧起书本，品味书香，这也是我应尽的责任所在。

2022 年 8 月 6 日定稿

于文房五宝斋

古黄河遗珍

古黄河畔出土的唐代陶制抄手铭砚赏析

在宿迁市博物馆一楼文房用品区，有一块铭文的陶制抄手砚台，为国家二级文物。陶砚品相基本完好，铭文纪年清晰，时代特征明显，有一定的史料价值和鉴赏价值。

一、基本形制

此砚台是 2006 年 1 月在距离古黄河一号桥西侧不到一千米的市老实小校址处，上海商城基建工地施工时，从一宋代砖砌墓室中出土的。入藏时，经专家鉴定为国家二级文物。

此砚长 21 厘米，宽 14 厘米。砚的上面为常见的淌池式，池长 19.5 厘米，池宽 11 厘米，淌池倾斜坡度较缓，顶部最深处 1 厘米。左砚墙中间有一老痕小磕。

砚的背面左侧，有纵行阴刻"天宝年造"款，中有一纵线，线右侧为残荷图，同为阴线勾勒，秆叶一立一倾。

因砚为抄手、淌池形，顶尾厚薄不一，即顶部厚 2.8 厘米，尾部厚 1.5 厘米。砚背抄手部分为弧穹形，尾部弧穹最深处 1.3 厘米，便于用手抄底托起。

此陶制砚台为深青灰色，器形规整，胎质坚细，纪年明确，略施工艺，是较难得的唐代文房用品。

二、年代初考

天宝（742—751），是唐代中晚期唐玄宗李隆基的年号，共计使用 15 年时间。天宝三载正月改"年"为"载"。天宝十四年（755）十一月发生安史之乱，唐朝由盛转衰，随后年号终止。

　　此陶砚背面以"年"所落的"天宝年造"款，应为天宝元年至三年，即742—744年，因之后应标"载"而非"年"，所以，据以上落款纪年可知，此砚应为距今约1280年前的唐代中晚期的一块文人用砚。

　　此款砚的器形具有从唐砚到宋砚过渡的特点。

　　抄手砚的形制变化，是一个从隋唐到宋的渐进式演变过程。汉代多为圆形或长方形石板砚，发展到晋唐时期，除了辟雍砚就是箕形砚了。抄手砚源于晚唐、五代时期的箕形砚。唐代经济富足，文化开始发达，石质砚材如端砚、歙砚等名砚的原料已开始开采。但由于优质石材资源分布范围有限，开采难度大，所以民间陶砚在唐代使用量最大。

　　因此，从砚形发展演进的脉络及此砚的特征看，此馆藏唐代陶砚是一件从唐演变到宋的不可多得的、抄手形的文人砚实物。

三、两点释疑

　　晋末的南北朝时期，以及唐末的五代十国至宋时期，军阀混战、政权林立现象较为普遍。反映在纪年的年号上，也是纷乱异常，不仅一个年号多个朝代可能在用，而且一个普通的年份，不同的政权又会有不同的年号。如南北朝时期的公元403年，共有十一种不同年号。又如五代十国时期的公元936年，有八种不同年号。同时，此陶砚落唐款而出于宋墓，又多了份奇巧，为它的制作年代笼罩了一层迷雾。

　　基于此种情况，对该砚的年代有以下两点需释疑：

　　（一）是否为吴越的"天宝年造"？主要是基于年号重复而提出的。

　　公元908年，参加黄巢起义的朱温毒死唐末代皇帝李柷，成为后梁的开国皇帝，历史进入小国林立的五代十国时期。

　　天宝（908—912）也曾是吴越太祖钱镠（852—932）的年号，钱镠是五代十国时期吴越国创建者，而吴越天宝比大唐天宝晚160年左右。由于吴越国力弱小，只得依靠中原王朝，先后被中原王朝封为越王、吴王、吴越王。钱镠的成就主要是治水与兴农。

　　那么，此砚上的天宝是否为吴越天宝呢？

　　五代十国时期，由于吴越国偏隅于狭小的东南域，宿迁所处的辽阔的黄淮地区属于晋国，与吴越国之间还要横跨宽广的南唐，并不属吴越天宝的辖区，制砚用其年号落款的可能性极小。因此，此砚属于大唐天宝的可能性极大。

陶砚正反面图

（二）为何宋墓出土唐代砚台？那么会不会是宋砚落唐款呢？

出土唐砚的覆斗形穴

大量出土与馆藏实物证实，以老砖制砚并落前代款应从清代始，民国最为盛行。

一是唐代在陶瓷上落款已成普遍现象。此出土陶砚所有文饰均为制砚坯时模具一次成形，非后天雕刻。隋唐时期不仅瓷器开始落款，陶制器落款也很普遍，曾见报道：广州白云区一位砚台收藏爱好者，藏有一长宽20厘米、厚6厘米、重20千克的巨型砚，该砚系唐朝城墙砖所制，砖砚背面有隶书款为开元十二年（724）。

"北京保利2018春季拍卖会——翦淞阁精选文房名品"拍卖会上，拍卖的一款唐代砖砚，既有原款，又有后雕刻款，也能说明这个问题。

此砖砚边有行书阳刻"咸通四年造"五字，为制砖年代所镌原款。砚以唐代古砖手斫而成，另边有行书刻铭并款识："是砖出于四明郡城天宁古刹，与上同范甚伙。沧浪僧达受志。"有清代金石名家张廷济款于砚跗："张廷济曾观。"古砖做工精致，质地密实，入手沉重，并有名家观砚跋款，极其珍贵。

二是生前珍爱之物入墓是古人基本陪葬习俗。唐代文史大家韩愈说："土乎其质，陶乎成器。"因而土成陶、陶成砚，已发生了质的变化。所谓"'四宝'砚为首"，在古代，砚为文房重器，向来倍受文人、士大夫的重视。由于文人的广泛参与，其审美意趣和文化价值远远超过一般生活用品。

在唐代，由于陶砚形制特别，很多墨客雅士除了用来研磨、贮墨外，还特别喜爱用来收藏赏玩。宋代重文轻武，寒门子弟皆有机会求取功名，"铁砚磨穿"成了文人潜心学问、刻苦攻读的象征。在文化繁荣的大背景下，制砚、赏砚的砚文化也得到了极大发展，当时赏砚风行于世。

由于砚台性质坚固，传百世而不朽，砚台不仅被读书人视为文房用具，还被文人视为珍玩藏品，甚至是身份的象征。因此文人去世后，把前人或自己生前心爱之物带入墓葬也就不足为奇了。这块宋墓出土的唐砚应是一个物证。

陶砚与石砚相比，稍显质粗、性燥、吸水多。这款唐代陶砚经过地下千余年的埋藏，现在已不适宜磨墨、盛墨与揿笔了，但它全身浸润着的墨香，从盛唐带来的贵气，以及那张尘封已久的天宝年造的"身份证"，却向我们展示了唐代曾经的繁华与艺术不朽的魅力，也折射出了宿迁地域古代先贤读书、吟诗、作画的浪漫情怀。

（原载《宿迁晚报》2020年11月7日）

古代瓷权不是"权"

中国古代的权始见于战国，汉代称累，俗称秤砣、秤锤、秤权，一般认为是悬挂秤杆之上可以移动的秤砣和后世的砝码。

在古陶瓷权中，最具艺术魅力与历史价值的莫过明代瓷权。明代瓷权造型多样，有葫芦形、钟形、方形、梯形、蔬果形、天圆地方形等，以葫芦形、多边形和馒头形较为多见。这些瓷权，多以手工制作，辅以工具挖削，器形古朴浑厚，拙中见巧，很有玩味。

古代瓷权何用？不少学者与收藏者认为是秤砣，是实用衡器，也有人对此质疑，但无确切的实物资料佐证。

近年来，笔者收藏了些古陶瓷权，通过研究，认为它作为实用衡器秤砣使用的可能性很小。

首先，陶瓷权易碎。缺损的秤砣无法做到公平交易。秦始皇统一度量衡，以铜铁制作衡器。传世的历代铜权多见，均铸刻了明确的帝王年号及制造的行政单位，有的还镌刻了代号或数字以示标准。民间用的秤砣也多由铜、铁制底。同时，陶瓷权大小不一，均为户主自行订烧，手工制作，没有统一的标准。即使烧制前设计了标准重量，烧出后重量也有变化。

因此，如果以大小不一、五花八门、无任何重量标志的易碎瓷权作为称重的通用之物，那么这个社会的交易秩序定会大乱，社会公平与诚信基础也无从建立。

那么，前人制成的各种形状的陶瓷权做何用？笔者认为，古人是"借秤权之形，行镇宅之实"，以求"房屋平稳、家庭平安、吉祥如意"。因此古权为镇宅之用，应为避邪祈吉的厌胜物。

现以近期笔者淘得的一明代青花文字瓷权为例。

笔者收藏的这只瓷权是典型的明代白釉青花文字权，四面呈梯形。可能因原主人或后人把玩时间较长，釉与字已出现模糊。从釉胎及青花看，制作时间应为明中晚期。上方内包的铁系已锈断，底侧内空，空深3厘米。

瓷权上边长3.8厘米，底边长7.6厘米，棱长8.8厘米，整体看各部分比例适中。

梯形四面分别以行书写有诗句："一色杏花红十里，状元归去马如飞。"每面各有三四字不等。

这句诗文出自苏东坡的《送蜀人张师厚殿试》。传说北宋元丰二年（1079），大文豪苏东坡曾在徐州任知州。他的同乡张师厚赴京城开封殿试途中，特来徐州拜谒苏东坡，二人相谈甚欢。时值新春之季，杏花虽尚未开放，但是张师厚辞别时，苏东坡特意在古黄河畔云龙山上的放鹤亭为他饯行，并赋诗两首。其中一首就是预祝张师厚此行金榜题名，赢得状元归：

> 云龙山下试春衣，放鹤亭前送落晖。
>
> 一色杏花三十里，新郎君去马如飞。

据说杏花开于阴历二月，时值应试之期，故有"及第花"之称。"新郎君"是从唐代开始对新科进士的称呼。

五代时又有文人以"新进士"回避"新郎君"。所以，到了明清之际，此诗文被改为："一色杏花红十里，状元归去马如飞。"虽然已不如原诗那样富有想象力，但是更形象，更贴近老百姓的审美情趣。订制和拥有这枚瓷权的户主，也许出自殷实的书香之家；也许是家有赴考之人，同这位张师厚一样，作为吉语预祝。

其实这种佳句更常出现于明清时期的花钱、铜镜、帐钩等日常使用的民俗物件上，反映了当时的科举文化之兴盛。从各类古代瓷权展览上看，明代瓷权上书写如此多的文字较为少见。

这也算是"瓷权不是'权'"的一个实物之证吧。

笔者在藏刊及藏友处还曾见两枚青花瓷权也可做证。这两枚瓷权分别署有"四十二年冬月吉日□□□置寓镇""己酉年造，□房置用"，特征上看均为明代晚期之物。"吉日""置寓镇""置用"等字词，已清晰地注明了它们的用途。

其实，以陶瓷作权作镇宅之用，从其功能而言，是讲得通的：因为权作衡器，起平衡作用；只有平衡，才能平稳。而以权镇宅，房屋平稳，家庭平安；有家庭平安方可事顺通达。

户主将瓷权悬挂于房内，或置以上位，以祀神、祭天、避邪，并尊奉信仰、祈求吉祥、财富和平安，此时则可视为祭祀器。至于各种造型就更好理解了，如：葫芦形，乃祈求福禄之意；天圆地方形，崇尚天地、天人合一的理念；圆形，意为团圆美满；蔬果形，象征五谷丰登；方形、六面形、八面形表示四面八方进财。还有"公平交易"等铭文是教诲家人为人处世要公平正直；也有写"千斤秤砣"等表示重量的文字，则是主人主观夸大其镇宅之效的。

分析这些瓷权的铭文及造型，往往还可以看出房主的身份：凡家置瓷权的，多为社会中等阶层或其他食可饱腹之士。盖了房，迁新居，置办瓷权悬挂于屋内，既为镇宅保平安，又当家训格言熏陶家人。经商者多用"公平交易"，读书者多用"加官进禄"，务农者多以蔬果造型。而各类纹饰寓意着吉祥、富贵、平安、兴旺、诚信、长久等愿望。

这些深含时代与主人信息的瓷权伴随着使用者家庭变迁，历经多代，或经易宅，或经战乱，有的残缺不全，有的磨损严重，也有的随户主安葬，所剩无几。

瓷权承载着中华民族在政治、经济、文化方面的大量信息，是研究和考证传统经商文化和风俗民情的珍贵实物，具有较高的艺术价值和历史文化价值。因此，收藏前景无限。

（原载《宿迁晚报》2020 年 5 月 30 日）

最新发现的清代宿迁知县万立钰的两幅字画

宿迁市文化名人馆存有清代宿迁县知县万立钰的两幅字画。这是 2018 年底，宿迁市博物馆（文化名人馆为其隶属）为丰富地方文化名人馆藏，特地通过多方渠道从淮安市民间征集来的，也是曾在晚清宿迁做过知县的文化名人万立钰，所留下实物的首次发现。

南京博物院专家现场鉴定

一、万立钰其人

万立钰（1851—1944），近代书画、篆刻家，晚清官至江苏通判，署宿迁知县，江北运河总办。家谱名万立镮，官名万立钰，字远之，号筱庵，又称晓庵、小安、小庵，书斋号为求是斋，因在兄弟姐妹中排行第八，世称"万八太爷"。祖籍江西南昌，1851 年生于江苏淮安府清河县（今淮安市清江浦区），系淮安府同知万青选之子。

万筱庵精于水利，长期从事水利工程，是民国时期淮扬一代水文专家。他又善于书法，以赵体为骨，兼魏笔意，同时擅长画梅、兰、竹、菊和牡丹等，诗书画印俱佳，艺术造诣名闻江淮。清末至民国时期，载入史册的淮阴画坛著名画家戴伯愚、傅德明、万立钰、纪贞四先生并称"淮阴清江浦四家"，四人又与山阳（今淮安区）姚又巢、杨玉农合称"淮上六家"，万立钰均位居其中。

二、民间所征集其字画

2018 年 12 月，市博物馆根据从民间搜集到的线索，从淮安的一位古字画收藏爱好者手中，征集到了万立钰的两幅字画，整体看保存较好，品相较完整，市文化名人馆进行珍藏并定期展示。市文化名人馆珍藏的一幅字、一幅画的基本情况为：

（一）此幅字是以书信形式撰写的一首七律诗

原文为：

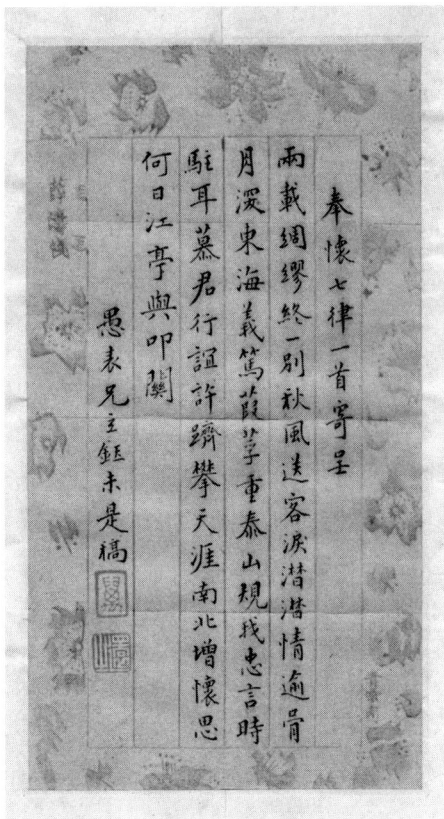

万立钰赠别诗

奉怀·七律一首
寄　呈

两载绸缪终一别，秋风送客泪潸潸。

情逾骨肉深东海，义笃葭莩重泰山。

规我忠言时驻耳，慕君行谊许跻攀。

天涯南北增怀思，何日江亭与叩关。

　　　愚表兄立钰　未是稿

从诗文意可知以下信息：一、这是一首情真意切的送别诗，诗的赠别人应是万的表弟，因其谦称"愚表兄"；二、从"绸缪、泪潸潸"到"情逾骨肉、义笃葭莩"可看出，表兄弟之间感情笃深；三、他们已相聚了"两载"时间，但此次离别却"天涯南北"，相距甚远，而且"何日、叩关"，相见无期。

信纸为晚清民国上层文人常用的、花纹精巧鲜丽的薛涛笺。诗笺边框洒满胭脂色的烟雨桃花瓣，左上角和右下角分别印有粉红浅色"薛涛笺""青云阁"字样。

该帧信笺纵 22 厘米，横 12 厘米，据万立钰生活年代及纸质分析，诗应为晚清、民国作品。

此帧诗稿用馆阁体书写，执笔轻松自如，布局疏朗有致，字迹娟秀疏朗，秀逸端庄，文气十足。馆阁体（明代称"台阁体"）是封建社会科举考试通用字体。考试中考生所写文章的字体一定要清楚、整洁、一目了然，久而久之，到了明清两朝就形成了以乌黑、方正、光亮为突出特点的考试专用字体。

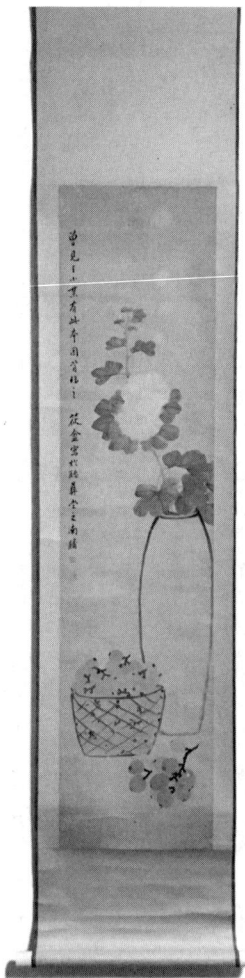

万立钰花鸟条幅

（二）此幅画是一轴花鸟条幅

条幅纵 54 厘米，横 20 厘米。在画法上，木槿花、琵琶果都是用的没骨画法，花瓶、水果篮子则是中锋用笔。

画面上，修长的花瓶中盛开的木槿花亭亭玉立，花梢处花蕾含苞待放，在茂盛的绿叶映衬下整束花枝生机盎然。满筐成熟的琵琶果颗颗饱满，香汁欲滴，让人垂涎。

画面左上方的落款为：曾见王小某有此本因背临之　筱庵　写于听彝堂之南窗。

从民间征集的这两幅万立钰字画，无论是其真实性还是艺术水平都受到了专家的充分肯定。南京博物院陈列艺术研究所所长、长期从事中国绘画史研究的万新华研究员在端详作品后，若有所思地说："这两幅字画从一个侧面反映了万立钰的为人和艺术方面的成就。如，从《奉怀》一诗中可看到他谦虚与重感情的一面，'规我忠言''慕君行谊''重泰山'句中虽有谦虚的成分，但如是与一般人之间的感情是不会如此表述的。"

这幅画作设色清雅，构图秀逸生动。无论是画花朵还是点果实，用笔纯熟、似不经意，却准确而生机盎然，潇洒秀逸，笔墨酣畅。我虽对其从政成就没有进行认真考究，但就其诗、书、画等艺术成就看，在当时应是较为突出的，与前文所说的"淮上六家"还是名实相符的。

三、两幅字画之外的收获

通过对万立钰两幅字画的研究，还有以下几个问题值得探讨：

（一）万立钰的字可能不是"远之"而应是"还之"

从典籍或网络资料中查万立钰的简况，"名万立钰，字远之"，而在能查到的他的作品中从未有用过"远之"落款，而用"还之"倒是很多。如本赠别诗中，文末用了两方印章，上方用的是长方形朱文印"万"，下方用的是正方形白文印"还之"。在本花鸟立轴中，文末也用了两方印章，上方稍小的是长方形朱文印"钰"，下方稍大的是正方形朱文印"还之"。因在繁体字中远（遠）与还（還）两字写法较接近，是否为近现代人转用时误录了，还需进一步考证。再从在淮安等馆中现存他的画梅作品中也可看出，"还之""还之写意""万还之书画印"等是其常用落款字号，如：

万立钰（1851—）字筱庵，恒耀桐昌，定居江苏淮安。

笔墨金刚杵·求是斋·小庵珍藏之印·我才无用岂天生·小庵·筱安提身书卷

五九

万立钰治印

立轴《墨梅图》，款书："筱庵仿雨生将军意"。朱文印："钰""还之"。

立轴《秋菊红叶图》，款书："还之写意"。印一枚："立钰"。

立轴《海棠图》，款书："曾见司马绣谷有此本，背临其意"。白文印："万还之书画印"。

（二）万立钰还应是一位治印高手

一般资料中，均认为万立钰只擅长梅兰竹菊等花鸟画。但从最近笔者查阅的西泠印社刊发的资料显示，万不仅出自治印世家，自己也是一位治印高手。有1879年编著其父万青选治印《存养斋印存》二册存世，1919年又编著自刻印谱《求是斋印草》一书存世。《求是斋印草》所刊之印具有浙派风格，可见万立钰治印受浙派风格影响颇深，又自成一家，是民国时期少有的刊有印谱存世的江苏篆刻家、书画家。

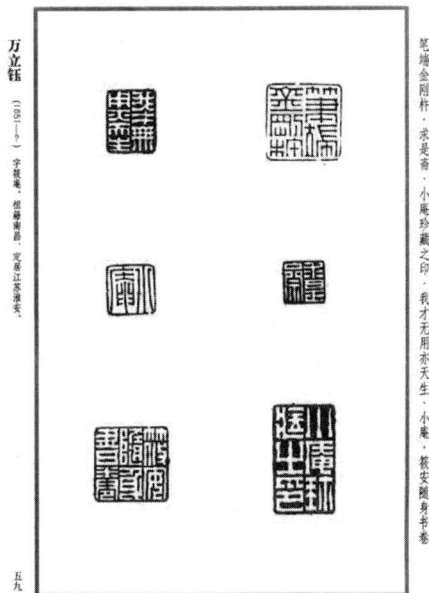

四、有待探讨的两个存疑

（一）信中受诗之表弟为"何方绅士"不得而知

资料显示，清嘉庆道光年间，万立钰的伯祖父万承纪和祖父万承紫来淮为官，遂迁居淮安清江浦。自此以后，万氏世代在淮为官，如万青选曾三任清河知县，在淮为官三十多年，是淮安清江浦之望族，其子弟有的任知县，有的做幕僚，也有的任职河淮漕盐等机关。万青选先娶李氏（江西人），李氏病故后又娶一妾张氏，共生育18个儿子、14个女儿，但未全成活，成家的有17个儿女，这仅是"老表"的一支。同时，能够让万立钰"慕君行谊许跻攀"的人，应是品端艺高、功成名就之士。但由于资料缺乏，这位"表弟"身份成谜。

（二）万立钰为署宿迁知县的任期及政绩无从可考

可查资料显示万立钰为晚清署宿迁知县，按其成年后即为官推算，万立钰应该在同治至宣统年间代理宿迁知县之职。署，应为代理之意，作为治水之官代理时间不应很长，所以留下史料也不多，查阅《宿迁县志》等地方文献也没有记载。其任职起止时间及政绩状况目前尚无资料考证，有待进一步研究。

（原载《宿迁晚报》2019年5月18日，《宿迁乡情》2019年第3期）

化腐朽为神奇

——记述两件个人馆藏珍爱的修复瓷器

　　2021 年 12 月中旬的苏北正赶上一股寒潮南下，天气已很寒冷，但当我收到著名瓷器修复专家于爱平老师从上海"古陶精舍"寄来的刚修好的两件珍爱的小瓷器时，心中陡升暖意，身上的寒气一扫而光。

　　今年 9 月下旬，于老师应邀到我的古代文房用品博物馆指导，在参观了我的藏品后，当我请她看看我多年前淘得的一部分残损陶瓷器是否有修复价值时，她一眼便相中了我的两件小瓷器，并答应带回上海，在自己于 2000 年成立的"古陶精舍"里亲自修复。回去不几天，她说那几天较忙，待完全修好自己满意后再发给我。这不，现在就寄来了！

　　修复陶瓷在局外人眼里是一件枯燥琐碎极其需要耐心的工作，但于老师却热爱于斯，钟情于此，在与残瓷碎片打交道中充满了成就感和幸福感。于老师被称为"沪上古陶瓷修复奇女子"，乃"大巧若拙，大工无痕"的一位"真工匠"。她被收藏界所推崇，更被文博界看重。故宫学院、景德镇考古研究所、重庆文化遗产研究院、四川省考古研究院及三星堆博物馆、

于爱平参观作者博物馆

南海博物馆等全国重要文博机构都多次请她去修复重要的陶瓷珍品，她的学生更是奔走在全国各大文博机构的修复场所。

她独创的"于氏笔涂法"，是一种最费时、最耗精力，却也最细腻无痕的纯手工修复方法。一件破损的瓷器要修复完整，按陶瓷文物的结构与纹饰特点，流程一般需要七个步骤：

第一步，定损。在修复工作进行之前先确定器物残损类型和程度，结合器物本身胎釉的保存情况而做出相应的修复方案。

第二步，清洗。重点是清洗瓷器裂隙中的脏污，清洗方法是加温使缝隙处氧化，然后再用化学材料还原，多次处理直至干净。

第三步，黏接。主要采取整体黏接的方法，此过程需要过硬的技巧与极大的耐心，并做到精准。

第四步，补缺、打磨。大的破损需要补缺、打磨，小的缝隙要填充和反复打磨，尽可能缩小修复范围，确保符合原物。

第五步，作色上釉。有喷枪、笔涂两种方法。主要目的是将裂隙掩盖，由于笔涂法上料少而薄，颜色可以不断修整直至接近或达到原釉色。笔涂后色彩还原度高，过渡自然，瓷质感强。

第六步，纹饰恢复。这是古陶瓷修复中的难点，通过补画、加彩，将缺损的地方补充釉色和纹饰。此环节要有极强的色彩辨识能力与一定的绘画功底。

第七步，做旧、细节处理。做旧作为对修复品最后的完善，修复者要仔细观察器物表面的原有特点，比如，烧制工艺形成的窑变、开片、漏胎以及陈年堆积的包浆和污垢等，并做好细节处理。

于爱平手把手教授学生修复瓷器

于老师为本人亲修的两件瓷器均为把握赏件，一个是青花件，一个是粉彩件，虽盈不出掌，但做工精致，器型饱满，画工独到，令我爱不释手。

这两件残器，一件是明代

晚期青花山水人物莲子罐，从上口到底足碎成大小基本均匀的三大片；一件是清晚期珊瑚红花鸟纹三足琴炉，碎成了大小不一的八片，基本算是"粉身碎骨"了。前者是购买时就已碰坏，为卖家粘好出售的；后者则是本人购后不慎摔碎而又黏接的。所幸两器碎片均未遗失，修复中未有器身添遗补缺的地方。当我打开收件时，无论是原裂痕缝隙的连接处，还是原破损画面的接续感，都做得天衣无缝，浑然天成。

于老师看到这两件残品时，不住为如此可人的赏件损坏而感到惋惜，而且连声说要带回上海家中慢慢地修复。果不其然，回去一个星期后她就发来了拆洗后的图片，隔了两三天她又发来粘好的图片，并录了视频，说还要小修，上釉后的效果肯定还不一样。于老师从看到这两件残件时的惋惜，到提出带回家中自己亲自修，再到从沪多次发给本人维修动态的图片、视频，都说明她也是十分钟爱这两件小器的。经手名瓷无数、驰骋修瓷领域半个世纪的于老师为何钟情于斯，我想也不是没有道理的。

一、明崇祯青花人物莲子罐

莲子罐，流行于明崇祯朝的一种罐式，此罐以其形状似莲子而得名。

此罐高9.4厘米，口径4.3厘米，底径4.9厘米，最大腹周24.8厘米。缺盖，此罐造型端庄秀挺。直口，溜肩，短颈，鼓腹，长圆形。白胎平底，无款。釉汁滋润明亮，青花发色淡雅，色调纯正。胎骨干老，坚硬紧密，厚重坚致。

明罐修复前后

腹部饰青花人物故事图。釉下以青花为饰,绘两高士图:正值日中午时,山脚下,河湖边,大树旁,主仆二人相对而立。右侧一男子似主人,身着阔袖宽带长袍,美髯齐胸,似向仆人吩咐什么。左侧男子腋挟书卷,倾身聆听。湖面水光潋滟,微波乍起。该罐笔意流畅简洁,布局合理,青花渲染层次分明。图案中,清新的天空下,怪石、蕉叶、行云、远山、太阳等,巧妙构图于罐腹周身,静谧祥和,意境深远。人物线条流畅,神态生动,飘逸脱俗。

因而此罐无论是造型,还是青花云气、水面及树木枝叶以及人物的画法,都具有晚明时期的时代特征,为崇祯民窑精品。

明末清初时期景德镇窑业制作呈现出特有的时代风貌。明末泰昌、天启、崇祯三朝国力衰微,官窑停烧,几无亮点,而这却给民窑生产带来历史机遇,使其步入了一个兴盛的时期。从大量崇祯、明末清初瓷器来看,当时民窑瓷器的工艺水平已经不输嘉靖、万历年间的制品,精者有的超过了嘉靖、万历官窑产品。明晚期文人阶层的介入,使瓷器的纹饰蕴含了浓厚的文人气息,题材之特别、内容之丰富,使民窑瓷器的烧制别开生面。

从目前已有的实物看,天启、崇祯两朝带有官窑款的青花器物罕见。但民窑器常可与官窑器媲美,甚至比起后来一些清三代官器的工艺和纹饰之精美也毫不逊色。所以,近几年来的崇祯瓷,尤其是造型优美、画工精致的上品,常受到各路藏家的追捧。

这只青花人物莲子罐正是明崇祯时期的一个典型代表。

二、晚清珊瑚红釉花鸟鼎式琴炉

中国的焚香习俗历史悠久,焚香所用的炉的名称,最早见于《周礼·天官》:"炉之名始见于周礼冢宰之属,宫人寝室中共炉炭。"香炉作为古人焚香的载具,在三国以前称为熏炉,早期的熏炉只是一种高雅的生活器具和祭祀用具。春秋战国时期的一些铜炉是以取暖和烧烤食物为目的,而以出香为目的的熏炉最早出现在汉代。

因此,秦汉以前,就有了各式焚香用的熏炉,但是,琴炉从香炉这个大系中分离出来,成为一项独立的文玩,大约始于唐代。唐人戴叔伦的《春怨诗》中有云:"金鸭香消欲断魂,梨花春雨掩重门。"中唐时期,妇女用的香炉造型多以金属铸成鸭子或狻猊状,香烟可自禽兽形口中喷出,与之前流行的多层香炉迥然相异，这可能就是琴炉的雏形。

琴炉修复前后

在文房用具中的琴炉与香炉的区别就在"小"字。一般来讲，口径在 10 厘米左右称琴炉，可置于掌中把玩，口径 15 厘米以上则称香炉。古人在弹琴调筝时，为营造出风雅的意致，往往还会焚香助兴，增添情趣。因此，专为弹琴奏乐而设的琴炉，就成了文房不可或缺的器物。

两晋时期香炉与熏炉名称并存，南北朝以后熏炉被香炉所取代。香炉在唐代开始全面繁荣，宋代赋予香炉雅文化的品性，成为文人案头清玩之物。作为文人生活的一部分，宋代文人在写诗填词、赏花抚琴、宴请宾朋都要焚香，焚香与烹茶、挂画、插花并列为四艺。从北宋皇帝赵佶所绘《听琴图》中便可见一斑，图中高几上的即为定窑塔式琴炉。宋代周邦彦为汴京名伎李师师所作的《少年游》中，也有关于琴炉的描写："锦幄初温，兽香不断，相对坐调笙。"宋代词人李清照的《凤凰台上忆吹箫》中曾有"香冷金猊"之句。由此可见，从唐宋至元明清，从皇宫到士大夫，乃至平民百姓中的文人雅士，已非常普遍应用琴炉。

琴炉小巧而雅致，琴炉燃香一次一支，故炉体要玲珑，其造型和工艺彰显主人的情趣和品位，置于琴桌前更显雅致。不论是在众人聚会的宴乐场合，还是于闺房书斋弹琴抚筝，听着悠扬的丝竹之乐，看着袅袅升起的一缕青烟，闻着阵阵而来的幽香，应有身入仙界、物我两忘之意境，使人更感宁静祥和。

琴炉的材质以铜、铁、陶瓷为多，造型不一，又以圆形多见。明清以来，瓷炉和铜炉相继受宠，相衬之下，由于铜炉造型种类多、包浆丰厚，有的雕工精美，赏铜炉者趋之若鹜。其实，瓷炉装饰手法多样，艺术成就不在铜炉之下，海内外各大博物馆收藏的瓷质琴炉，仅从宋代至民国的就涵盖了各历史时期的多种窑口的大多数品种。

此件珊瑚红釉鼎式琴炉，三足鼎形，敦实厚重。炉口径5厘米，高4厘米，其中炉腹高2.5厘米。此炉直腹、圆口，底口微收，重心下沉，腹底立三个尖状足。虽盈握于掌，但小巧雅致，器小韵大，体态端庄。又因造型规整，取鼎式型，更显其气势不凡。

琴炉外壁与三足满施珊瑚红釉，明艳醇和。从胎釉看，胎体厚实，瓷质细润，釉层亮丽；从工艺看，为花鸟题材，画面隔成三个组合，布局合理，绘画工艺精细，主图为盛开之花朵，花朵四周的墨绿叶与花蕾相衬，花蕊与开光间的隔块，均以金粉彩线描绘。

这件图案金色灿烂、色彩悦目祥和的小琴炉，赏用两宜。据型、胎、釉、饰等因素综合判断，此琴炉应为同治、光绪时期的文房琴室之上品。

过去当同藏友们一起欣赏这两件带有残痕的藏品时，我常带有几分惆怅与失落。而现在于老师妙手回春，化腐朽为神奇，把这两件赏瓷又完整地呈现在我们的眼前，吾辈并包括我们的后代，今后在欣赏它们时将少去几分遗憾，在惊叹大师们高超修瓷技艺的同时，也获得更多的享受与欣慰！

（原载《宿迁晚报》2022年4月2日）

《宿迁文史资料》史料价值浅析

《宿迁文史资料》是由宿迁市政协文史资料研究委员会编辑的系列丛刊。本人工作之余，喜欢收集一些文史类资料，尤其是地方编辑、出版的一些有史料价值的系统性史料。因该资料单本数较多，跨度时间较长，本人花了五六年时间才从古旧书刊市场以及网上购买方找齐。每当工作闲暇之余，我阅读这些纸质已经变脆发黄、史料丰富翔实的厚厚一摞来之不易的资料时，身上疲惫感顿消，而每当从中找到了一些许久没有查阅到的重要史料时，尤感前期的艰苦寻觅是值得的。

一、资料内容涉及广泛，办刊宗旨明确

1982 年第 1 期封面

《宿迁文史资料》（以下简称"资料"）第 1 期于 1982 年 12 月刊发，本刊在《前言》中指出，创办宗旨是"为了研究乡土，保存和积累辛亥革命以来的文史资料，使之传诸后世，惠及子孙，并推动地方史志的编修工作"。

"资料"从 1982 年 12 月的第 1 期到 1994 年 12 月的第 15 期，13 年时间共刊发 15 期（含专刊），基本上平均一年一期。15 期共刊发文章 599 篇（含附录、专刊内容）。

从第 1 期至第 8 期，页末均标有"内部发行"或"内部资料"。从第 9 期起，方标

有"准印证　苏淮出准字（89）001号"，即从1989年5月起，才被批准为内部准印资料。从第9期起，由于宿迁县于1988年2月撤县建市，"资料"编辑者改为宿迁市政协文史资料委员会，刊名仍为《宿迁文史资料》。

从第5期"纪念抗战40周年"专刊起，"资料"刊名改由抗日战争期间历任淮海区、苏北区党委副书记、行署主任的李一氓同志（中华人民共和国成立后，曾任国务院外事办副主任、中纪委副书记、中顾委常委、中国国际交流协会会长等职）题写，名称仍为《宿迁文史资料》。

第1期至第10期的目录未予以分类；从第11期起，目录的内容开始分设栏目，如第11期的栏目分政治、经济、宗教、人物、其他5个栏目；第12期分农田水利、商业经济、科技文化、人物春秋、征程重温、援外追忆、台湾来鸿、台胞趣闻、往事实录9个栏目。从第1期至第10期刊发的篇目内容看，虽未分类，但也涉及政治、经济、文化等各个方面。

第5期起由李一氓题写书名

"资料"每期印量为1000—2200册。每期扉页上都以长方形浅棕色戳盖上"赠阅　请指导　请交换"字样。计划发放、无偿赠阅，均体现了发掘、研究、利用的办刊宗旨。

二、地域特点明显，突出史料发掘

县级文史资料工作是地方政协一项独具特色的工作，有着其他工作无法替代的作用。因此，凸现地域特点、强化文史资料的服务作用，不仅是政协履行职能的客观要求，也是促进自身存史、咨政、团结、育人工作不断发展的动力源泉。结合地域特点，"资料"突出发掘了以下几个方面的史料：

一是珍贵古迹史料。如第1期刊发的《宿迁县的历史沿革》《宿迁八景》、第2期的《抗日战争前的宿迁中学》、第4期的《漫话河清街》、第8期的《宿

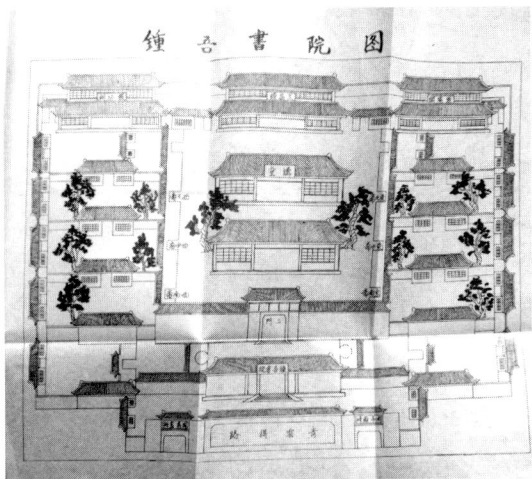

第 7 期所附绘图直观、珍贵

迁县道生碱庄及其主人张友章》《宿关的兴废和关口街的盛衰》《敕赐极乐律院庙史》等古迹沿革、变迁，挖掘的史料尤显珍贵。

二是宿迁河道湖泊史料。如第 6 期的《骆马湖水库》、第 11 期的《宿迁废黄河今昔》《宿迁蝗灾的发生和治理》、第 12 期的《骆马湖五万居民大迁移追记》《嶂山切岭和嶂山闸工程》《记晓店山区旱改水历程》、第 14 期的《1957 年骆马湖的抗洪斗争》等篇目，反映了宿迁人民与自然艰苦斗争的历程。

三是文史类问题的探讨。如第 3 期的《解放前宿迁的几家报刊》、第 6 期的《仁济医院始末》、第 7 期的《钟吾书院简介》、第 12 期的《宿迁地名探源》、第 14 期的《马陵公园初建经过》等篇目，对历史上遗留下的不少"悬案"进行了澄清或探讨。

三、记述史实形式多样，发挥图表专刊作用

"资料"除由撰稿人、通讯员、编辑等相对固定人员撰稿外，还采取了其他形式多样的记述手法，如表格、图谱、照片，以及亲历者或知情者记述、附录或专刊等形式。

从使用表、图情况看，"资料"中共刊有各类表格 29 张，翔实地印证、补充了正文的一些史实。"资料"共刊印手绘图谱 26 幅，清晰、直观，尤显珍贵。如第 4 期的《清末期宿迁县图》《1913 年宿迁县全图》、第 6 期《宿迁学宫图》《宿城古建筑分布图》、第 9 期《敕赐极乐律院平面图》等，都直观地再现了历史原貌。宿迁市城建展览馆的《宿城古建筑分布图》，也是笔者从"资料"册中精选出的重要史料，算是派上了用场。明清时极乐律院作为苏北最大极乐庵，庙宇建筑宏伟、殿宇楼台栉比，有六进院，房屋近千间，由于战乱及恣意拆迁，变成了今天残缺不全的情况。

从使用"三亲"资料看,"资料"注重征集和刊发亲历、亲见、亲闻者的记述史料,同时还收录、整理了一些口述历史资料,全册中三者分别达到了32篇、20篇、6篇。如第1期上刊发朱瑞将军妻子潘彩琴撰写的《前进的一生,战斗的一生——忆朱瑞同志》,是1978年10月撰写的回忆稿件,是披露将军的不少日常生活的第一手资料。第4期刊发的仁济医院于逸的《我记忆中的仁济医院》,以一名护士的视角记述了仁济医院从创办、机构、设备、培训、收支到停业等情况,弥补了史料的不足。

从专刊情况看,"资料"共刊发专刊4期,分别为第5期"纪念抗日战争40周年"、第10期"书法专辑"、第13期和第15期"宿迁名人录"。

1985年正值抗日战争胜利40周年,专刊编入27篇有关宿迁抗日史料,有《宿迁人民抗日斗争史略》等6篇综述,有《回忆程道口战斗》等9篇具体的战斗记录,也有怀念抗日英雄的《悼念逸奇、凤涛、长珠三烈士》等5篇追忆烈士的悼文。

专刊第10期,刊发了宿迁近现代以来徐用锡、叶道源、徐慕农、窦燕客、苏葆桢及宿迁籍朱西宁、叶书友等22位老书法家的作品,共66件。专刊还总结了清初至改革开放以来宿迁书画的发展历程,介绍了22位老书画家的艺术特点,对区域内名胜古迹上的乾隆、赵朴初、陈毅等名人撰写的石刻、楹联专门做了介绍。此专刊集录了散失民间多年的书法史迹,是宿迁域内千百年来书法艺术发展的缩影。

专刊第13期、第15期分别介绍名人122人、115人,合计237人。其中科技界80人,文艺界22人,教卫界80人,军政界46人,经济界9人。两期专刊配有现当代人物的184幅个人照片。专刊第15期封面、封底的内侧,分别刊登了宿迁籍画家范子登、吴春源两幅国画,这是"资料"15册中唯有的2幅彩色图片,其余280幅均为黑白照片。

四、凸显重点史料,力求翔实生动

"资料"记述了不少鲜为人知的第一手史料,具有涵盖面广、综合性强、学术价值高和可读性强等特点,存史、咨政作用十分明显。"资料"的编辑者在当时许可的历史条件下,对几个方面的重点史料挖掘进行了努力和探索。

重要史料发掘。如第1期中刊发的《耀徐玻璃厂的创办与倒闭》《宿迁永

丰面粉厂的建立与倒闭》，第
2 期中刊发的《五四运动中的
宿迁》，第 4 期中刊发的《王
惜庵（王相）主持摹刻高南阜
砚史始末》，第 9 期中刊发的
《宿迁县追悼孙中山先生大会
实况》等篇目，都发掘了不少
难得的第一手重要史料。

重要人物现身讲述或记
述。如第 3 期中的《宿迁县发

2021 年 5 月 15 日参加江苏省收藏家协会理事年会

展工农业生产的战略决策——前县委书记李柏的回忆》、第 6 期中的《罗炳辉
师长在宿城的日子里》《抗日战争中的孙明瑾将军》、第 7 期中的《抗日民族英
雄杨泗洪》、第 14 期中的《县委第一书记李柏同志二三事》等篇目，通过当事
人、知情人对重点历史人物、历史事件的讲述、介绍，增强了史料的可信度和
现场感。

重要事件复原。第 2 期中的《（1929）二一三小刀会暴动》、第 5 期中的
《日寇轰炸宿迁暴行》、第 6 期中的《康熙乾隆两帝南巡宿迁实录》《宿城古建
筑分布概况》、第 7 期中的《钟吾书院简介》、第 8 期中的《宿迁县解放前的慈
善事业》等篇目，记述的内容较系统地反映、复原了历史面貌，有着重要的史
料价值。

从宿迁市政协文史资料研究委员会用了十多年时间编发的各册整体情况
看，"资料"在一定程度上代表了改革开放之初县级文史资料的办刊思路与编
辑水平，折射了地方文史资料编发的时代特点。纵观 15 集的资料编发工作，
我发现也还存在一些不足之处，主要有以下几个方面：

一是对历史事件或历史人物的评价不够客观。80 年代初期，"资料"中有
的文章对史实的记述或评价还不够客观、准确。

二是碎片化的资料多，系统性的史实偏少，尤其是重大历史事件缺乏史料
链。如工商业的发展，抗击自然灾害记述，共产党基层组织建设脉络等方面没
有形成系统的资料。还有不少内容是定性描述，缺乏必要的史实及数据的定量

记述。在记述方法上，也还存在编辑采编得多、亲历者记述少的现象，存在抢救、挖掘当事人史料的紧迫感不强的现象。如在 309 篇（不含专刊 290 篇）文章中，仅 6 篇为当事人口述，32 篇亲历者记述，当事者口述、记述的篇目比例明显偏小。

三是刊发的内容存在不平衡性。从横向的区域看，关注城区多，关注基层民众及广大农业、农村情况很少；政治、军事的方面多，科学文化方面偏少，尤其是面对历史上宿迁境内的大运河、古黄河、骆马湖等水系对区域内的经济发展、民众生活影响相当大的史实，虽然有一些零星涉及，但整体上涉猎不多，作为穿境而过、影响宿迁 1000 多年的大运河文化方面资料少之又少。

四是讹错偏多。编刊错误难免，但史料类错误如此之多，有的地方确实让读者难以接受与理解。字错、词错、地名错、时间错，有的甚至史实错，每期都存在，且错误较多。如第 4 期有 21 处，第 7 期有 22 处，第 8 期则达 32 处之多。难能可贵的是，编辑部在每一期末页都及时附上一期的勘误表，标明页、行及刊误、勘正等。有的在资料分发前，编辑就先用墨一处处改正后再分发。

以上这些经验与教训，有不少值得史料编写者吸取与借鉴之处。

（原载《宿迁论坛》2019 年第 2 期，《骆马湖》2020 年 4 月 6 日第 33 期）

砚中"断臂维纳斯"

——一方清中期铭文紫端砚赏析

江苏淮安文庙古玩市场，是一家有五六百个门店的中型艺术品交易场所，要是赶上周末还有很多地摊。2014年初秋一个周日近中午的时间，我不经意间在此有幸淘得一方清代紫端抄手砚。当时从柜架上取下时，我只看到底足镌有已磨损不清的铭文，待回家经放大仔细观察，并与当地古砚收藏专家研究，竟是"扬州八怪"之一高凤翰和清中期乾嘉年间著名画家张赐宁使用过的砚台，倍加珍惜。该砚石质细腻柔滑，是一块老坑紫端砚台，而老坑砚是端砚中之极品。

端砚，自古以来就是中国文房四宝中的珍品。端砚石质特别纯净、细腻、滋润、坚实、严密，制成的砚台具有呵气可研墨、发墨不损毫、冬天不结冰等特点。

端砚历史悠久，早在唐代初期广东肇庆（古称端州）东郊羚羊峡烂柯山的端溪一带，就出现了依靠采砚石、生产端砚为生的劳动者。宋朝开始把端砚列为贡品，蜚声中外。这里滚滚东流的西江水穿峡而过，夹岸崇山峻岭，气势磅礴，重岩叠翠。端砚名坑中的水岩（老坑）、坑仔岩、麻子坑就错落分布在这风景如画的环境中。

端溪砚石总的色调是紫色，而且紫色的端石被认为是最好，最为名贵的。宋叶樾的《端溪砚谱》有这样的记述："石性贵润，色贵青紫；干则灰苍色，润则青紫色。"宋赵希鹄在《洞天清禄集》中谈到端砚石色云："世之论端溪者，唯贵紫色。""端溪中岩旧坑，石色紫如新嫩肝，细润如玉。"

端砚器型规整　色呈深紫

抄手砚最早出现在五代，宋、元、明时比较流行，是由箕形砚自然演变而来。抄手砚的制作是将砚底部掏空，前端和两侧留边与砚膛相连，三边如足，平整着地，手可插入，便于移动，因而又有称之为"插手砚"；因该砚型传说为宋代文豪苏东坡设计，故又称"东坡砚"。

此紫端抄手砚砚体长方形，砚面呈门字形。砚长 19.5 厘米，宽 12.3 厘米，高 7.8 厘米。该砚石色泽深沉，膛心经常研磨处为深紫；砚面总体平而浅，中心自然凹陷；墨池深挖，窄而陡峭，深度 1.5 厘米。此砚与普通砚还有一区别，就是砚背"长有"四只石眼。石眼是端砚的特色，是天然生长在砚石上犹如眼睛一样的石核。"长有"石眼的端砚石十分宝贵和难得。《砚谱》云："端石有眼者最贵。"石眼质地高洁、细润、晶莹有光。石质幼嫩则多眼，嫩则细润发墨，所以砚石贵有石眼。石眼具有很高的欣赏价值和经济价值。此砚后背的四只石眼绿中泛黄，四根眼柱的分布、高低错落有致，若将四眼点连线则成一面规整的三维平行四边形。

四根眼柱高矮与排列错落有致

在砚墙左、右两足上分别阴刻两行楷书："十三峰老人""南阜老人□"。从题款镌工、字迹和砚台自然磨损及包浆等方面来看，此砚及镌文不应为后人之伪作。右侧因磨损严重字迹不清，以致最后一字无法辨认，据内容及笔画推断应为"用"字。

南阜为"扬州八怪"之一高凤翰的晚号。高凤翰（1683—1749），字仲威，亦字西园，号南村，晚号南阜，山东胶州人。雍正五年（1727）得官位，任安徽歙县副知事，后改任安徽绩溪县令，因受诬告被免职，后来客居扬州从事艺术活动。清乾隆二年（1737）病废右臂，因此又号丁巳残人。高凤翰的左手书法严谨流畅，左手书法上溯魏晋，继承元明笔法，气韵流动，古趣横生，被人评价为明清两朝数百年间以左手擅长书法的第一人。

高凤翰还精于金石书画，平生癖好收藏砚石，据说藏品最多时达千余方，且又择其佳品镌刻铭跋，将题署的心爱之砚加以收集，著成《砚史》四卷。全书收砚 165 方，所拓砚图 112 幅，其中石刻版 51 幅，其余为木刻版。据说最初是用彩墨拓印，并在模糊处用笔勾勒填补。原书设色浅淡，并配朱墨、藤黄、赭石等色，钤以朱印，色泽古雅可爱。

本邑书法家和篆刻家、对金石学素有研究的刘云鹤先生的《高凤翰砚史研究》一文中有如下考证："高凤翰在康熙五十九年（时三十八岁）所刻'冷云'砚（摹本第十四），是他的较早砚作；最晚的是乾隆四年作的'光林生勘书砚'，前后相距二十年。

砚足左右两侧分别刻有"十三峰老人""南阜老人□"

他在金陵（现南京）曾为友人刻过数十砚，然收进砚史者仅见一二。"据此可知，高氏砚作未收入《砚史》者当不在少数。

十三峰为清中期画家张赐宁号。张赐宁（1743—1818），字坤一，号桂岩、十三峰老人、富春山樵、北海外史，河北沧州人。初游于江南，后官通州（今江苏省南通市）管河州判。扬州作为长江与大运河交汇处、交通十分便利的经济、文化巨镇，明清时期豪门富室林立，文人墨客荟萃流连。扬州更是全国著名的书画市场，大量的书画文人挟其技来扬，以此作为治生和交游的途径，最著名的"扬州八怪"即属此类。画技并不逊于"八怪"的张赐宁，晚年亦侨寓维扬（今扬州）。

张赐宁诗善画，幼习工笔，善山水、人物、花鸟、墨竹，无所不工。笔墨爽健，苍秀浑厚，超然拔俗，气魄沉雄。初来京师，与罗聘（"扬州八怪"中最年轻者）齐名，深受纪昀（字晓岚）器重。王宸（清中期画家）见之叹为妙笔，授以六法；雅近大画家石涛，不拘泥旧法并有创新，被人们称为"北派大宗"。其行书、楷书亦皆为佳品；所作诗与画并称，画风对后世影响很大。

纪晓岚系张赐宁的表兄，其现存最早的画像就是嘉庆十二年（1807）其表弟张赐宁所作的《河间中堂纪文达公遗像》。此幅画为纪晓岚的持砚半身像，画中年老的纪晓岚面容和蔼，左手持一砚于胸前，生动而准确地表达出其"砚痴"的形象。该画像由纪晓岚的门生伊秉绶题词，又有生前老友翁方纲题诗，后影印在《阅微草堂砚谱》卷首，广为流传。史载，纪晓岚与张赐宁多有诗画来往，纪晓岚诗有《题张桂岩寿星纳凉图》《张桂岩桑叶饲蚕画扇题示次女》等。张赐宁传世作品有乾隆五十七年（1792）作《秋山读书图》、嘉庆元年（1796）作《萱草竹石图》、嘉庆七年（1802）作《南徐山色图》等。著有《十三峰草堂诗草》等。

门形砚池深而陡峭

其子张百禄，字受之，号传山，清嘉庆、道光时期的书画家。自幼随父学画，山水、花卉俱得家传。其秋花图苍老淡逸，在沈周、陈道复之间。书法遒劲，诗有逸致。曾官至江苏兴化县安丰巡检（清嘉庆四年，即1799年，扬州府在安丰设巡检署），故在苏北留下大量画作。今江苏省淮安市博物馆收藏的《凌霄花图轴》就是其代表作之一。画上落款为："壬申春日写于十三峰草堂，传山张百禄。"下钤"传山氏"白文印。此壬申为清嘉庆十七年（1812），斋号仍用其父的十三峰草堂。凌霄为多年生藤本植物，在苏北地区广泛分布。其弟百穀，字仲山，亦工山水。

据高凤翰与张赐宁出生年月推算，高比张大 60 岁。此砚应为张赐宁后得，端砚铭文也应为张自刻或请他人代刻。从镌工看，铭文字体苍劲有力，深峻清爽，刀工老练，应出自一人之手。

只惋惜因前人不慎跌落或其他外力撞击，此砚左侧墙足至右侧砚墙上端开裂，形成了遗憾的残缺美。好在镌刻的名人款和年份弥补了此缺憾，因此它还被藏家同好视为一件难得的官窑残件（其实体肤并不缺少），而笔者则视其为本人藏砚中的"断臂维纳斯"。

因当初的两位砚主人及其后人，均曾为清中晚期至今仍活跃在江苏、山东乃至全国的有影响的书画家，此砚最早的主人的《高凤翰砚史》又名播古今，故此砚及铭文值得做进一步的深入研究与探讨。

（选自《中国古代文房用品的收藏与鉴赏》，2015 年 4 月中国文史出版社出版；曾刊发于 2015 年 9 月《宿豫文艺》第 5 期）

古黄河清流

寻找宿迁贤官廉吏的足迹

——冀鲁宿迁籍贤官廉吏寻迹纪行

撰写组考察山东济宁汶上运河南旺枢纽博物馆

宿迁历史文化底蕴深厚，在漫漫的历史长河中，有许多从这里走出或在这里任职的官吏清廉自守、勤政爱民，为后世从政者树立了典范，留下了宝贵的精神财富。宿迁市纪委根据中央及省纪委要求，强化本地廉洁文化资源的挖掘，专门成立由地方文史专家组成的宿迁古代廉吏资料挖掘小组。从 2018 年底到 2019 年 6 月，经过半年多的资料收集，专家组对拟定的上至春秋战国、下至民国的 60 余名古代贤官廉吏，从籍贯、生卒年月，到政声、民声及功绩、廉洁等方面都进行了较细致的挖掘、梳理。

但由于历史久远、战乱、行政体制变革等原因，不少需重点挖掘的人物资料过于简单，有的甚至在地方志上的记载也仅寥寥数语；有的碎片化资料太多，无法连缀成有分量的文字，形成独立成篇的史料有不小的难度。于是我们专家组于 2019 年 6 月中上旬分两次两批，到部分发掘人物涉及的河北、山东的相关市县及遗存现场，寻找已湮没在浩瀚史籍中的第一手资料。

一、大运河南旺枢纽没有功臣的名字——金纯

金纯，今泗洪县龙集镇应山村人，自幼聪颖，勤奋好学，历经明代六朝，曾任礼部、工部、刑部三部尚书，且协助修建大运河南旺枢纽也是其在历史上的浓彩一笔。

南旺枢纽工程位于今济宁市汶上县境内，历史上曾作为京杭大运河"心脏"贯通南北，其科技含量与历史功绩可与四川的都江堰相媲美。

明永乐九年（1411），朱棣命工部尚书宋礼，会同刑部侍郎金纯、都督同知周长赴山东主持会通河的治理，他们会同当地水利专家白英引水到济宁汶上的南旺蓄水分流，保漕通航。

6月20日中午，我们一行风尘仆仆，先抵达汶上县纪委，听纪委一位徐姓常委介绍，天津的一个考察团正在那里考察，为不让县文旅局接待同志往返，我们抓紧吃了便饭，用了40余分钟时间赶到现场。工作人员首先把我们带到了大运河南旺枢纽工程博物馆，在室温高达30摄氏度的展厅，我们汗流浃背，用一个多小时参观了博物馆的文字、模型、实物。

该馆建筑面积3400余平方米，占地约5000平方米，于2013年6月对外开放。我们一行看遍了从前言至结束语所有的说明文字，但说明文字对金纯却只字未提。据史载，金纯在疏通河道过程中，奔波于工地南北各段，风餐露宿，既对朝廷负责，又为百姓着想，受到当地百姓及朝廷的高度赞扬。

为此，他得到了明成祖朱棣的信任与重用，永乐十四年（1416），他被提拔为礼部左侍郎，时隔两月，又晋升为礼部尚书。史载，永乐四年（1406），朱棣开始修建北京城及其宫殿，做迁都的准备工作。在这项巨大的工程中，金纯受命采集木料。永乐七年（1409）、永乐十五年（1417），金纯两次随朱棣巡视北京故宫的建筑工程，具体负责太和宫的建筑任务，在明代古都北京和紫禁城宫殿的建设中建立过功勋。

在南旺枢纽工程博物馆正门前面200米处，就是南旺枢纽遗址公园，遗址紧临已废的运河故道，于2010年10月被批准为第一批国家考古遗址公园。遗址上还残留着许多古建筑遗迹，据传，汶上当地百姓还曾在此专门建祠，以祭祀在兴建工程中贡献巨大的宋礼和金纯等功臣。

当我们把金纯在建此工程所发挥的作用介绍给接待我们的刚合并成立的县

文化和旅游局相关领导时，他们无奈地摊着双手说："我们没听说过金纯这个名字，而且这个馆又是刚从县水务部门接管下来的。"当我们将所带的金纯资料的相关信息展示给他们看时，他们也感到布展文字说明介绍中的确存在遗漏与失误。我们建议在完善展馆内容时，要加上金纯的相关内容，他们也高兴地应允了。

不过，我们在参观工程模型时看到，在高大的堤坝上方，有三位红帽蓝衣的官员正在巡察着手推肩扛、人头攒动的繁忙工地，中间的那位无疑是宋礼，两侧手指前方的，说不定哪一位就是我们的功臣老乡——时任刑部侍郎的金纯！

二、军乐才能掩盖政绩的晚清知府——李映庚

李映庚，沭阳县马巷人，祖籍灌云县，清末廉臣，中国现代军乐创始人。作为光绪十五年（1889）进士，他初任卢龙、迁安知县时就勤于政务、为民兴利除害，任满后升任永平知府，后又历任正定大名、天津、保定、邢州等地知府，民国初年升任肃政史。

李映庚作为政声远播的晚清名知县及河北多地知府，这次挖掘地方贤官廉吏无疑应将其列入。但我们查遍多处资料，记述他的都是军乐方面的功绩。于是我们于6月中旬循其任职过的部分踪迹踏上了探找其政绩资料的路程。

6月13日15时左右，在石家庄市纪委宣传部部长魏永辉的陪同下，我们来到正定县史志办查找资料。显然，正定史志办的工作人员之前已接到通知做好了准备，我们刚到那儿就看到一张办公桌上摆放着厚厚的一本《正定县志》，还有得到官方认可、由民间方志专家编纂的《正定史源》。在两本古籍上的"清正定府知府"一栏内，均只有"李映庚，江苏海州人，举人，光绪二十七年六月补任"这一句记载。后面的政绩史料均未有只字提及。

石家庄正定县是国家历史文化名城，是常胜将军赵云故里，历史上曾与保定、北京并称"北方三雄镇"。清以前正定府、县并存，1913年2月废府存县，县公署即搬迁到府公署内。小县城秀气而充满古韵，境内文物古迹众多，正定古城墙为全国重点文物保护单位。

由于找不到其他资料，我们便在办公室认真听取地方志工作者讲述正定的府、县变迁史。在这些史料中，我们仔细寻找着与李映庚有些许关系的蛛丝马

迹。我们还在《正定县志》上翻拍了与李知府有关的由著名建筑学家梁思成1933年拍摄的"府衙前戒牌楼"、前述的史志上任职表述，以及县政府门前两棵有600多年历史的苍天古槐。

到河北正定县史志办寻找李映庚知府踪迹

在这里收获不大，我们还是决定去离正定不远的，李映庚曾做过知府的保定市寻找。有关史料还显示保定莲池书院藏有5种《宿迁县志》，其中嘉庆本还是孤本。

莲池书院是清中期创办的，随后逐步发展成为中国北方的最高学府。1900年10月八国联军侵入保定，珍贵文物被抢劫一空。所以，当我们提出要找《宿迁县志》时，负责人当场回绝了我们，但又说可能有部分残余保存在保定市图书馆。

我们一行先来到与莲池书院一路之隔的光园。光园是民国时期任直隶督军曹锟的公馆，现仅存主体建筑，保定市史志办就设在这里。史志办一位负责人指着满柜的清代保定所辖的各县区史志资料说，都在这里，你们自个儿找吧！我们几人不停地在数百册资料中翻找。刚出版的资料刺鼻油墨味与老书刊陈腐味交织在狭小闷热的房间，尤其难闻难耐，但我们还是认真地查阅了两个多小时，却仍未找到有价值的史料。

下午的保定市图书馆也是让我们失望，在1999年出版的厚厚一摞的《保定史志》四卷书中，竟也没找到李映庚的名字。

这时我们想起，前一天与我们在正定史志办聊天的那位从事史志工作多年的大姐一句话："现在的文安县历史上也曾称作保定县，后因与保定府重名，民国初年易名。"那么，当年李映庚是否不在保定府而是在保定县任职呢？后经查找相关史料我们得知：北宋宣和七年（1125）置保定县，直至1914年因与保定道重名，保定县改名新镇县（后于1961年7月复称文安县）。于是我们又找到了清同治年间的《文安县志》，翻遍了全书，也未见李映庚的名字。

这么多的失望也让我们想过：是不是李映庚政声民望不佳而史书未留下笔墨？否！如果如此，"两知县、七知府"如何做得！何况，即使政绩不佳，作为史志也应该秉笔直书。从零星史料中我们也了解到，他在去大名府接任途中，暗知当地新任知县大摆筵席宴请地方权贵，席间嬉闹巧被李碰见，立即遭到刚到任的这位李知府训斥，后又拒收这位新知县所赠重金并免其职。

李映庚为政清廉，严以律己。民国初年，他入京出任肃政史，职司监察。他铁面无私，不畏权贵，时常在报上发文詈斥贪官。他平日生活简朴，当时府中只有一人听差，诸事皆由家人自理。及至辞官归里，宦海二十余年，仅有所带书箱数只及日用衣物和一柄万民伞，此外别无长物。离家乡沭阳县城数里，他就下车步行，脚力不济，以手扶车辕而行，以示对乡邻的敬重。李映庚去世之后，当时的审计院长庄蕴宽在《呈请优恤文》中称颂他民国以前的事迹"卓著循声，炳彪政治"，把李映庚对声乐的贡献放在了政治上的贡献之前，这种评述顺序是颇切实际的。

因此，笔者认为，志书上关于李映庚从政的记述相对较少，是因其军乐才能太出众从而遮盖住了他勤政之光辉。如光绪三十四年（1908），李映庚在正定知府任上，深恐旧军乐稿久而散失，就开始整理其著作四卷本草稿，至清宣统元年（1909）春，以卷名《军乐稿》石印出版，成为我国近现代史上第一部军乐专著，而李映庚，也当之无愧成为我国近现代军乐的创始人。这何尝又不算是他的政绩呢！

三、被历史湮没的"海瑞式知府"——潘洪

被列入此次重点挖掘的明代知府潘洪，可圈可点之处可谓颇多，他应是从宿迁走出的比海瑞还早的明代清廉知府。

潘洪（1438—1498），明代宿迁县孝义乡（今宿城区埠子镇周边）人，明成化十一年（1475）进士，授官吏部给事中。通过对史料的挖掘可知，潘洪应是宿迁走出的"海瑞式知府"，起码有三点可以佐证：

一是勇犯藩王袒护民利。潘洪任青州（治所在今山东省青州市）知府时，新封青州的藩王建宫室，太监借势扰民，占民田，拆民房。潘洪得知，亲自丈量土地，把多占民田归还原主。

据我们一行到青州史志办和政协文史委所查的《青州府志》等资料显示，

潘洪于弘治四年（1491）任知府，弘治八年（1495）卸任，共五个年头，这五年"天灾人祸"应都被他赶上了。"人祸"是指前文所述的藩王掠地建宫积民怨，"天灾"则指当时青州旱灾、水灾交替并行。据《青州府志》载："孝宗弘治五年春，旱，大饥；弘治七

衡王府遗址话潘洪知府

年秋九月，有龙斗于阳水（现称阳河，是境内南阳河与北阳河统称），湮没人物甚众。"可见，一次大旱、一次大水均在潘洪五年的任期内。在青州我们能见到的与潘洪有关的遗迹，也只有当年衡王府的两座高大的石坊。

二是上书朝廷揭发贪官。潘洪在成化年间出任福建邵武知府时，邵武卫帅杨铧凶横贪婪，潘洪欲上书朝廷揭发其罪行，但杨铧买通御史，陷害潘洪。潘洪知其受贿，捕其手下知情者3人，而3人上书反诬潘洪，宪宗将双方全逮捕下狱，后经审理潘洪被无罪释放，改任青州知府。

三是两袖清风归故里。2007年宿迁市考古工作人员，在古黄河西侧不到一千米的宿城区金港花园考古工地，挖掘到了潘洪夫妻合葬墓。该墓室砖式双孔结构，墓室内别无他物，只出土墓志两块。志盖楷书"明故中顺大夫知府潘公墓志"12个大字。墓志铭25行共214个字，概要记述了潘洪的生平。

据能查阅到的有关资料显示，潘洪先后做过邵武知府、青州知府、大理寺少卿，均为正四品官。邵武府辖境相当于今福建邵武、光泽、泰宁、建宁4市、县地；青州府辖境潍州、莒州、胶州3个州和益都、临淄、临朐、高密等16个县。大理寺少卿之职，相当于最高法院的司法官，掌刑狱案件审理，从四品上。即使在他仕途之初任职的吏科给事中也是正七品官，在明代权力也是极大的，是中央设在掌管人事的吏部、专门为全国呈给皇帝的奏章进行把关的专职人员。

潘洪去世下葬时正处明代中期，此时厚葬之风正兴。而保存十分完好的潘洪墓，除一对墓志铭出土外，别无他物，可谓生前两袖清风，死后薄葬如洗。

同在福建沿海一带为官的海瑞亦为明朝著名清官，生于 1514 年，小潘洪 70 余岁。因此，潘洪作为从宿迁走出的一位早于海瑞的明代廉吏，值得宿迁人民敬佩。

四、明清两进士，同眠马陵山———陆奋飞、徐用锡

陆奋飞与徐用锡也是列入这次挖掘廉吏贤官的重点人物，他们虽处明、清两代，但因同是刚正不阿的贤士，又同眠于宿北马陵山，因此，我们一行一同祭拜了这两位明清老乡。

新沂境内的马陵山古称司吾山，六月的马陵山，蓝天碧云下到处郁郁葱葱。身临其境方感到这里山清水秀，鸟语花香，我们一行人也笑称，此时才知道当年才情一流的乾隆皇帝六下江南，为什么要三过这里了！陆奋飞、徐用锡明清两清官就共眠于此。

陆奋飞，明万历四十六年（1618）举人，崇祯四年（1631）进士，先任推官，后改嘉兴府学教授。其间曾受理一案，有人以千金重礼贿赂他，他坚拒不纳，事后有人就此问他，他回答说："一时之利，终身之悔也。"

1626 年，总河、总漕两都府拟议开凿宿迁境内马陵山，辟一水道，陆奋飞上书历陈此举耗民力、毁良田、失家园诸害，此议因而废止，当地百姓永远铭记陆奋飞护家之恩。他先后在福建、饶州、九江等地任职，后辞官回宿迁。

不久明朝覆亡，陆奋飞拒绝出任清廷官吏，避至家乡马陵山深处，建楼隐居。后人有诗赞曰："护爱马陵惠梓桑，为官拒贿节操良。一时之利终身悔，警世名言万古芳。"

我们踏着雨后泥泞的小路，在陆奋飞后人的带领下，从著名的三仙洞向西再向南，跨沟壑，穿丛林，来到一片林木掩映下的墓群。据陆家的一位中年后人、现任当地村支部书记的陆书记介绍，这里有一片墓群，已不知道哪一座是陆奋飞的了，每年清明时节族人都来此祭奠他。在距此不远的陆奋飞后人的聚集地——陆庄，还流传着陆奋飞自幼爱好读书，从政后为官清廉、关爱百姓、忧国忧民，以及后来拒任满清官位等故事。只可惜在墓群北侧当年的隐居楼，因年久楼基已不复存在，族人也只是大体指了指已长满杂草的树丛方向，以示位置。从族人的叙述以及比画的方向，我们像是穿越了时光，一位皓首苍颜、掩卷深思、魁梧不群之老者仿佛浮现在我们眼前，"一时之利终身悔"的警句

也似在耳畔响彻。

徐用锡是家喻户晓的帝师，即清乾隆皇帝的老师，康熙四十八年（1709）进士，翰林院编修，侍读学士。笔者印象很深的一个流传广泛的故事是：康熙五十四年（1715）二月，康熙下诏，徐用锡受命担任己未科

地方知情人讲述马陵山翰林墓变迁

会试主考。开考后，他封闭考场，严肃考纪，不徇私情，谢绝一切请托，使九天三场会考风清气正。在得罪权贵、遭到参奏后，他便以"自从忠说承天眷，早索文篇续国风"一诗，昭示他公心在腔、胆心如铁，早已将个人安危置之度外。据清嘉庆《宿迁县志》载："少好学知名，游京师……己丑进士，改庶吉士，授编修……从经、史、性理之学以至乐律、音韵、历数、书法等无不精通。"又载："本朝徐用锡之墓，在三台山北七十里司吾山阳。"这里交代了徐用锡少时好学、成人后知识通达，以及死后下葬的位置。

带领我们拜祭徐用锡墓的是当地爱好地方史研究的村支部陈书记，他把我们带到徐用锡墓前，滔滔不绝地向我们介绍："徐用锡去世后，葬在宿迁北马陵山西麓，也就是人们常说的马陵山翰林墓。原墓坐落在一高平台上，三面环山，前临碧水，右侧另有九座小山丘环绕，当地人称为'九龙抱珠'。1966年后徐用锡墓被掘，族人将其尸骨移向原墓地的西北侧。墓地北侧两三千米处就是著名的花厅古文化遗址。"

陪同我们一行的新沂市史志办时云泽主任还绘声绘色地向我们介绍，乾隆一生六下江南，五次驻跸皂河乾隆行宫，三次登临马陵山，其诗句"钟吾漫道才拳石，早具江山秀几分"，形象地赞美了马陵山的瑰丽。乾隆二十二年（1757），乾隆第二次南巡，幸临宿迁时，面对前来迎驾的上万名地方官员和平民百姓，当即下令侍卫给予贫困者银子，并告诫随行人员不要拥挤，管理好马匹，不要践踏麦苗。也就是在这一次，他在诗中深情地写下"第一江山春好处"，毫不吝惜地把"第一江山"这一美名赠予这里，流露出弟子对这位恩师

及其家乡的崇敬。时云泽还说，在花厅村还有一位78岁高龄的徐用锡的后人，老人家中至今还珍藏着一尊很俊秀的达摩祖师瓷像。据这位后人说，这是传家宝，是乾隆皇帝赐给徐用锡的，一代代传承下来，国内的大博物馆几次来高价收购，尽管他家境并不富裕却始终舍不得出手。老人表示，因为这是目前唯一能说明祖上血脉流传的物证。

花厅遗址位于马陵山西麓，年代约为公元前3000年，属新石器时代的大汶口文化遗址，是唯一同时存在南北两种不同文化类型的国内史前文化遗址，属全国重点文物保护单位。我们向北眺望，一道半圆弧形的高垄掠过天际线，在那片巨大高垄上，经过四次挖掘，从几十座墓葬中出土了数百件陶器、玉器、石器及骨器等，佐证了这里特殊的南北"文化两合现象"。

这次河北、山东之行虽仅几天时间，但收获颇丰，既丰富了一些重点对象的史料，又增强了我们对所发掘人物的感性认识和理性认识，感慨多，体会也多，简言之，有以下几点。

1. 发掘史料，要多部门共同协作

搜集、发掘廉政文化资源是一个庞大的系统工程，尤其是古代贤官廉吏史料，散落在时空的各个角落。深入挖掘整理，古为今用，纪检监察部门牵头义不容辞。其实，作为监督执纪问责的纪检监察机关自身，所掌握的文献资源很少，尤其是近代以前的原始资料基本不掌握。因此，要想真正做好此项工作必须形成纪检监察部门牵头，史志、档案、文史等相关部门参加，大专院校专业工作者、地方文史专家学者、贤官廉吏的后代共同参与的工作机制，这样才能形成工作合力，提高史料挖掘的质量与价值。

2. 确立对象，既要严格标准又不能求全责备

贤官者，贤德、贤能、贤明、贤良；廉吏者，廉洁、廉政、廉明。这次在第一、二、三稿人选中，我们初选了130多位先贤作为挖掘对象，其间不断补充、删减、调整，最后经过我们认真遴选，撷取了70位作为最终人选。如果说，他们每一位都既勤又廉，无一瑕疵，如圣人一般贤明，是不现实的。但他们在具体事迹上，或勤于事功，或廉于洁身，或贵于操守，或楷于教化，对今人的启迪意义和楷模作用，是毋庸赘言的。

3. 突显特点，要以勤廉为中心而不能面面俱到

与发达地区相比，宿迁经济上虽是处于奋起直追的发展时期，但我市是有着悠久的历史文化传统的，文化底蕴厚重深邃。因此，我们在挖掘资料、遴选人物时，感到古代的勤廉人物比比皆是：分金传史的管鲍，六朝三部留清名的金纯，不徇私情的"海瑞式知府"潘洪，"三晋第一贤令"蔡璜，被军乐才能掩盖的"七地知府"李映庚，不畏权贵、严明会试纪律的帝师徐用锡……他们或敢于直谏，一身正气；或恪尽职守，忘我履责；或廉俭自守，洁身守心……

（原连载于《宿迁晚报》2019 年 9 月 25 日、9 月 26 日）

宿迁历代贤官的主要特质

　　1月26日闭幕的中共宿迁市纪委六届二次全会报告，对建设人民满意的廉洁宿迁提出了明确而又具体的要求。报告指出："加强廉洁文化建设，用好《宿迁历代贤官》《宿迁历代名人家风》，引导党员干部增强廉洁修身、廉洁齐家、廉洁从政的思想自觉。"

　　为全面落实好这一要求，让全市党员干部有系统地抓住宿迁历代贤官的突出特点，我们请《宿迁历代贤官》《宿迁历代名人家风》两本书的主编、市纪委二级调研员郭永山同志，把原书涉及65位贤官廉吏的22万字书稿，进行进一步的梳理、提炼、点评，分六个章节，从今天起以六个时间段在本栏目刊发，请大家对照学习。

2022年2月10日

（注：引自宿迁纪检监察网首刊）

　　宿迁是一个历史悠久的城市，文化底蕴深厚，在漫漫历史长河中，管仲、项羽、路温舒、沈括、喻文伟、袁枚、黄以霖等一批从宿迁走出或在宿迁任职的官吏们，清廉自守、刚正不阿、勤政爱民，为后世从政者树立了典范，留下了宝贵的精神财富。

　　包括宿迁古代贤官在内的中国历代贤官，是我国历史上好官群体的杰出代表，其品质为后人所景仰。古代贤官的品质与当今好干部标准有诸多共同之处，那就是"忠诚、干净、担当"，也是各级干部做人做事做官的核心要义。

下面，就根据这一群体的共有精神要素，分别从清廉、为民、勤政、正直、改革、治学六个方面，对宿迁历代贤官的精神特质做系统的归纳梳理，以便党员干部在学习中突出重点、掌握要义。

一、清　廉
——贤官的首要前提

古往今来，贤官必清廉。干净可立威、清廉能服众。宿迁古代贤官的清廉特质主要体现在五个方面：

（一）不为金钱所动

1. 贫贱不移志的管仲

《宿迁历代贤官》一书首篇即讲述春秋时期发生在宿迁大地上的管鲍分金的故事，管仲贫而不贪、穷且益坚的精神一直传承至今，成为宿迁历代贤官坚守的底线。管鲍分金的故事发生在宿迁泗洪一带，管仲是中国古代著名的经济学家、哲学家、政治家、军事家，被誉为法家先驱。管仲和鲍叔牙的家乡在今天的安徽省颍上县，距酒乡双沟和徐国都城香城都不远。管仲少时丧父，生活贫苦，为维持生计，与鲍叔牙合伙经商。他们经常到酒坊密布的双沟买酒，然后到香城去卖，不管赢利多少，二人都到一僻静处平分。一天，他们在分钱后感叹如此下去仅获微利只能糊口，此时他们发现地上有金条，但二人都认为既然上天赐金于地，就不能私分，应当赠予地方乡民，便把金条分给了南北两个村庄的村民。后人为了纪念管仲和鲍叔牙这种穷且益坚、不坠青云之志、不越做人底线、大公无私的精神，于明代万历年间在管鲍分金之处建了一个亭子，名曰管鲍分金亭。

2. 摈弃"一时之利"的陆奋飞

明崇祯年间，刚中进士步入仕途任推官的陆奋飞，掌管诉讼、审计等职责。一次他受理一个案件，当事人为推脱责任，以祝寿之名送钱给他。陆奋飞坚拒不收，秉公办事。后来有人问他为何不收这送上门的寿礼时，他回答说："一时之利，终身之悔也！"从而给自己筑起一道"防腐墙"。他一生坚守清

同治《宿迁县志》记载陆奋飞

廉，"一时之利，终身之悔"的警世名言一直伴随着他。后来他又先后任南京兵部车驾司员外郎、南京户部福建司郎中、饶州知府、九江道参议等职。崇祯十四年（1641）他上疏陈请缓征、省刑、停工、起废、养士五事，也就是要求缓征税粮、减轻刑罚、停止劳民伤财工程等，体现了他始终忠于职守、勤勉公事、忧国忧民的情怀。

3. 经手财物无数而清正廉明的金纯

金纯，凤阳府泗州应山集（今泗洪县龙集镇应山村）人，是明代唯一经历六朝担任礼部、工部、刑部三部尚书的官员。永乐四年（1406），明成祖朱棣征调工匠、民夫百万人，开始修建北京城及其宫殿，做迁都的准备工作。金纯奉命参与营建，负责采集木料。永乐七年（1409），金纯随明成祖朱棣巡视北京故宫的建筑工程后，又具体负责太和殿等主要宫殿的建筑任务，他还负责会通河的治理和黄河故道的疏浚工程，可以说经手金钱财物无数。宣德三年（1428）八月，金纯两袖清风地回到了生育他的故土——泗州应山集后，仍坚持每日读书不倦，教育子孙，靠变卖田产生活，于明正统五年（1440）病逝。金纯病逝后，田产已经卖尽，子孙们连祭祀他的供资都没有。明嘉靖十年（1531），泗州知州桂守祥感其六朝三部留清名，为其裔孙赎田 400 亩，以供祠祀金纯之用。

（二）不辱赤子心

1. "天下清官第一人"张朝瑞

张朝瑞出生于明代海州（今江苏省东海县）一个名门之家。明万历皇帝命令吏部考核全国官员，结果浙江金华府知府张朝瑞脱颖而出，被评为"天下清官第一人"。万历初年，张朝瑞任鹿邑（今河南开封）县令。他通过实地走访后实施"履亩清丈"，清理被豪强侵占的土地。当地一位地主豪强携重金贿赂他，他义正词严地大声呵责。其他地主豪强闻讯，纷纷清退自己侵占的土地。任期内，他共清理出土地 7000 余公顷。张朝瑞在赴任金华知府时，府衙大小官员听说新任知府即将到任，就带着礼物前去迎接，而张朝瑞却直接来到百姓家中访贫问苦。他把自己平时积攒的俸禄，全都分给了贫困百姓和灾民。明万历三十六年（1588），张朝瑞病死在代理府尹任上，死后"箧无遗金""空囊若洗"，乃至"贫无以殓"。万历皇帝亲自为他撰写祭文："中道遽殂，空囊若洗。清白独贻，尔无愧己。"印证了他"天下清官第一人"的称号。

2. 罢官回家以筑墙为生的周纡

周纡，东汉下邳国徐县（今江苏泗洪）人，他担任渤海太守时的永平十八年（75），按照惯例，继位的汉章帝刘炟登基要大赦天下。但是周纡认为一般小罪可以，贪官不可以赦免。天子赦免罪犯的诏书下达到郡时，他将诏书藏起来，先派人到所属各县把罪犯全部判处完，再拿出诏书。结果他被征召到廷尉府，后免官回家。周纡为官廉洁，没有钱财积累，罢官回家后经常靠给人挖土筑墙及做砖坯来维持生计。汉章帝了解真相后便召他回来担任郎官，即皇帝身边的侍从，不久又升迁他为召陵侯国相（与县令相当）。

（三）不求衣食奢华

1. 把"日食一升饭而莫饮酒"视为做官秘诀的刘玄明

刘玄明，南朝年间任山阴令的临淮（今泗洪县）人，政声卓著，当他调任建康令时，接任者向他请教秘诀，竟是"日食一升饭而莫饮酒"。原来，山阴县是南齐朝东方的大县，又是著名的酒乡，经济比较发达，富商豪强甚多，在这里当官很困难。刘玄明的家乡临淮也是酒乡，他从小酒量就很大。但他就任山阴令后，却从不饮酒，生怕喝酒误事。当时山阴县案狱诉讼积累很多，刘玄明到任后明察秋毫，清理积案，以公正勤廉而闻名。他离任后，将"日食一升饭而莫饮酒"的"为官第一策"传授给接任者，后来官至司农卿。他始终清廉自守，"为官第一策"看似容易但坚持难，此策为历代贤官廉吏所推崇。北宋陈襄所著《州县提纲·卷一·专勤》指出："盖人之精力有限，溺于声色燕饮，则精力必减，意气必昏，肢体必倦，虽欲勤于政而力不逮，故事必废弛，而吏得以乘间为欺。'日食一升饭，不饮酒，为作县第一策。'诚哉是言！"这对今天的党员干部应是一个好警示。

2. 不求衣物奢华的仲敏

明代沭阳人仲敏曾官至刑部郎中、南京太仆正卿。仲敏为官时，待人处事"非其仁不交，于财非其义不取，值贫不给者必周之，虽倾囊倒困，亦所不吝。"他平常自己只穿粗布衣服，只吃蔬菜等素食。他认为"衣取蔽寒，食取充腹而已，何用华美为哉！"他对子孙的教育尤其严厉，要求他们通经学古，终使其子仲昌两为知县，为郎中、太仆卿。

（四）不畏豪强劣绅

1. 严格执行章法的靳辅

康熙十六年（1677）辽阳人靳辅从安徽巡抚任上被调任为河道总督。此时正是黄河、淮河泛滥之时。他三月得到任命，四月六日就风尘仆仆赶到宿迁上任，开始视察河道。他和助手陈潢一起实地走访宿迁、桃源、清河三县官吏及父老，听取多方意见。"毋论绅士兵民以及工匠夫役人等，凡有一言可取，一事可行者，臣莫不虚心采择，以期得当。"（《靳文襄公奏疏》）施工期间，靳辅经常吃住在工地，严查工程质量，如有偷工减料、弄虚作假的，即令他们返

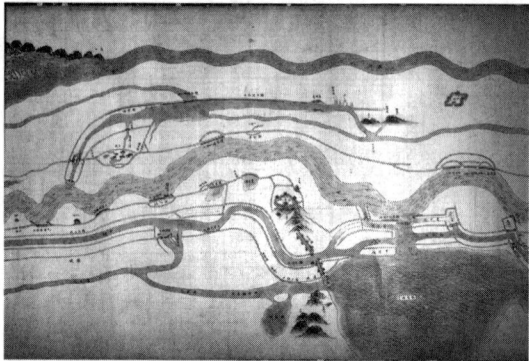

靳辅开挖中河图

工，对责任人更是严惩不贷，除了杖责后枷号河堤，还要责任人赔付返工的全部费用。同时，他对施工队伍和工程进展考核等工作也进行改革，如裁减冗员、加强属员责任感、严格赏罚、改河夫为兵、划地分守、按时考核等。

2. 刚正不阿的施世纶

清康熙三十八年（1699），施世纶从江宁知府任上被授为江南淮徐道，负责监督管理徐州至淮安段的运河河道，并履行监察沿线地方官吏的职能。康熙五十四年（1715），他又被任命为漕运总督。漕运总督自古就是肥差，连负责押运的低级武官们都能扣克漕米、藏货纳赃。施世纶上任漕督时正是清代漕政败坏之时，他亲临运河沿线，详细考察漕运积弊，解决漕运管理混乱等痼疾，革除了羡金，弹劾贪污官员。当时，运河水主要来自骆马湖，一到冬天，骆马

湖进入枯水期，运河水浅，漕运船只往往不能按期通过，路上天寒地冻，驾船的兵丁们非常辛苦。而骆马湖地区土匪较多，不少当官的不仅不去剿匪，反而和土匪勾结敲诈船丁，经常克扣漕米。施世纶一面派兵剿匪保障运输安全，一面亲自查验漕米，使船丁们免受被敲诈之苦。对于那些敲诈

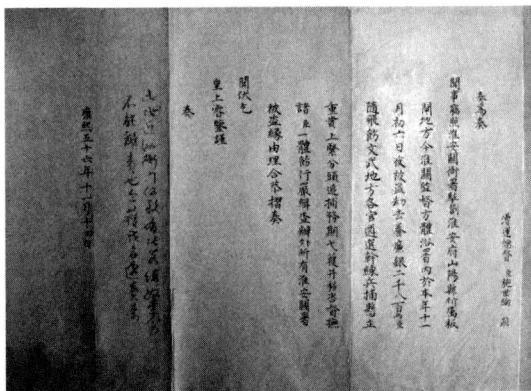

施世纶奏折

克扣、中饱私囊的官员，"立杖辕门，耳箭示众"。不过三四年，百姓不再被欺，漕船按期往返，官员安分守己。他在民间素有"施青天"之誉，被康熙皇帝称为"江南第一清官"。

（五）不愧忠民一介臣

1. 摒弃衙门作风的郑显正

雍正六年（1728）江西省建昌举人郑显正，带着两个仆人挑着数十卷诗书，风餐露宿一月余到沭阳县任知县。郑显正上任后，沭阳的富绅们不断前来拜访，有的人为他接风洗尘，笼络感情；有的人送礼，金银财物名目繁多。他对所有宴请一概谢绝，全部礼品当面退回。他知道沭阳县财税空虚，地方民众生活困苦。他就从精简机构开始，取消了一般县令都要聘用当地人士作为幕僚的做法，一切事情都亲力亲为。他将县衙内的大小数十间房屋全部锁起来，将大堂左侧一角用几张芦柴席子围起来作为卧室，内置3张小木板床，作为自己与仆人们休息之用，把一张小木桌子作为办公用。案中恶霸胡某送来千两白银时，他拍案大怒，当即唤来差役，将胡某关进县衙后面的大牢里，千两白银让主簿记账入库，用于赈济灾民。

2. 善与平民交友的袁枚

袁枚，清代钱塘（今浙江杭州）人，历任溧水、江浦知县，乾隆八年至十年（1743—1745）任沭阳知县。他常以东汉初期任阴平县令的名臣袁安自况，不仅自己效法袁安，经常深入民间体察黎民疾苦，为官清廉，秉公断案，为冤

衛哲治字灼三　河南濟源人雍正已酉選貢除贛榆令廉

卒於官

發堂浙江嘉善人由進士知沭陽縣寬以服民民懷其德

敏敏士有條撫民有法端奉修學士林仰之

鄭謙字益如浙江錢塘人由蘇州府通判任海州廉能明

公平一介不取卒於官父老兒啼民有夢其為城隍神者

事可已者勒端安業有冤令其人自傳不遣縣勾攝聽斷

無幕客終日危坐二堂門閣洞開有投牒者即召入詢之

鄭顯正江西建昌人由舉人知沭陽縣到官唯主僕三人

州收直錄自震始性梗介愛士恤民後遷常州府知府

李震宇存吾順天宛平人由敕習為蘇州府通判遷海州

《海州府志》记载郑显正

者平反昭雪，而且鼓励其他官员向袁安学习，造福沭阳百姓。他还严厉管束家属、下属、衙役，不准他们扰民害民。在日常公务中，不管百姓的事宜多寡与大小，也不管是官吏还是百姓中发生的纠纷和案情，他都亲自询问和查访，并果断裁决，从不拖沓。他与耕夫、蚕妇、工匠、商贩、书生皆有交往，不但关心农事百业，还亲临市场，关心菜粮市价，心系民生。他任职期间，沭阳社会秩序较以前稳定。

3. 频频捐资于民的蔡璜

康熙三十三年（1694）江苏省宿迁县蔡集镇（今宿城区蔡集镇）人蔡璜，授山西省盂县知县。据相关史料记载，他在盂县任上时，多次义捐薪水济民或发展公益。康熙三十四年（1695）时，蔡璜路过盂县北榆枣口滹沱河，看到水深浪急民众渡河难，便捐俸百金而建木桥一座。康熙三十五年（1696）六月至八月，阴雨绵绵，庄稼全被水淹，颗粒无收，蔡璜于是捐资设立粥厂赈济灾民。灾后疫情传播，蔡璜捐资设立惠民药局，治病抓药不收患者分文。盂县到芹泉驿路途中的土西高坡乱石成堆，雨天石滑泥烂，他捐资募集工匠、民夫开一平坦道路。蔡璜捐资倡立义学，建五伦阁于城北路边，把古书中贤人事迹绘图于墙壁，教育感化当地人。他主持续修《盂县志》，以补近两百年断修的缺憾，书稿整理成后捐资印刷。康熙三十六年（1697），他带头捐资一万二千缗重建文明阁。他还亲自核算工程用料、筹集资金，多次捐资修复了安阜楼、时辰亭、啸余楼、三义庙。康熙三十八年（1699）二月，康熙皇帝派钦差大臣考察贤臣，蔡璜被推荐为"三晋第一贤令"，朝廷调其入京任工部虞衡司郎中。当地百姓称其为"民之父母"，并请求将其留任，未准。

　　一个人廉洁自律，最大的诱惑是自己，最难战胜的敌人也是自己。清廉自守，就应不越红线，坚守底线。只有守住清廉，才能守住人格魅力、守住家庭幸福美满、守住事业蓬勃发展。

二、为　民
——贤官的基本标准

施政为民，赈灾抚民，爱惜民力，惩恶恤民，都离不开民字。德泽生民乃历代官员的为官之本。宿迁古代贤官的为民特质主要体现在三个方面：

（一）心系众生亲民情

1. 沈括发明"垫肩"减轻挑泥抬担痛苦

北宋浙江钱塘（今杭州市）人沈括就任沭阳主簿后，见沭水泛滥成灾，即着手疏浚河道。他经常深入治水工地，一次看到民工挖河挑泥抬泥时，肩膀被扁担磨破流血，他很心疼。回衙后见妻子在灯下缝补衣裳，手指上戴的铜制顶针在灯光下闪闪发亮，他的心中豁然开朗：手指上套个顶针就不怕针鼻扎手，肩膀上套个厚垫子护着，不是也能避免皮肤磨破吗？他便与夫人共同想了个办

沈括像

法，缝制一个厚厚的布垫子，送到工地让民工套在双肩上试试，果然挑泥时肩膀就不会被磨破了。民工们感激沈括，就把肩上的布垫叫"沈垫肩"。千百年来，"沈垫肩"一直在使用。

2. 袁枚体察民情亲力亲为

清代钱塘（今浙江杭州）人袁枚于乾隆八年至十年（1743—1745）任沭阳知县。当时虽然是"乾隆盛世"，但沭阳正遭受着多年水旱灾害，全县竟有"饥口三十万，饿毙者不计其数"，还有各种疾病以及官吏的横征暴敛等。袁枚甫一上任便深入民间调查，从风土人情、地理环境，到官吏、黎民、生产等方方面面进行细致查访，并做了详细记载。他从兴修水利入手，当时由于水利设

施年久失修，一到夏季，沭阳便成洪水走廊。袁枚抓住乾隆八年（1743）皇帝命"设淮徐海道"并"发江南帑银五十六万浚河"的机遇，积极争取获得朝廷下拨帑银4800余两用于六塘河沭阳地段治理，筑有名的六塘子堰。为了分流沂河、沭河洪水，他发动百姓修渠治水，还主持疏浚了虞姬沟，将其原来椭圆形的河道取直，加筑了两岸100多千米的河堤，防止汛期发大水，同时，疏通新开河（新挑河），接蔷薇河入海，使沿线的虞溪、新河、庙头等名村名镇日益繁荣起来。

（二）轻徭薄赋达民意

1. 胡思忠薄赋减粮

乾隆《桃源县志》记载李上达

胡思忠，明代桃源县（今江苏省泗阳县）人。嘉靖十八年（1539），调四川泸州知州。按旧例，该州每年额征边粮六万九千三百余石，折银五万两，百姓不堪重负。胡思忠上下奔走，"留心民务，泸赋至重，恳请减每石征银五钱三分，自思忠始"，获准减征银五千七百余两，民感其德。胡思忠任辰州府知府时，辰州荒歉，又值朝廷在麻阳县镇压少数民族起义，调拨民夫，征集粮款，民不堪命时，有人倡议发动永堡之役，得到抚臣同意。胡思忠非常气愤，称病乞休，大学士唐一石知其勤廉恳请他留任。嘉靖二十六年（1547）任满后，胡思忠遂卸职回泗阳老家"屏迹村居，力耕代食，口不言时政，足不至公门"，忠守晚节。

2. 李上达为民请命

古黄河在桃源县内又称漕河。由于年久失修，流沙淤积，影响南北漕运，百姓深受其害。明成化年间，福建闽县（今福建省闽侯县）人李上达，从天长县令调到桃源县任县令。上任后他积极组织百姓治理古黄河，在两岸修筑浅堤12处，发洪水时可以分流古黄河水，防止其四处漫溢，干旱少水时可以束水补充，保障漕运通畅，并一举改造良田数万亩。此前，为了防治黄河水患，朝廷规定每年从桃源县征调民夫 2400 人，征集草 9 万束、钱 9 万贯。李上达经实地调查核实，认为负担过重，通过反复斟酌核算，认定可以减半征收。他亲自行文上报河道总督，据理力争，终于获得批准。他还亲自主持核定全县户籍名册，查处豪强大户隐瞒人口现象，以均赋役。

（三）除暴兴善利民生

1. 潘洪勇犯藩王护民利

据《青州府志》载，明弘治年间，宿迁县孝义乡（今宿城区埠子镇）人潘洪，任青州（今山东青州市）知府时，两次大旱、大水均在其五年的任期内，而新封青州的藩王建宫室，太监借势扰民，占民田，拆民房。潘洪勇于犯上，保护民利，他亲自丈量土地，把藩王多占民田归还原主。在成化年间出任福建邵武知府时，他还勇于上书朝廷揭发贪官。邵武卫帅杨铧凶横贪婪，买通御史陷害潘洪，宪宗将双方全都逮捕下狱，后经审理潘洪被无罪释放。青州知府任后他接任大理寺少卿之职，相当于最高法院的最高行政长官。2007 年宿迁考古工作人员在宿城区金港花园考古工地，挖掘到了潘洪的夫妻合葬墓。他去世下葬时正处厚葬之风正兴的明代中期，而挖掘时只发现该墓室为砖式双孔结构，墓室内别无他物，只出土墓志两块，潘洪可谓生前两袖清风，死后薄葬如洗。

2. 何东凤修建民生基础设施

明万历二十二年（1594），江西弋阳人何东凤自庐江调任宿迁知县。他修建长堤六十里（30 千米），力保喻文伟兴建的新城不再受水灾影响。为保证城池不受倭寇侵扰，他把土城墙改为砖墙以巩固城防。他又修筑交通设施，修建了五座管坊湖路桥，沟通了南北。为改善民生，他又主持修建了官井、仁井、玉井、金井等饮水设施，同时还修建了三元宫、龙王庙、玉皇庙、关帝庙等百姓信仰场所，重建了社会秩序。他还带领民众开荒埠子湖，把新开荒地用于学务膏火之费，发展地方教育。

为政之道，民生为本。清人郑板桥在山东潍县任知县时曾有一诗："衙斋卧听萧萧竹，疑是民间疾苦声。些小吾曹州县吏，一枝一叶总关情。"这也正是宿迁古代贤官们关心民众疾苦的真实写照。

三、勤　政

——贤官的应守本分

为官之要，勤字当头。勤政是古代官德修养的精华所在，为官一任，成事一时，造福一方。宿迁古代贤官的勤政特质主要体现在三个方面：

（一）造福一方的社会责任感

1. 治郡有方的侯太守

东汉刘玄入主长安后恢复临淮郡名，郡治徐县为徐调县（今泗洪县东南半城镇一带），辖今江苏长江以北大部分地区。时任淮平郡大尹侯霸改任临淮郡太守。侯霸任太守期间，正值朝代更替、社会动荡。他政事务实，秉公执法，诛杀通匪豪强，在战乱中努力保持全郡稳定，以减少战争对人民的伤害。汉光武帝刘秀即位后，其勤政廉政的名声传遍朝野，刘秀又任命他为尚书令。当时东汉政权建立不久，治国理政措施还不健全，侯霸对西汉典章制度非常熟悉，他建议把前代有利于国计民生的政策重新实行。他还依据春夏秋冬四时变化，规范四时法令，劝课农桑，使光武政权日益规范化、制度化，迅速医治了战争创伤，繁荣了社会经济。

2. 力克陋习的吴甸华

吴甸华为乾隆、嘉庆年间沭阳县人，官至内阁中书。嘉庆十三年（1808），吴甸华奉旨准捐复任黟县知县。黟县士民多惑于风水，停棺不葬，遂成风俗，绵延百余年，富者停棺山谷，贫者抛尸荒野，尸腐恶气外溢。他在《劝谕埋棺札》中记述了当时情景："见沿途殡厝累累，经数十年而未葬者颇多，甚至厝屋倾颓，棺身尽露，仅用片瓦掩覆，或以束草遮盖……或系无主，或缘赤贫。"他躬亲劝谕，颁布《劝谕埋棺札》，改革厝棺陋俗，并责成各乡镇捐田置义冢，无力者助其银两，无主者官府安葬。全县共葬32000余棺，陋俗为之一变。当时阜阳与楚、豫接壤，盗贼众多，剿则散去，停则复聚。他移任阜阳期间兴利除弊，三省联合清剿，盗贼遂灭。

3. "束水攻沙法"发明者潘季驯

潘季驯，明代湖州府乌程县（今浙江省湖州市）人，三次出任河道都御史，主持治理黄河和运河。他在长期的治河实践中，善于吸收运用前人成果，全面总结了历史上治水成功经验，特别是他发明的"束水攻沙法"，比西方类似水利理论的提出早 300 多年，对明代以后的治河产生了深远的影响。今天宿迁境内 112 千米的古黄河即是古泗水，当时为大运河的主航道。黄、淮、运交汇，每当黄河泛滥时，就会运河淤塞，漕运中断。潘季驯亲自到宿迁等地踏勘，并虚心向黄河、淮河、濉河沿岸官吏、居民、船工、篙师请教，汲取群众的治水经验，将黄、淮、运作为一体化进行整治。万历七年（1579）归仁堤正式开筑，潘季驯多次深入工地，经过几个月披星戴月的施工，西起乌鸦岭（今泗洪县归仁镇西）东至孙家湾（今洋河新区仓集闸圩村）的归仁堤大功告成，形成了一套由遥堤、缕堤、月堤和格堤组成的堤防体系。同时，潘季驯还堵塞决口 130 多处，建减水石坝 4 座，使宿迁等黄河下游地区出现了"两河归正、沙刷水深、海口大辟、田庐尽复、流移归业、漕运畅通"等多年未有之大好局面。

（二）固本安邦的时代紧迫感

1. 榻上献策的鲁子敬

鲁肃，字子敬，东汉临淮郡东城（今泗洪县临淮镇）人。他喜读书好骑射，周济穷困，结交贤者，深受乡民拥戴。建安五年（200），周瑜向孙权推荐鲁肃，孙权即召见鲁肃，与其交谈，合榻对饮，至晚同榻而卧。鲁肃向孙权建

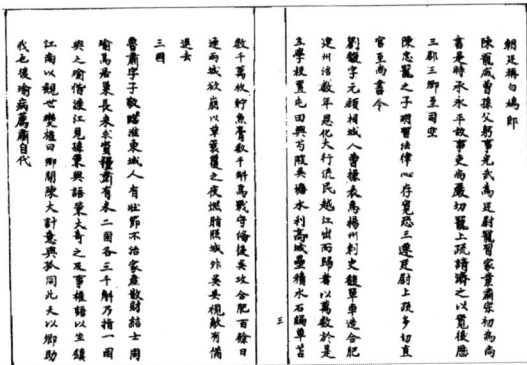

清代《泗州志》关于鲁肃记载

议："唯有鼎足江东以观天下之衅。今乘北方多务，剿除黄祖，进伐刘表，竟长江所极而据守之；然后建号帝王，以图天下，此高祖之业也。"这是一段在榻（狭长而较矮的床形坐具）上进行的对话，因而得名"榻上策"。"榻上策"早于诸葛亮"隆中对"提出的"三分天下"建国方略七年时间，成为东吴建国方针。孙权依此构想在江东实施屯田，征讨山越，增加兵员，广招贤才，积聚国力。建安十三年（208），曹操率 20 万大军南下，鲁肃与周瑜建议孙权联

合刘备共抗曹操。孙刘联军大败曹军于赤壁，从此，奠定了三国鼎立的格局。

2. 除旧布新的尹耕云

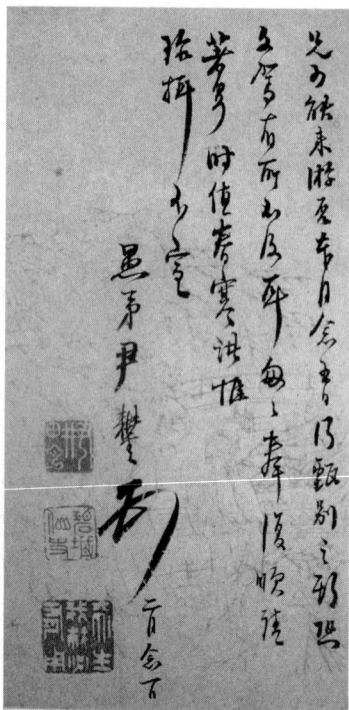

道光进士尹耕云信札

尹耕云，晚清桃源（今泗阳）人。他于同治元年（1862）任河南知府。他在河南从政十年，其间主要帮助新巡抚李鹤年经理善后事务，疏浚惠济河，消除洛阳的积水之患；堵塞涉沁河的决口，使当地农民免受水灾之苦；扩充军需的囤积；增添乡试的号舍；更定各书院的规章制度等。偃武修文，积草屯粮，使得河南军政各方面百废俱兴。光绪元年（1875）尹耕云补授为河陕汝道台，就任伊始他便除旧布新，令置尺籍申报，月计岁会，使得奸宄无可乘之隙。光绪三年（1877），河南大旱，黎民饥无可忍，尸骸枕藉，村堡丘墟。他忧心如焚，上疏中丞李庆翱请助七事以救燃眉之急，不料诸策未及施行，他便因忧劳成疾卒于任所。

3. 兴办实业的黄以霖

黄以霖，清末宿迁县人，历任湖北郧阳府知府、武昌府知府、署湖南提学使兼署布政使等职，是大源盐业、淮南大通煤矿、中华职业教育社创始人之一。他一生志在救国，力行富民，未尝购置私产。1906年，他奏请张之洞设立农工商小学堂，力排众议把新修的勺庭书院、改修过的通判旧署，均作为初等工商小学堂校址。1923年，苏浙战事起，他以苏浙和平为首要任务，决定为民请命，致电孙传芳与段祺瑞，面见督军齐燮元，力争消弥兵祸于万一。1931年"九一八"事变后，他与黄炎培、马相伯等组织江苏省国难救济会。他还曾与上海各界名流发起赈灾活动，成立上海临时义赈会（后改为江苏义赈会），并与杨慕时等募款资助宿迁慈幼局（后改名保婴堂）。1914年、1917年、1926年三年时间义赈会共拨款22万银元，赈济灾民。光绪二十九年（1903），他与著名实业家张謇、许九香及李伯行等人，共同创办耀徐玻璃有限公司。宣统二年

（1910），他与张謇、许九香等人集股金 30 万两，创建永丰面粉厂。耀徐玻璃有限公司和永丰面粉厂，是宿迁民族工业的发轫。

（三）忠于职守的历史使命感

1. 兴建宿迁新城的喻文伟

喻文伟，明代南昌府（今江西省南昌市）人，于明神宗万历二年（1574）出任宿迁县知县。宿迁老县城城址低洼，黄河连年泛滥，一遇洪水，民众的房子都被浸在水里，有时县衙都无法正常办公。喻文伟受命于危难，决心迁城。宿迁连年灾荒，土瘠民穷，他把自己的所有财物都变卖了，仅仅凑够了 400 两银子。他取得知府邵元哲支持，通过他们的努力，漕运总督吴公发漕粟帑金拨银 3200 余两，按察使舒公、盐运使王公支持 2900 余两作迁城费用。经费问题基本解决后，他又亲自带领勘察人员跋山涉水选找县城新址，从万历丙子年（1576）开始筑城，城以土筑而堞以砖垒，周长 4 里（2 千米），城墙高 1 丈 5 尺（5 米），址阔 3 丈（10 米）。顶砖铺阔 1 丈（3.34 米），雉砖砌高 3 尺（1 米）。置东、南、西三城门，北建览秀亭。在城内建县衙廨舍、钟吾驿、演武场、养济院、马厂、祭坛、社仓、凌云会馆，同时又在城外筑起护堤。县城建成后的第二年秋，黄河洪水从新县城边流过，县城和居民安然无恙。为保障荒年赈灾救济，喻文伟建社仓 20 余所。还建有养济院、药局、栖流所，用来收留残疾乞丐和流民。由于喻文伟的卓越功劳，1578 年被朝廷提升为北道监察御史。

同治《宿迁县志》记载喻文伟

2. 以文治县的吴仲宣

吴棠，字仲宣，泗州盱眙县三界（今安徽省明光市老三界镇）人，道光二十九年（1849）授淮安府桃源县（今江苏省宿迁市泗阳县）知县。据 1925 年张相文主修的《泗阳县志》记载：桃源县俗号强悍，过去主政者，"率以猛，棠独以宽"。吴棠在任期间，勤于政事，整饬吏员，严肃官场，严禁胥吏苛派，严禁赌博，倡导以文治县。桃源县内有淮滨书院，吴棠经常前往检查，督促训导，亲自为书院筹集经费、礼聘主讲人、订立课程，与诸生讲论经术，谈文说艺，每月一次。有时晚上闲暇，他就带上书童举着火把前往书院，为书院学生剖析经义。桃源县从此文风大振，士民多受教化。

我们要向古代贤官学习，学习他们的勤政精神，不做政治麻木、办事糊涂的昏官，不做饱食终日、无所用心的懒官，不做推诿扯皮、不思进取的庸官。

四、正 直
——贤官的内在要求

"壁立千仞，无欲则刚。"为国尽忠、心中有民，才能做到正直、忠诚。宿迁古代贤官的正直与忠诚特质主要体现在三个方面：

（一）胸怀民族大义的正直

1. 尹耕云朝廷据理抗辩力主战

尹耕云，清桃源（今江苏省宿迁市泗阳县）人。咸丰八年（1858）授为湖广道监察御史，咸丰九年（1859）增署户科给事中。戊午（1858）四月，大沽炮台陷于英法联军之手，为此他先后呈禀奏章九封，力主抗战。他还于戊午年（1858）五月十三日与顽固迂腐的保守派首领郑亲王端华等在朝廷上展开了一场战与和的大辩论。端华凭仗权势压人，横加诘难，竟担心战胜之后，后患不可收拾。尹耕云则据理抗辩数百言，至痛哭于朝，力陈非战不足以自保。咸丰十年（1860）英法联军连陷大沽、天津、通州，逼近紫禁城。他连呈《谏巡幸木兰疏》《再谏巡幸木兰疏》两道奏章，力陈"京城虽近敌氛，然城坚兵重，足资固守，奈何去而之他"，痛劝咸丰帝宜坐守北京以待勤王之师，万不可委之而去，力主抵抗。

2. 李映庚痛斥袁世凯复辟称帝

李映庚，晚清沭阳人。光绪二十年（1894），清政府任命袁世凯为新建陆军督办，于天津小站主持训练新军——武卫右军。李映庚当时任天津知府，因他通晓音律，袁便请他为新军创建一支军乐队，并亲授军乐。1915 年，袁世凯欲复辟称帝。李映庚强烈反对，三次劝止，他斥责袁世凯"今日总统，明日皇帝"，倒行逆施；痛骂筹安会"厚诬民意"，是"筹乱"。李映庚不愿同流合污，遂与袁氏决绝，拂袖辞官。袁大怒，而全国政界官员钦佩李公不畏不侮，刚直不阿。

（二）关爱苍生民瘼的正直

1. 吴九龄自愿负罪及时赈民

吴九龄为沭阳人，于乾隆二十三年（1758）任长治县知县，后以政绩相继升任广西梧州知府、长芦盐运使等职。他任长治县知县时，正逢地方饥荒，他写奏折言陈地方灾情严重请求赈灾，郡守却以他事前没向上级请示为由，拒绝发放救灾物资赈灾。吴九龄辩称"长治距省会千里，文牒需时，民朝不保夕，俟得请，皆饿殍矣"。上司告诫他不经上级同意私自赈灾会获罪，吴九龄置仕途吉凶于不顾，毅然自行开仓济民。乾隆三十八年（1773），他以政绩升任广西梧州知府，刚刚到任又适逢大旱，地方发生严重饥荒，他穿梭于富商和贫民之间，筹集、购买粟米在城乡开设粥厂，拯救了许多穷人的生命。他还开仓平粜粮食，以市价之半供应市场。

2. 仲选七陈切时弊

仲选，明代沭阳万山人，明正德十六年（1521）授云南道监察御史。他为人方正，嫉恶如仇，上任不久，整肃吏弊，威著一时。他敢于直言，一身正气，在嘉靖年间上疏皇上的《陈言消变疏》分七个部分，一曰敦圣学，二曰揽政权，三曰远小人，四曰励百官，五曰录忠直，六曰苏民困，七曰振武备，皆切中时弊。嘉靖五年（1526），仲选任南京广西道御史时，还劾奏南京守备太监卜春、靖远伯王瑾各贪暴不法事，要求皇上罢免其官职。

（三）不惧淫威奸顽的正直

1. 陈师锡勇于谏言罢蔡京

陈师锡，北宋建州建阳县（今福建省南平市）人，任监察御史，后因直言屡遭贬官，元丰末年出任宿迁知县。他一生为官耿直，郡守苏轼因"乌台诗案"获罪，他受到牵连，不少亲朋好友不敢和他有联系，他甘冒风险为自己的伯乐苏轼送行，并安置好苏轼的家属，解除了他的后顾之忧。他任监察御史时上奏朝廷要"考虑皇祖纳谏、用臣的意图，以建立当今太平盛世的功业"。后来皇上下诏命进士们学习法律条文，他却请皇上追回其命，让学子们把全部精力投入到本业上来。在开封任职时，他就朝廷的选官制度上奏说："官吏应从科举考试出来的人中选用，现在仅是托人说情的就已经超过名额了，贫穷的读书人就会因为名额不够不能被选用，请陛下制止。"此奏得罪了一批达官显贵。宋徽宗即位，召他回朝任殿中侍御史。蔡京做翰林学士，陈师锡上疏直言："蔡京和他的弟弟蔡卞一同作恶，迷乱国家，贻误朝廷。如果用他做宰相，祖宗的基业就从这被毁坏了。"徽宗说："这件事情牵扯到后宫。"他就给皇太后上奏，并直言："如不依法惩办蔡京，臣甘愿受贬。"

2. 朱笈弹劾齐王不手软

朱笈为淮安府桃源县崔镇（今江苏省宿迁市洋河新区郑楼张渡村）人。嘉靖二十六年（1547）授职南京户部主事，负责监督运往京城的盐粮军饷。当时漕政已败坏多年，弊端丛生。朱笈上任后清理漕政弊端，杜绝官吏雁过拔毛、中饱私囊。明太祖朱元璋七子齐王朱榑被废为庶人后，后代迁移到南京，被叫作齐庶人。漕运是公认的肥差，齐庶人当然也要插手，官吏却管不了。朱笈不管这一套，查出齐庶人以漕运为名，公然横征暴敛后，立刻将几个为首分子法办，同时飞书朝廷弹劾其违法乱纪之举。由于证据确凿，嘉靖皇帝也只好批准弹劾。后来他相继调任宁夏知府、山西巡抚、户部右侍郎。他不避权贵，秉公执法，判案公允。

"直而能忍"，是古代贤官为政的内在要求。学习这种精神，当下就是要始终忠于党、忠于国家、忠于人民。

五、改　革
——贤官的责任担当

改革就是要勇于担当，革除积弊。"民之所欲，天必从之"是为官从政最基本的民本思想。宿迁古代贤官的勇于改革特质主要体现在三个方面：

（一）改革税役减民负

1. 魏正心因地制宜除弊政

山西怀仁县人魏正心，康熙年间（1662—1722）出任沭阳知县。魏正心上任时，沭阳遭遇严重水灾，庄稼颗粒无收，大量饥民无粮可食。于是，他到任之后即勘察灾情，上疏救灾，赈灾助民。灾民安定后，他多措并举革除弊政。首先是因地制宜革新征收方法。沭阳当地不产大米，而官府要民众先用玉米兑换银子购买大米再交，兑换中赋税也增加。他改革变卖办法，改为官买官兑，取消附加费，既省民力又减轻负担。其次是变革征收手段。以往征收田赋，由闾里柜头承办押送，侵渔扰民。他断然裁撤柜头，改由官收官解。三是减劳役。沭阳地处淮安之北，大量的物资由运河走京道必经沭阳，由此造成往来接送差役繁重，额外征银充其费用。他令官府来办理驿铺，养递马等费用由官府出，民众尽享便捷和利益。四是清理田赋。组织力量查户丈地，纠正豪绅地主隐瞒土地亩数、藏匿黑户、转嫁负担等弊端，减轻民众负担。

2. 胡宗鼎改革纳税沉疴

宿迁素来水灾与旱灾叠袭，明清交替之际兵火凶荒更甚，河南永城（今河南省商丘市永城市）籍庐陵县（今江西省吉安市）人胡宗鼎，于康熙二年（1663）出任宿迁县令。他莅任时可谓百废待兴，典章制度、规划条例无不从零开始，加之朝廷多有不符合地方民情之征，民众苦不堪言。他查看乡情时"但见满目衰草黄沙，一望并无熟地，亦少人烟。间有茅屋数椽，竟无鸡犬之声"，为此上疏《为仰乞宪裁急救残黎事》，建议重新丈量宿迁土地，重新厘定赋税徭役，改革不符地情的税收政策。比如征收漕粮之事，胡宗鼎言："宿迁每顷纳粳米八斗二升……况本地不产粳米，每年远籴高宝、凤泗等处，转运艰难……查宿邑漕米或照三县均派，或照往例以麦代米，庶可苏民。"建议作为"不产粳米"之邑，纳税"以麦代米"以减"转运艰难"。他还先后屡次奏议《为疲驿难堪事》《为民命难堪事》《为沥血泣陈事》等，要求为民减役减赋，"以民为本""不能重复追征"。

（二）宽刑平冤畅言路

1. 路温舒力主"尚德缓刑"

路温舒，汉代钜鹿（今河北省邢台市广宗县）人。汉代元凤年间（公元前80—公元前75），路温舒代理廷尉史。他写了一篇著名的奏章《尚德缓刑书》，建议朝廷改变重刑罚、重用治狱官吏，主张"尚德缓刑""省法制、宽刑罚"，即崇尚德治德政、减少放宽刑罚。奏章从正反两面指出秦朝灭亡的原因是法密苛政，重用狱吏，汉朝必须改革。他提出"除诽谤以招切言"，即让人讲话，废除诽谤罪，以便广开言路等主张。汉宣帝重视"尚德缓刑"主张，下诏在廷尉下面设置"廷平四员，秩六百石"，负责审理冤狱。不久又升迁他为临淮太守。他到临淮郡上任后，即努力改变以往严刑峻法、冤狱四起的局面：首先废除刑讯逼供，避免因刑讯迫使罪犯编造假供，给狱吏枉法定罪开了方便之门；然后清理案件，平反冤案。皇帝肯定这一改革，下诏书命令全国执法官吏审理案件时要宽大公平。

2. 陆奋飞谏言减少重大冤滞案件

崇祯年间（1628—1644）宿迁人陆奋飞任推官，掌管诉讼、审计等职责。他针对当时司法腐败、冤狱不断，导致社会矛盾日益激化的实际，上疏朝廷，请求改五年恤刑（对犯人减免刑罚）为一年一恤。上疏中言辞恳切："臣观五年为时已久，或家产不继，弱骨难支，惊魂不定，如同釜底之鱼……狱卒之凌虐……膏血之淋漓，顷刻弗待，而况迟之数载。"崇祯皇帝被说服，赞许并采纳了其建议，改良了明朝末年的刑法，减少了重大冤滞案件。他还主张立即起用谏官刘宗周、陈子壮、周镳、金铉等人，以广开言路，保持政治清明。

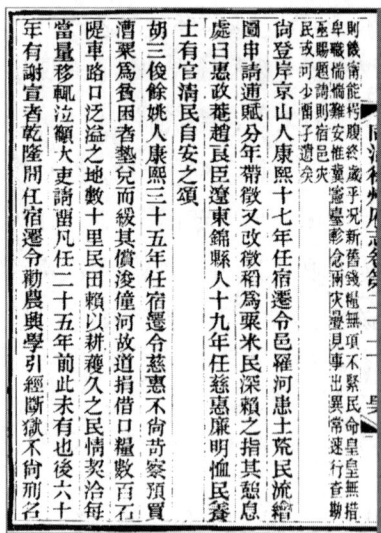

《徐州府志》记载胡三俊

（三）革故鼎新系统治

1. 胡三俊新政融洽官民关系

康熙三十五年（1696）浙江余姚人胡三俊任宿迁县令，在任共二十五年，深受百姓爱戴，是宿迁史上任职时间最长的县令。康熙年间（1622—1722），由于黄河泛滥，宿迁漕运负担重。他到任后，主要采取四项施政措施"慈惠不尚苛察"：一是应对漕粟负担过重问题，贷款给贫困民众以偿还漕运所需缴纳的粮食，延缓偿还的时间，让民众可以休养生息。二是改善地方百姓生活，疏浚潼河故道并捐献粮食给百姓。三是在基层治理上轻薄徭役，不兴大狱，通过家族长的影响力进行治理。四是筑河堤阻止黄河泛滥，产生大量良田分配给百姓耕种。由于胡三俊治理有方，全县的生产生活得到了恢复，官府和民众关系融洽。因此他官声甚上并屡有升迁。

2. 卫哲治铁面无私勇变革

卫哲治，河南济源县（今河南省济源市）人，乾隆初年任海州府沭阳县（今江苏省沭阳县）知县，官至兵部尚书。任海州（今江苏省连云港市）知州时，时值饥荒，他救济了二十万灾民。他修筑总沭河堤、前沭河子堰，乾隆赐匾额"安民为本"，被沭阳人民称为"卫青天"。他每到一处都勇于变革，任赣榆县知县时，把当地的海运岁漕改由白银折抵，节省了地方百姓的运送成本，解除不准商船进入青口的禁令以方便商贸交流；任盐城县知县时，针对严重蝗灾，立即颁布《赈济条例》六条政策，作为治理训诫以保证赈灾工作有序进行；任长州知州时，由于天灾，农业歉收，上陈免田赋十万两白银；任淮安知府时，在盐河与六条河河道口建滚水坝一座，保证盐河的通航和排涝能力；任安徽巡抚时，改变赋税政策，施惠于民，乾隆亲书"化洽皖江"予以褒奖。

3. 何东凤以民为本推治理

万历年间（1573—1620）何东凤任宿迁知县时，宿迁已经迁新县城二十年，但基层治理还很薄弱。何东凤把百姓民生看得尤其重要，在改善民生基础设施的同时，尤其重视系统推进宿迁地方治理。他上陈《酌议民谟书》，特别提出十二项民生政策以落实调整，包括：宿迁人口变动极大，改革"一条鞭法"征收赋税，减轻地方负担；免交往年缺欠，救灾伤为要；招流民复业；重新审查人口数量；清革冗役以省民财；禁缉窃访以安善类；开商税；减浅夫；减冗役，等等。这些措施实施后，他认为，通过"招徕逃窜之穷民以复故业，曲蠲旧逋之钱粮以锡更生，清衙门之弊从复往昔之良法"，所治的"宿迁可次第理矣"。

手中掌握着人民赋予的权力，就要有"为官避事平生耻，视死如归社稷心"的担当意识，践行好百姓所期望的"不受虚言，不听浮术，不采华名，不兴伪事"的崇实作风。

六、治　学
——贤官的文化传承

以文资政、以政促文，做到文政兼得。古代贤官大多是文人出身，他们勤于治事的同时，重视教育，培养人才，研究学问，恰如古训所言立功、立言、立德"三不朽"。

（一）勇于探索的治水专家

1. 治水理论至今沿用的靳辅

康熙年间（1662—1722）出任河道总督的靳辅，与幕僚陈潢一起全面调研宿迁境内的包括运河、古黄河在内的河道状况，广泛听取各方面意见并认真分析研究，确定了"因势利导、随时制宜"治河的总方针。靳辅一连上八道奏折，史称"治河八疏"。他将助手陈潢治河论述编为《河防述言》《河防摘要》，为后世治河者所借鉴。他认真总结实践经验，著有《靳文襄公奏疏》《治河方略》等，这些著作成为后世治河的重要参考文献。靳辅之后，于成龙、张鹏翮先后主持河务，基本上沿袭靳辅的治水之略，他的许多方法至今还在沿用。

2. 研究治河与孔明的两栖专家张鹏翮

康熙皇帝第四次南巡时，在江苏省桃源县众兴集（今江苏省宿迁市泗阳县众兴镇），召见河道总督张鹏翮，称他为"天下第一清官"。为了根除黄、淮两河水患，他打破自古以来"防河保运"的传统方法，提出了"彻首彻尾"治理黄河、淮河、运河的措施。他在河道总督任上九年，并成为治河专家。他把治河经验写成了二十四卷的《治河全书》。《中国水利史》列专章介绍该书并给予了高度评价。他生前非常推崇诸葛亮"鞠躬尽瘁、死而后已"精神，专门编著了《三国蜀诸葛忠武侯亮年表》《诸葛忠武志》等书。后人将其与《冰雪堂稿》《如意堂稿》《信阳子卓录》《治镜录》《奉使俄罗斯行程纪略》等书一起编辑为《张文端公全集》。

（二）思想照耀后世的学界先驱

1. 中国最早争取人权的呐喊人路温舒

曾任临淮郡太守的路温舒，"位卑未敢忘忧国"。他向汉宣帝写的一篇著名的奏章《尚德缓刑书》，主张崇尚德治德政、放宽刑罚并在临淮郡实施，临淮历代人民感激其德政。他的《尚德缓刑书》后来被收录于《古文观止》，成为中国古代难得的呼吁进行司法改革、尊重人权的名作，这份奏章对后世影响深远。

2. 中国科学史上的"坐标式"人物沈括

发明"沈垫肩"的沈括就任沭阳主簿后，重视沭水治理。熙宁五年（1072），他又奉命主持汴河疏浚工程，他亲自测量了汴河下游从开封到泗州淮河岸840多里（420多千米）河段的地势，所采用的是"分层筑堰测量法"。此法是把汴河分成许多段，分层筑成台阶形的堤堰，引水灌注入内，然后逐级测量各段水面，累计各段水面的差，总和就是开封和泗州间的"地势高下之实"。这在世界水利史上是一个创举。沈括是国内外存世古文献中记录最早的使用水平高程测量的方法、过程和结果的科学家。他还在众多学科领域都有很深的造诣和卓越的成就，所著现存的有《梦溪笔谈》三十六卷、《补笔谈》三卷、《续笔谈》一卷，及《长兴集》《良方》等。其中《梦溪笔谈》精集前代科学成就之大成，在世界文化史上有着重要的地位，被英国科学家李约瑟称为"中国科学史上的坐标"。

（三）心系安邦的求索学者

1. 著作等身寻兴邦的尹耕云

朝廷上痛陈抵抗而"直声震天下"的桃源（今江苏省宿迁市泗阳县）人尹耕云，晚清官至湖广道监察御史，署户科给事中。他"从政投戎"之余，不废笔砚，著有《大学绪言》二卷、《周易辑说》四卷、《豫军纪略》十二卷、奏疏二卷。其他杂著有《筹洋九疏》《时务三策》《胥吏三论》等，探索治国安邦之策。存诗169首，其山水画工为一绝，《清画家诗史》有所记载。

2. 学擅博综的张朝瑞

明代海州（今江苏省连云港市）人张朝瑞，为人端谨，学识渊博，喜藏书读书。明神宗曾颁赐圣旨《授张朝瑞南京鸿胪寺卿制》，褒奖他"学擅博综，才称经济，端凝表度，修洁坚操"。他治学勤奋严谨，著作等身。他留下了《孔门传道录》《禹贡本末》《皇明贡举考》《南国贤书》《宋登科录》《金华荒政志》《崇正书院志》《邹鲁水利记》《常平仓纪》《重修海州城记》等著作，以及疏稿、文集、族谱等。他部分著作后被收入清代《四库全书》。

　　（四）精于诗文的才子佳人

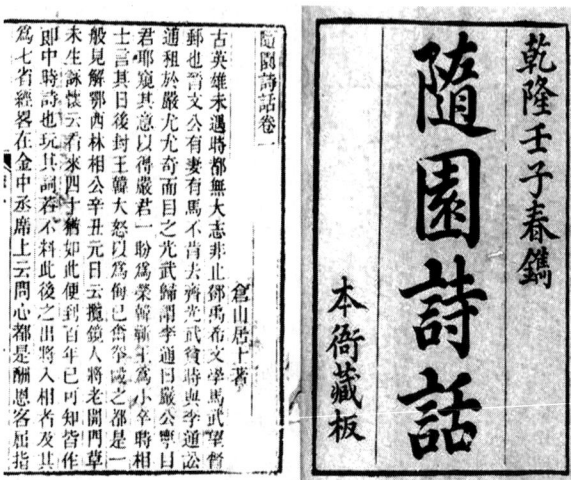

袁枚《随园诗话》

　　1. 名列"清代骈文八大家"的袁枚

　　袁枚乾隆年间（1736—1796）任沭阳知县。他既是政绩卓著的知县，又是一位著作颇丰的文学家。他集诗人、散文家、文学批评家于一身，为"清代骈文八大家"之一，主要著作有《小仓山房文集》《随园诗话》《随园诗话补遗》《随园食单》《子不语》《续子不语》等。在沭阳任职期间，袁枚非常注重培养和选拔人才，并亲自编写教材供学子使用，让青少年读书明理，使沭阳民风学风大振。在袁枚举荐的人才中，有一人中进士，四人中举人。沭阳城内书生吕又祥少年丧父，家境贫寒，但勤奋好学，袁枚每有询问，均对答无讹。袁枚对他非常器重，竭力举荐他出仕，并资助六十两银子让他到京城办任职手续。吕又祥获任曹州府同知，后因政绩卓著升任常德知府。吕又祥祖孙三代先后出现十位知府、知州。

　　2. 诗画俱佳的儒学传播者臧增庆

　　臧增庆，晚清宿迁窑湾（今江苏省宿迁市）人，曾任邮传部主事、铁道部主事、钟吾书院董事，1921年任安徽督军公署秘书长。为政之外以诗、文、字、画为娱，尤以兰草见长，用笔遒劲、挺拔、俊逸。其书法融颜真卿、柳公权于一炉，清润刚劲。他一生著作颇丰，因战乱大多遗失，现仅存手抄诗六百余首，文二十四篇，皆收入《一柳堂文稿》，享有"文如韩柳，诗似陶公，字盖八署"之美誉。后人收集整理并出版两册《一柳草堂诗文书画集》。担任钟吾书院董事期间，他支持地方教育事业。当时钟吾书院支撑了宿迁乃至苏北清代科举取士教育，成为江苏省十大书院之一，起到了传播儒学、教化民众的作用。

3. "情怀史诗"留青史的魏正心

康熙年间（1662—1722）任沭阳知县的魏正心，不仅政声显著，而且是一位诗人，年九十而卒，著有《星轺集》留世。他常以诗歌留下其工作与生活痕迹，尤其是在任时所写诗歌记述了灾害的惨状及百姓的艰辛，史诗般地反映了当时的状况和他的心情。其上任时沭阳遭遇严重水灾，他在《入境》一诗中这样写道："一入怀文境，愁然百感生。田庐多浸水，城郭两吞兵。有眼见鸿雁，

李映庚　军乐稿

无谋驱鳄鲸。孤心先自抚，戚戚不胜情。"他到任之后勘察灾情，上疏救灾，赈灾助民。他体恤民情，哀民生多艰，所写反映灾害的诗歌，语多悲凉，如《河决诗》："西北山崇水势陡，飞涛绝向沧溟走。怪蛟鼓鬣啮平津，万顷桑麻成泽薮……亟绘民艰报上司，可能借我天瓢否。"这些不仅是文学作品，也是反映当时沭阳受灾、治灾的难得史料。他在沭阳治理有方，民国《沭阳县志》评价其"惠政"，上任仅一年沭阳经济便开始复苏。

4. 知府任上的军乐家李映庚

晚清沭阳人李映庚，初任卢龙迁安知县，历任永平、正定、天津、保定等七地知府。他同时在新军乐方面颇有建树。李映庚将部分昆曲曲牌化简，按拍形成进行曲的节奏，创作出军歌十余阕，借以振奋军威，为反抗帝国列强侵略起到了积极作用。李映庚在正定知府任上时，收拾历年旧稿加以整理，分为四卷。卷一为表，计有《中外字谱表》《中外律吕表》等；卷二为配词乐谱，乐谱全部用传统的"工尺谱"记写，计有《神武颂》等七首共二十阕；卷三为

军中散曲，也是配词乐谱，计有《男儿汉歌》等十首，共四十三阕；卷四有谱无词，为军中礼乐，计有《军中迎送之乐》等五首。至清宣统元年（1909）春，上述四卷书题名《军乐稿》，石印出版。《军乐稿》是我国近现代军事史上第一部军乐专著，而李映庚也当之无愧地成为我国近现代军乐的创始人。

（五）兴教育人的贤师巨儒

1. 重教兴学迁建儒学馆的喻文伟

明万历年间（1572—1620），宿迁刚刚兴建新县城，百废待兴，知县喻文伟见儒学荒废，便于1577年聘请地方耆宿何仪、刘箅等数人，勘察新址，迁建儒学馆，不到半年而成。他亲自批复学田一百余亩，为贫生助学，希望宿迁人文蔚起。他又苦于宿迁无史志可资政，感叹"宿在淮称名邑，文献不足若此"，于是他广征史料，编撰了目前宿迁现存的第一部县志，为后人了解宿迁古代历史奠定了基础。

2. 挤出俸禄兴修学宫的李上达

明代桃源县令李上达上任时，听取各方父老意见，在全县推崇文化教育，倡导读书以淳化民风，培养人才，少用刑罚而以厚道教化敦促移风易俗，并兴修学宫、驿站，所需费用全部从官府经费和个人俸禄中挤出，不向百姓摊派。他"虚己以下贤，诚意以待人"，史称"在任凡七年，节操始终如一"。

3. 辞官返乡办教育的卢瀚荫

卢瀚荫，宿迁皂河镇人，25岁中举后被委任为大同知县。但他立志报答乡亲们对他的养育之恩，弃官回乡兴学。1912年，他把中举后官府给的6000亩骆马湖湖田大部分捐出作为学田，在皂河首创崇本小学，并任该校讲师多年，编写教材进行教学。他先后在黄河故道种树万余株，作为创办嘉惠后学的基地和资金。他于家乡设馆义务收徒，其弟子遍及宿、邳、睢三县，其中中秀才者40余人。他一生大

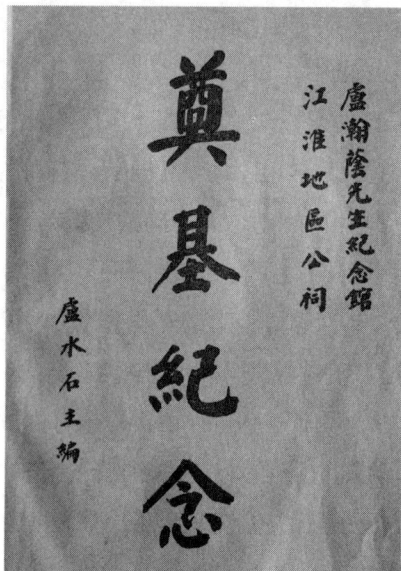

卢瀚荫纪念册

部分时间都在为宿迁教育而奔走，提出了"养正为先、体学并举"的办学宗旨。他曾任宿迁钟吾学堂堂长、江苏省众议院议员，1915 年任宿迁教育会会长，先后创办寒暑假小学师资讲习所、简易师范、法政讲习所，编印《教育会刊》。他还在徐州创办省立第三女子师范学校，发展女子教育。1921 年他创办平民识字班，提高平民文化水平。

以文载道，以文化人。先贤们或为治水专家、教育家，或为诗文词家、音乐家，或为科学家、思想家，更有频出经世致用、治国安邦之策的政治家。

（本文原连载于宿迁纪检监察网 2022 年 2 月 10—22 日，2022 年《宿迁历史文化研究》第 1 期、第 2 期）

挖掘利用宿迁古代贤官资源的实践与思考

从 2018 年底到 2019 年八月下旬，宿迁市纪委监委为充分发挥本地廉政文化资源作用，专门组织相关人员，对宿迁市古代贤官廉吏及其家风家训家规资源进行较系统的挖掘，这在宿迁市尚属首次，也是宿迁市加强党风廉政建设和推进全面从严治党的一件大事。现将这项工作的开展情况及相关思考与体会概述如下。

一、挖掘工作的开展

2018 年 11 月下旬，宿迁市纪委根据中央及省纪委统一安排，决定启动对宿迁市古代贤官廉吏（以下简称贤官）及家风家训家规资源挖掘利用工作。市纪委分管领导要求我们迅速制订工作方案，并成立工作组，明确分工与进度安排。同时，为强化领导，明确了市纪委监委主要领导任组长，分管副书记、副主任及分管常委、委员任副组长，市纪委职能部室负责协调，并指定本人负责牵头，具体组织任务落实、撰写、审核等工作。

2019 年 2 月 20 日，由分管领导主持召开第一次协调会，会议对挖掘工作进行了统一安排，明确了总体要求与具体分工，并初步确定了挖掘对象。为进一步细化落实方案，及时解决挖掘中遇到的各类问题，职能部室负责人与本人又分别于 2019 年 2 月 26 日、3 月 5 日、5 月 31 日几次召开工作沟通与推进会，就一些细节，包括挖掘对象进一步敲定、线索、体例、史实等工作环节进行商讨、细化。由于一些挖掘对象的史实资料在县志等文献资料上短缺，市纪委领导又明确本人带队，分别于 6 月中旬、下旬，两次循着部分挖掘对象的足迹，赴山东汶上、青州，河北正定、保定等地现场访人物、查史料、谒史迹。根据市纪委统一安排，为进一步拓宽视野，工作组还于 2018 年 11 月中旬，赴挖掘利用工作开展较早的苏州、无锡、常州、扬州等地，考察当地古代贤官廉吏故居、展馆及相关史料，现场学习先行地区的成功做法。

通过 9 个多月的努力，我们于 2019 年 8 月底，将 37 万余字（其中宿迁古代贤官廉吏资料 20 余万字，家风家训家规资料 17 万字），300 余幅图片整理出来，目前已报送领导审定，拟印刷成册下发全市党员干部学习。

这次宿迁古代贤官廉吏及其家风家训家规史料的发掘，应该说在宿迁市尚属首次。在此之前，这些史料或碎片化地散见于其他体裁的作品中，或湮没在历史烟云中。此次挖掘，在系统归类、史料甄别、资料丰富、图文互证以及体例、点评、勘误等方面都有所完善、提升和创新。

二、宿迁古代贤官资源的特点

宿迁历史文化底蕴深厚，在漫漫的历史长河中，有许多从这里走出或在这里任职的官吏清廉自守、勤政爱民，为后世树立了典范，留下了宝贵的精神财富。

这次我们从初选时的 180 余位候选名单中，历经多次筛选，最后确定了 81 位作为挖掘对象，时间跨度从春秋到晚清 2000 多年时间；精心选编的 33 组，涉及 100 余人的，诞生在宿迁大地上的有代表性的名人家风家训，也各具鲜明的特点。

通过对以上宿迁近 180 余位贤官及其家风的梳理、挖掘，我们发现他们身上都蕴含着共同的特质：

（一）首在廉洁

"廉洁"一词最早见诸文字记载的是《管子·明法》："如此，则悫愿之人，失其职，而廉洁之吏失其治。"此次挖掘首篇即是讲述春秋时期管仲（管子）在宿迁大地上发生的"管鲍分金"故事。尽管故事在数千年传播中，被赋予了神话色彩，但管仲贫而不贪、穷且益坚的精神却一直传承至今，成为宿迁历代贤官坚守的底线。翻开二十四史和宿迁地方志，"廉洁无资""廉能惠政""廉明慈惠""廉介有操""廉明恺悌"之类对宿迁历代贤官的评价层出不穷，即是有力的说明。

（二）功在勤政

为民兴利除弊是勤政的重要体现。自黄河夺淮夺泗以来，宿迁地区一直是洪水走廊，十年九灾、民不聊生。因此，治水救灾成为宿迁历代贤官的头等大事。如清康熙年间靳辅刚接到河道总督任命，就风尘仆仆赶到宿迁上任，视察河道，筹划治河方略，并历时两年开挖中河，"避黄行运"，千里运河的最后一锹土在宿迁挖成，最终让这条世界上最早、最长的大运河完全实现了人工控制其走向，使今天的宿迁成为世界文化遗产大家庭中的一员。

（三）贵在爱民

宿迁历代贤官均秉持儒家"民为重、君为轻"的民本思想，留下许多爱民佳话。清代文学家袁枚 27 岁任沭阳知县，甫一上任便深入民间体察民情，兴修水利，灭蝗赈灾，亲自编写教材供学子使用，使沭阳民风大振。他 73 岁重回沭阳时，百姓出城 30 里（15 千米）迎接，至今沭阳城内袁枚手植藤仿佛还在诉说着这位贤官的风范。明代宿迁人潘洪，先后任福建邵武知府、山东青州知府，平冤案、清田地，反对太监占民田，亲自丈量土地，把多占民田归还原主。后潘洪升任大理寺少卿，所到之处百姓拥戴。

（四）尊在修身

家风相连成民风，民风相融会国风。中国有句古话"富贵不过三代"。然而，从宿迁走出的清代名臣、首位两次担任漕运总督的蔡士英的家族却兴旺了300 多年，这与其家风家规息息相关。其家族清代就出了 3 位尚书、4 位总督、2 位将军、20 多位知府。蔡士英留下的家训很多，其中不少堪称名言警句，如"人之处世，以德孝为本。治国以法，辅之以德""为人处世以礼义为先。交友以信，处事以诚。以义解仇，以厚报恩"，等等。虽然因后辈众多、所传《蔡氏家训》版本不一，但仍能感受到数百年来勤廉家风的一脉相承，从中可破解其家族兴旺的奥秘，留给后人诸多启示。从古代达官显贵家诫家规中提炼出来的"身教""言教"之训，尽管有些内容带有封建伦理色彩，但所涉及的诸如忧国如家、修身励志、持家治学、敬业报国、实干兴邦等，仍能体现不同时期、不同家庭成员和谐、奋进、向上的道德水准和精神力量。

（五）难在忠诚

纵观古今，评价一位官员往往把为国尽忠作为重要前提与标准。这样的贤官在宿迁历史上也不在少数。其中既有督修紫禁城的明代六朝三部尚书金纯，不惧权贵的监察御史萧玉成、李上达等以文安邦的忠臣，还有岳飞爱将刘世勋、抗金殉国的魏胜、南宋武状元周虎等以武报国的英雄；既有宿迁百姓口口相传的"施青天"（施世纶）、"卫青天"（卫哲治）、"卢青天"（卢瀚荫）等封建官吏，也有"手无寸铁"的北宋科学家沈括、清代治水名臣吴棠。还有不少外籍官员在宿迁大地上留下了不可磨灭的历史印迹，他们的忠诚是对事业的忠诚，也是对他们所日夜厮守的百姓的忠诚。

（原载《宿迁论坛》2019 年第 5 期，《宿迁纪检监察研究》2019 年第 3 期）

古黄河咏叹

宿迁古黄河公园　陆启辉摄

古黄河岸随想

你本脱胎于修文偃武的文化大宋
却带着鲁莽灭裂的野性
洗劫着富饶的江淮平原

你本蹒跚于一马平川的中原大地
却又似刚出笼的野兽
东冲西突后南窜
带给故道沿岸是无尽的灾难

千百年来
你肆虐于苏鲁豫皖
屡治屡犯

而今
在新时代人民的手中
你终被驯服、就范
昔日黄泛遍地的洪水走廊
今日是芦苇荡漾、柳烟弥漫

"一宿之迁"的新城
争颂着生态走廊、下相公园
传唱着黄河印象、雄壮河湾

2019 年 5 月 1 日

2020 年 11 月 17 日于古黄河公园

七律·咏郭氏杰祖郭子仪

　　近期拜读《郭子仪传》，盛唐时期的郭公生活战斗在黄河第二大支流汾河岸边，一生勋绩卓著，我身为郭氏汾阳堂后人，颇感荣幸，尤为仪公德品与功烈所折服，谨此咏。

郭氏完人有令公，功冠一代俯群雄。
力扶天柱赖兹国，百战沙场遍九鸿。
许国勤王灭安史，爱民忠武载清风。
舍身单骑退回纥，取义复收惊世功。
坦荡蒙尘明大义，圣贤品德在仁忠。
庇荫后世名千古，去职返家孝贵躬。
玄肃连襄佐代德，汗青翻遍绝无同。

2020 年 7 月 16 日

注：

1. 安史，指发动安史之乱的安禄山、史思明。

2. 九鸿，意九方，中央与八方的总称。

3. 玄、肃、代、德，分别指郭子仪依次辅佐过的唐代皇帝玄宗、肃宗、代宗、德宗。

吟诵父母长辈诗一组（五首）

之一　陪老母亲过九十二周岁生日有感

父逝三年时思念，家慈已过鲐背年。
耳聋肢弱步蹒跚，发白齿稀纹陌阡。
紫燕长成数离穴，空庭寂寞盼飞鸢。
此携妻子陪恩母，寸草之心报不全。

注：鲐背之年，指九十岁高龄。

2020 年 3 月 15 日（农历二月廿二）

之二　中秋节与母欢聚

气朗天高秋意浓，中秋国庆恰相从。
将婿携女陪慈母，共话端杯满笑容。
喜见将添曾下辈，乐言要做老曾宗。
顶稀鬓白六旬近，膝下承欢多感惊。

2020 年 10 月 1 日

2004 年 10 月父母合影

之三   清明节思念父亲

父亲，今天是清明节了，
昨天，我们去您墓前祭奠您了。

思念，是说不出的痛，
您走三年多里，我们无时不在想念您。

三年多里，您的孙女已结婚成家，
三年多里，您的孙子已读到大学二年级了，
三年多里，我和姐妹们轮护着母亲。
虽然，她老人家腿脚与听力不好，
但她仍然思绪清亮，饭茶如常。

您亲手规划建造的老宅，

至今为我们一家遮风避雨。

按统一规划政策，也许今年就要拆迁。

但每当看到身边的一砖一瓦，手抚这里的一树一木，

心里就会激起对您的无比思念与感激。

您带领我们姐妹运土、垫沟、夯宅。

您躬身匍匐在院内地上，敲石、平凹、瞄线，

精心筑就了我们这座平安幸福的家园。

您吃力地挑着兑换的苹果筐，赶集摆摊。

您匆忙地背着母亲烙的煎饼，赶在早饭前上街叫卖。

您碎步不停地拉着平板车，穿梭于大街小巷收瓶赚钱。

您忙里偷闲赤着双脚，一把一把割草赚取额外工分。

为的是每个子女，吃饱肚子，

为的是培养子女，完成学业，

为的是我们这个大家庭，能过上体面的生活。

父亲，告慰您的是，

您的子女家庭都安好幸福，

您的孙子孙女都阳光健康，

您的孙子传递着家庭文化与美德基因，

思维思想前卫，积极向善向上。

您不需多虑挂念，

您的子孙后代，

自有他们的光辉前程，

他们正迈出向着美好未来的步伐。

天边依旧飘着低矮的湿云，
冷风仍夹杂着细雨。
子女们的心情多么像这湿云沉重，
像这冷雨愁绵。

父亲，您可曾感知，
您墓前的松树生机盎然，青翠挺拔，
您背靠的三台山姹紫嫣红，鸟语花香。

我们共同期盼与祝愿的是，
您在天国一切安好！

2020 年 4 月 4 日上午泪就

之四　忧母

今日大雪纷飞，为入冬最冷之日，犹念前天刚入康复医院母亲之冷暖。特记之。

母亲腕骨折，住进康复院。
苍宇雪花飘，忧亲行可便？
欲言饭可香，泪已眶中潸。
可是惦老宅？喉中语难咽。
心头不得宁，母子一生眷。

2020 年 12 月 29 日

2011 年 6 月 5 日作者母亲（右二）与娘家老姐妹相聚

之五　祭母

母亲仙逝一周年祭

一

先慈驾鹤一周年，兄妹思亲梦里牵。

泣跪墓前哀不已，恍疑膝下爱无边。

长天悲贯寸肠断，思绪冥悠祀火燃。

泣问椿萱天国况，清风春雨亦拳拳。

二

耳畔遗言常入梦，恩情如海永思牵。

阶前柏竹犹流翠，追昔抚今又不眠。

三

梦中常现母音容，夜半惊醒泪几重。
娘在儿知家就在，娘无世上剩孤依。

2022 年 2 月 14 日
（阴历壬寅年正月十四）

2004 年 10 月作者父母合影

赏花种植一组

之一　周末老家植树有感

　　连续几周回老家植树，至今终把闲地植齐。阳光明媚之际，成排绿植生机勃勃呈现在眼前，有感记之。

风和日暖柳丝挥，松柏桐杨逐相翠。
春土桃枝触手亲，绿肤香气熏人醉。
红苞待放映脸颊，明媚繁花同放晖。
土下仲春藏珠玉，甘为来者共一飞。

2020 年 3 月 22 日

2020 年 10 月 7 日于古黄河岸东侧的老家

之二 茉莉花香

窗前白雪舞，碧宇骄阳照。

近看赛宫妃，容姿妩媚俏。

蕾苞如玉娥，花展似裙劭。

叶比宝珠颜，枝如仙子曜。

芳香沁入脾，韵味渗滋窍。

丝缕袭人馨，谁人不言妙。

2020 年 6 月 20 日

注：玉娥，指美丽的少女。元代李材《海子上即事》诗："少年勿动伤春感，唤取青娥对酒歌。"

汪海洋先生（中国书协会员、中国美协会员）依作者诗意画作

之三　石榴花

五月花开吐火龙，榴英映眼夏时浓。

晚归惊睹荫中火，日正欣淋骤雨冲。

翌见彤庭染蕾露，还观风气逗晨钟。

张骞西域输传入，从此中华纵彼踪！

注：彤庭，也称彤宫，汉代宫廷，泛指皇宫，因是朱漆涂饰故称。

2020 年 6 月 8 日

之四　国庆假日老家冬种偶感

今日国庆中秋假第七天，同爱人与女、婿回老家种冬菜收秋果，虽力微身乏尤奋，以此记之。

> 风清气朗菊芬芳，榴笑柿红瓜果香。
> 佳节还乡情愈悦，银花慈母在萱堂。
> 妻于畦垄播冬菜，夫在宅旁收杂粮。
> 锨重力微催汗落，昂扬抖擞趁时康。

2020 年 10 月 7 日

听郭继介绍写长篇有感

2020 年 2 月 11 日夜晚，儿子郭继在电脑上展示其创作的长篇小说，雄心勃勃，出口成章。听后激动不已，有感而发。

誓言中学写长篇，寒假辛勤未等闲。
唐宋元明清五代，文章段句字千联。
洋洋漫道无穷事，娓娓而谈不断言。
立志暑期出新著，忘餐废寝赶时间。
房门紧闭思泉涌，夤夜幽悠椽笔欢。
刻苦工夫未有歇，信当不日读长笺。

2020 年 7 月 27 日郭继在《江南》杂志主编、浙江省作协副主席作家钟求是作品研讨会上发言

贺外孙女
刘芸佳周岁生日

牛年襁褓萌，虎春咿呀语。
烂漫真无邪，闻歌身起舞。
活泼机灵靓，雏凤柳眉舒。
小手不释卷，誓追诗李杜。

刘芸佳周岁生日照

巾帼愧须眉，抓周掠印符。
芸草冠群芳，祈愿效贤儒。
生成本聪慧，长辈视明珠。
众亲盼苗长，呵护祈多福。

2022 年 4 月 6 日

（辛丑年三月二十五日出生）

赞宿迁市博物馆馆藏
清康熙十八罗汉图一统瓶

宿迁市博物馆馆藏　清康熙十八罗汉图一统瓶

馆藏一级宝，十八罗汉器。

名为筒式瓶，天下一统意。

穿越三百年，康熙纪时序。

玉肌着素裳，伟岸挺风雨。

五彩朴无华，美人似出浴。

绘笔显精心，釉质莹润玉。

诸尊貌传神，各表佛界识。

先人铸瓷魂，薪火未停息。

罗汉本有灵，中华统一域。

2020 年 2 月 28 日

注：此瓶为宿迁市博物馆馆藏，国家一级文物。瓶形为广口外撇，身如直筒状，因"筒"与"统"谐音，有"大清天下一统"的寓意。此器绘画人物形态各异，具清初典型佛教题材特征，传世稀少。

项羽颂

枭才盖世贯长虹，伏暴亡秦立首功。

纵是乌江殇一刎，家乡依旧大英雄。

2022 年 3 月 6 日

作者位于宿迁项王故里的古代文房博物馆内景

做证婚人有感

今晚为家侄宗豪做证婚人有感。

本家侄子今大婚，邀伯替其当证人。
前日方为门下客，今时已是华为神。
小儿仍在求学路，何日才能结晋秦？
人世如同林里木，生生次递竞陈新。

2020 年 5 月 2 日

高考感怀

近睹学子匆匆赴考场之身影，联想到自己37年前参加高考。

今朝学子赴沙场，风雨十年寒暑窗。

逐梦人生追往事，披星揽月历风霜。

孙山纵落岂颓废，苦胆清尝亦不妨。

勇战闱场谁言败？龙门腾跃竞铿锵。

2020 年 7 月 10 日

注：闱场，古代国家命题、印题场所，借指考场。

送儿子新岗入职

　　经国家局及浙江省局一周公示后，郭继接通知于今天前往新岗入职，我同其母亲一起送至高铁站。感慨良多并记之。

十载寒窗离故乡，四年登学入余杭。
今辞项里从头越，再沐钱塘修宋章。
临别之时情缱绻，耳边叮嘱教儿郎。
不忘父母育儿苦，西子堤旁绽大煌。

2022 年 8 月 1 日

注：余杭、钱塘，均为杭州旧称。

鹧鸪天·贺新作出版

近日将本人新作《坚守的力量》赠送老友同事，他们以各种形式鼓励，提振了我学习探索信心，以此记之。

酣读诗书满经纶，家藏盘点不言贫。
卅余岁月践思悟，百部诗文爱惜珍。
酒愈烈，味更醇，声声赞誉意情真。
此时翰墨香犹郁，趁兴还书大写人。

2020 年 2 月 14 日

"三八节"赠妻

君吾各顶半边天，内务偕同和外联。
打扫洗衣烹饭菜，耕耘著作爱书田。
下班放学归如意，教女育儿乐自然。
生活而今享幸福，唯期相伴一年年。

2020 年 3 月 8 日

2021 年 3 月 21 日于宿迁三台山景区

研撰《砚史》稿有感

近期研撰《高凤翰砚史》（又称《西园砚史》，高凤翰字西园，晚号南阜），并撰写长文《文化史上光辉灿烂的一页》，同时为高与二王（王相、王子若）对《砚史》流传做出巨大奉献所感动，特以此记之。

南阜高翁醉砚铭，西园砚史世人惊。
惜庵摹刻到辞世，子若篆书传盛名。
早慕八贤遗宝物，为观真实赴京城。
三痴演绎千古事，堪未虚行于此生。

2020 年 2 月 26 日

2019 年 8 月 26 日作者（左二）会同专家于北京购藏现场甄别《砚史》

二线感怀一组（四首）

之一　善享闲暇怀

转眼将迎卸甲龄，昨时克壮再无形。
忽闻今日缴帅印，感慨顿生长不停。
非恋其中多么好，唯惆事业几无铭。
淡然岁月享闲暇，丰裕流光羁静宁。
康健安平乃为福，友亲邻睦是真经。

2020 年 1 月 4 日中午于项里文房博物馆

注：克壮，指正当壮年。古代三十岁为壮。唐魏征《是渐不克终疏》："贞观之初，时放克壮。"

之二　鹧鸪天·二线乐

作者家庭合影

书香之家名不虚，父文子作竞称誉。

课余得句信随手，班后成章不隔庐。

笔墨沁，纸笺涂。诗词画卷写生图。

馆藏珍爱常欣赏，他日儿孙亦得娱。

2020 年 5 月 23 日

注：

1. 书香之家名不虚：指作者家庭系首届全国"书香之家"、江苏省首届"书香之家"。

2. 父文子作竞称誉：儿子郭继相继出版《青春的火焰》《蒸汽波》作品，其微信公众号经常推出新文章。作者本人相继出版《中国古代文房用品的收藏与鉴赏》《坚守的力量》《宿迁历代贤官》《宿迁历史名人家风》等著作。

之三　雅兴

清晨听道暮郊游，故里闲城信步遛。

心有辞章增雅趣，胸无名利祛烦愁。

赏珍品茗纵论史，读赋吟诗畅九州。

笑对人生天地阔，骋怀游目写春秋。

2020 年 6 月 8 日

作者业余时间锻炼

注：听道，指晨练时通过戴蓝牙耳机学习。

之四　耳顺寻趣

人生如梦至耳顺，甲子一轮霜染鬓。

且向书斋寻雅趣，挥毫吟典追尧舜。

2022 年 3 月 28 日

儒将雪枫嗜读书

近日拜读《彭雪枫将军家书》，并作《儒将读书八法》长文，有感记之。

研修经典运帷幄，密室千钧椽笔弓。
马背持书觅真谛，战间掩卷思农工。
文韬武略驱倭寇，驰骋长淮赖一戎。
骁勇儒将敌日伪，英名千古感苍穹。

2021 年 2 月 26 日

注：密室，为新四军师部所在地洪泽湖畔半城镇东门外一座小庙，彭雪枫将军因其僻静，常将其作为读书与写作的地方，并自命名之。

体检复查有感

红箭图中上下多，三高逐浪指标波。
器官老化渐蜕变，肢硬肩疼能奈何？
瓜果茶蔬常入口，鸡鸭鱼肉忌如魔。
纾心怡性远烟酒，赏雅玩藏近乐歌。
生老古来同病死，轮回大道亦蹉跎。
卧游无碍交良友，远足吟鞭任意娑。

2020 年 6 月 11 日

退休感言

其一（新韵）

今朝卸甲挂儒冠，明为苍生是坦然。
十载韶华商业路，初行社会步蹒跚。
三年组织熔炉锻，一体身心壮胆肝。
廿四甘当打铁者，顶稀鬓落寸心丹。
夜阑常做英雄梦，正气盈身自行端。

其二

光阴如水似花残，转瞬六十随手弹。
昨日回眸自无悔，功名何若云烟寒。
而今不道当年勇，趋利追名视异端。
显绩虽无留青史，赤诚但有鉴嘉坛。
莫叹岁月芬芳尽，涂鸦赏兰书入翰。

2022 年 6 月 1 日

古代文房雅器八咏

之一　赞馆藏明清老笔筒

案头宁静立，竹木玉瓷身。
生就情怀雅，虚怀若谷君。
往来多俊彦，各个好诗文。
莫道惜言语，胸中伏万军。
智人常结伴，必定唱乾坤。

之二　咏家藏明清老笔架（笔山）

置笔
是我的天职
在书案上撑得起一方天地
可是
不识我的人却说我影单形骸
一眼就能看透看穿
有人
却常把我的名字与山峦联系
说我起伏有度气势不凡
其实
我承载着如椽之笔
与大山一样独立独行
你看
铁笔檄文横扫千万军
谁人能敌
因而
我始终坚信
实力与实用远胜于虚形与空名

之三　咏馆藏清代紫端铭砚

家在深谷里，出自老坑中。
身硬肌肤嫩，能工巧匠通。
方圆贮墨海，天地互雌雄。
腹载五车富，竹成一夜工。
朝夕伴雅士，闲情于汗青。
与君共冷暖，案几纳苍穹。

之四　咏书镇（镇纸）

铜木玉瓷皆我身，雕花嵌鸟绘诗文。
清风徐至岿不动，镇定自如陪耙耘。
心底坐持诗与画，案头经历史和云。
世间浮躁虚名重，安坐书房助立勋。

之五　笔洗

书室深藏碧玉潭，洁身涤垢荡胸疆。
青龙蹈海墨香浸，吟罢轻心著锦章。

之六 书拨

你形体健硕洒脱，

是因你在书页间不停地跃卧；

你肌肤嫩润如玉，

是因你时刻与字句耳鬓厮磨；

你全身散发幽香，

是因诗文间的芸草浸泽；

你气若幽兰而又坚韧不拔，

是因经典的感悟使你高雅而又磅礴。

哦，刹那间我方醒悟，

要使自己满腹经纶、气度非凡，

就像你一样，

以时刻与书相伴为乐！

注：书拨，古代用来翻书并可作书签之文房器物。多用玉、竹、铜、银等制成，并在上面刻有纹饰、名言等以励志养性。

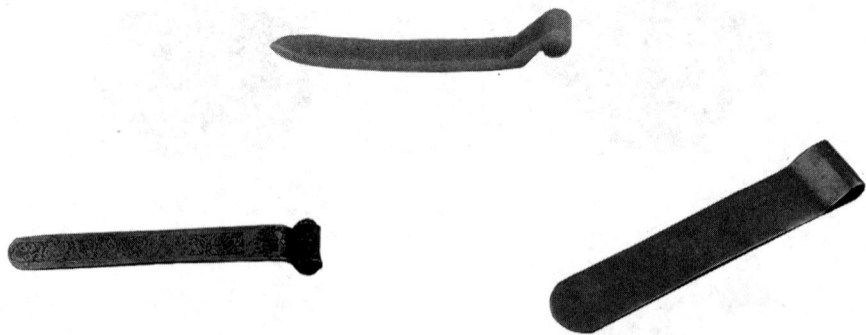

之七　咏文房老印泥盒与印章

你的芳名很多，印泥盒、印色盒、印色池、印奁，

你的身姿很美，或圆，或方，或多角，或方形倭角，

你的文饰华丽，青花人物，五彩龙凤，鎏金开光，錾花祥云。

你出身名门，有人说你从丰盈的盛唐赶来，

也有人说你从文人的精神家园大宋走来。

你的材质高贵，铜、瓷、玛瑙、象牙、玉石，

铜体的底蕴深厚，藏而不露，

瓷质的珠光宝气，光彩照人，

象牙的雕工夺天，栩栩如生，

玛瑙白玉的细腻无瑕，雍容华贵。

你胸怀博大，装得下名山大川里的精华。

颇具"王者风范"的田黄石，

来自水碧山青，质纯色润的寿山石，

贵为"石中君子"，晶莹剔透的青田石，

呈现了鬼斧神工般奥妙，绚丽多彩的巴林石，

演绎着"红、白、黑"传奇，灵秀纯净的昌化鸡血石，

其中哪一位对你都忠心无比，心心相印。

象牙、犀牛角虽然高高在上，富有传奇与血性，

但也要同那些美石一样，

剔除了陋骨，刮尽了腐肉，

在浴火重生后，

才进得了你这高雅的殿堂。

只有吸纳了所有的爱与汗水，

清扫了全身的尘埃，

脱蜕俗身，

进入柔软彩虹般的梦境时代，

经涂脂抹粉。

被一双双学富五车的双手请出后，

方才粉墨登场，

燃烧着鲜红赤热的火焰，

凸显出完整鲜明的个性，

彰显着包青天的公正与威严。

印泥盒

（以上各篇相继作于 2019 年 3 月至 2021 年 11 月间；所配图片均为作者"宿迁古代文房用品博物馆"个人藏品）

重阳节游古黄河畔雄壮河湾

黄河故道边，重九喜相观。
数位老文友，徜徉风景间。
晚秋风侵冷，尚未叶凋零。
野草没双脚，幽篁覆浅汀。
虬藤缠翠柏，曲径绕高嵩。
惊见无名鸟，随声遁碧空。
疑闻暗虫唱，深匿草丛中。
天旷白云淡，心平一钓翁。
林中行矫健，脚下赛蒙童。
耳顺眼前近，情开趣味丰。
何须记惆怅，但见夕阳红。

2020 年 10 月 25 日

2020 年 11 月 17 日作者于古黄河畔雄壮河湾

收与藏

收，要有视野；藏，要有内涵。

不分质量的收，过于浅薄；不用心的藏，不会深厚。

收，应该是拥有，而不是简单的占有；藏是对美的发掘，而不是对物的掳掠。

收要"戒贪""戒薄"，不要相信故事。藏要超越"物役""物累"，享受文化，走入化境。

收和藏都要凭学问，收只注重选准方向和范围，藏则注重提升层次和境界。

收，要在入门前加强学习，增加对真品、实物的认识和感觉。藏，则要感受和体味古物深厚的历史文化内在之美。

收，要立足于一种角度、一定的方向，在质量上精益求精。藏，则要以平淡、自然、本真的心态洗涤"物欲"对心灵的污垢，抛弃功名的桎梏。

收，固然真品很多，收的人却只能算保管员，不能称收藏家。藏，固然不全是精品，至少在某一领域能够成体系、有脉络，藏的人如再悟出学问或理论，那更是难得的收藏家。

收的队伍中，因有银子在说话，可以有孤傲、自矜、骄横之人；藏的队伍中，却只剩下恬淡、古朴、文雅之人。收与藏过程中的不断融合、洗涤、濯清，队伍中耐看耐交流的多是文化积淀深厚、沉穆朴拙之辈。

收藏既是经济收藏，也是文化收藏，但文化收藏引领经济收藏。

收藏，要学会享受其中的过程，不必患得患失，不必为往事寻忧愁，不必为未来添担忧，只专心感受过程带来的当下愉悦之状态。

　　收和藏是最幸福与快乐的事，钟于此事的人其乐无穷，并且乐此不疲，前赴后继。

　　伟大的诗人、思想家并同是收藏家的歌德说过："收藏家是最幸福和快乐的人。"

2022 年 2 月 18 日有感于

古黄河畔的古代文房用品博物馆

祝贺《贤官》与《家风》出版

　　根据宿迁市纪委常委会安排，2019 年至 2021 年，历时三年，本人牵头主编了《宿迁历代贤官》与《宿迁历代名人家风》，并已公开出版发行。2022 年 1 月在市纪委六届二次全会上下发这两本书供党员干部学习，有感而作。

西楚前贤若星辰，名仕清官才德臻。

细琢精雕成巨著，耕耘三载终了尘。

缓刑尚德路太守，惩恶青天施世纶。

榻上计谋鲁子敬，闲中献策尹耕云。

摈抛一利陆九万，多分金钱鲍管君。

日尝升饭刘玄明，桑梓关情张相文。

问价江东袁县吏，蜚声乡里卢瀚荫。

治河八疏靳总督，实业救国黄以霖。

兴建宿城喻文伟，革故鼎新胡县臣。

束水攻沙潘季驯，抗金名将刘世勋。

纯忠绝孝伍子胥，痛斥袁逆李乡绅。

故里大家功德显，引经据典力求真。

家风濡浸孚余韵，集腋成裘励后人。

2022 年 1 月 30 日

（原载宿迁纪检监察网 2022 年 2 月 24 日）

注：

1. 陆九万，即陆奋飞，号九万，明代宿迁人，任推官时拒收当事人送礼，并警示他人"一时之利，终身之悔"。

2. 鲍管，即鲍叔牙、管仲。后人用"鲍管之交"赞叹二人的高风亮节。

3. 袁县吏，即袁枚，清代乾隆年间（1736—1796）任沭阳知县，他心系民生，常亲临市场关注粮价。

4. 胡县臣，即胡三俊，清代康熙年间（1662—1722）任宿迁县令长达25年。

5. 李乡绅，即李映庚，晚清沭阳人，历任天津、保定等六地知府，曾面斥袁世凯称帝复辟。

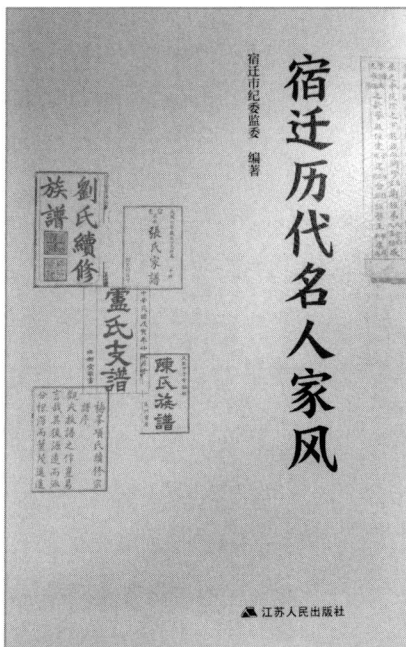